WORLD TEACHER

이 세 계 식   교 육   에 이 전 트

3

네코 코이치 지음 Nardack 일러스트 이승원 옮김

공주님을 납치할 때는

이런 식으로 안아 드는 게 매너라고 생각해.

네가 싫다면 관두겠지만······.

한밤의 공중 산책 ────.

시리우스 *Sirius*

저기……
이대로가 좋아요.

리스 *Wreath*

고통과 눈물로 눈앞에 뿌옇지만,

내가 저 등을 알아보지 못할 리가 없다.

항상 쳐다봐왔던, 내가 동경하는······

"레우스.

잘······

버텼구나.

"형님······"

월드 티처
이세계식 교육 에이전트

네코 코이치 지음
Nardack 일러스트
이승원 옮김

3

CONTENTS

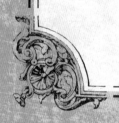

Illust : Nardack

엘리시온 학교에 입학하고 2년이 흘러…… 나는 열두 살이 되었다.

키가 컸고, 외모에서도 앳된 느낌이 많이 사라진…… 듯한 느낌이 들었다.

학교에서의 생활 또한 순조로우며, 나는 외부에서 얻을 수 없는 다양한 지식을 얻은 덕분에 전생(前生)의 기계와 비슷한 마도구를 만들거나, 오리지널 마법진 등을 고안했다.

물론 나 자신의 훈련 또한 가혹해지고 있다. 공부, 훈련, 제자 육성 등, 바쁘면서도 유익한 하루하루를 보내고 있다.

"좋은 아침입니다, 시리우스 님."

이른 아침…… 나는 다이아장(莊)의 내 방에서 에밀리아의 목소리를 들으면서 깨어났다.

아침에 혼자 일어날 수 있지만, 에밀리아는 내 기상 시간보다 일찍 찾아와서 나를 깨웠다.

아직 아침 해가 모습을 드러내지 않은 시간대이며 학교 기숙사에서 다이아장에 오려면 몇 분은 걸리니, 에밀리아는 꽤나 이른 시간에 일어났을 것이다. 나는 깨우러 오지 않아도 된다고 에밀리아에게 말했지만, 그녀는 단 하루도 빠지지 않고 나를 깨우러 왔다. 메이드복 또한 항상 착용한 채로 말이다.

다이아장에 빈방이 있는데도 학교 기숙사에서 지내게 한 것은 제자들이 우리 이외의 지인을 만들기를 바랐기 때문이다. 그리고 리스라는 친구가 생기고, 지금은 클래스메이트뿐만 아니라 다른 반의 학생들과도 사이좋게 대화를 나누는 모습도 때때로 보았다.

아직 남매는 틈만 나면 다이아장에서 살려고 머리를 굴려대니, 이제 그만 이사를 허락할까 검토 중이다.

"안녕, 에밀리아. 오늘 나에게 특별한 일정이 있어?"

"오늘은 방과 후에 가르간 상회에 가시기로 되어 있습니다."

에밀리아는 2년 동안 더욱 여성스러운 미인으로 성장했다.

분위기도 어른스러워졌으며, 때때로 에밀리아를 보며 심장이 고동칠 때가 있다. 내 몸이 여성을 의식하기 시작한 데다, 에밀리아가 매력적이기 때문이리라. 가슴도 순조롭게 성장하고 있으며, 일전에는 리스가 재준 자신의 신체 수치를 나에게 보고하러 오기도 했다.

그런 그녀는 요즘 들어 내 비서처럼 행동하고 있었다. 사실 그녀가 하고 싶다고 하도 애원했기에 허락했다. 내가 타락하지 못하도록 신경 쓰고 싶다면서 말이다. 아무튼, 그녀는 시종다운 언행이 몸에 더 익어갔다.

에밀리아는 잠에서 깬 나를 본 후, 갈아입을 옷을 준비해주고 방에서 나갔다.

"자아, 오늘도 힘차게 지내볼까."

나는 졸음을 떨치며 옷을 갈아입은 후, 조리실로 향했다. 하지만 에밀리아가 아침 식사 준비를 하고 있었기에, 나는 그 옆에 서서 그녀의 준비를 도왔다.

"리스는 어쩌고 있어?"

"제가 방에서 나설 때는 편안한 표정으로 자고 있었지만, 지금쯤이면 일어났을 거라고…… 아, 이제 온 것 같네요."

에밀리아가 귀를 쫑긋 세우면서 옆쪽을 쳐다본 순간, 문이 열리너니 미소를 머금은 리스가 모습을 드러냈다. 어제도 다리가 풀릴 정도로 달려서 오늘은 오지 못할 거라고 생각했는데…… 지금 모습을 보아하니 괜찮은 것 같았다.

"하아…… 오늘은 안 늦었네. 안녕, 시리우스 씨, 에밀리아. 나도 도울게."

내 제자인 리스 또한 이 2년 동안 에밀리아에게 버금갈 정도로 성장했다.

우리 중에서 가장 키가 작지만, 처음 만났을 때의 낯가림도 꽤 사라졌고 우리를 대하는 말투에서도 서먹함이 사라졌다.

그런 리스는 푸른 머리카락을 하나로 모아 묶으며 우리 옆에 섰지만, 세 명이 이용하기에 이 조리실은 꽤나 좁았다.

"아침은 저희가 준비할 테니, 시리우스 님은 쉬고 계세요."

"응. 세수나 하고 와."

두 사람에게 등을 떠밀린 나는 조리실 밖으로 쫓겨났다.

요즘 들어 저 두 사람은 내 일거리를 빼앗아가기 일쑤였다. 두 사람의 호의는 고맙지만, 요리는 취미이니 하게 내버려뒀으면 좋겠다.

휴일을 맞이한 아버지가 된 기분을 맛보며 밖에 있는 우물로 가보니, 이족보행을 하고 있는 거대한 늑대가 우물물로 얼굴을 씻고 있었다.

그 늑대는 나를 보더니, 송곳니가 드러나는 흉흉한 미소를 지으며 인사를 했다.

"아, 형님. 좋은 아침이야!"

"좋은 아침, 레우스. 왜 변신을 한 거야?"

"변신 상태로 힘껏 달리면 기분이 좋거든."

그렇게 말하는 와중에 늑대의 몸을 줄어들더니, 2년 동안 외모가 꽤 늠름해진 레우스로 되돌아왔다.

이미 키는 나보다 크며, 얼굴에서 앳된 느낌도 사라졌지만, 말투나 행동은 예전과 별반 다르지 않았다.

하지만 검술 실력은 꽤나 성장했으며, 때때로 내가 놀랄 정도의 움직임을 선보이기도 했다.

"오늘은 얼마나 달렸어?"

"저 산을 한 바퀴 뛰고 왔어. 역시 변신하고 있으면 몸이 가벼워져서 좋다니깐."

레우스가 가리킨 산은 꽤 컸다. 저 산을 한 바퀴 돌다니, 상당한 거리를 뛰었으리라. 그 거리를 이 짧은 시간에 해낸 것만 봐도 변신한 레우스의 신체능력이 얼마나 뛰어난지 짐작이 되리라.

"과신하지는 마. 과신은 방심으로 이어지거든."

"방심 같은 걸 할 리가 없잖아. 변신을 해봤자 형님한테 못 이기는걸."

그런 별것 아닌 대화를 나누면서 얼굴을 씻은 후, 나는 요리 냄새를 맡았는지 배가 꼬르륵 거리는 레우스를 데리고 다이아장으로 돌아갔다.

아침 식사와 휴식이 끝나면 아침 훈련이 시작된다.

오늘은 에밀리아와 리스가 개인적으로 마법을 연습하고, 나와 레우스는 모의전을 하는 날이다. 내 상대는 매일 바꾸어서 각자에게 맡는 훈련을 시켜주고 있다.

"레우스, 왜 그래? 팔에서 힘이 빠진 것 같네."

"하아…… 하아…… 젠장──!"

레우스는 아까부터 수십 분 동안 목검을 휘둘렀지만, 나는 그의 공격을 전부 흘려냈다.

여전히 레우스의 움직임에는 낭비가 많았으며 피로 때문인지 빈틈이 보이기 시작했다.

"자아, 발치가 빈틈투성이야."

"우왓?! 이, 이익!"

내가 공격을 피하며 레우스의 발을 공격해 넘어뜨리자, 레우스는 넘어지는 와중에 목검으로 공격을 날렸다. 이런 기지는 인정해주겠지만, 무리해서 공격을 날린 탓에 목검에 힘이 충분히 실리지 않았다. 내가 그 공격을 가볍게 막아내자, 레우스는 분하다는 듯한 표정을 지으며 지면에 쓰러졌다.

"……이걸로 끝이군."

"젠장, 오늘도 못 이겼네……."

결판이 나자, 나는 지면에 쓰러진 레우스를 일으킨 후에 이번

모의전에서 발견한 문제점을 가르쳐줬다. 레우스는 몸으로 직접 가르쳐주는 게 최고지만, 슬슬 머리로 생각해서 배우는 법을 가르쳐야 할 것 같아서 일부러 이런 식으로 설명했다.

지적이 끝났지만, 평소보다 좀 일찍 끝났다. 한 번 더 싸우기에는 시간이 모자라니, 이대로 끝내고 리스가 뭐 하고 있는지 살펴보기로 했다.

"수고하셨어요, 시리우스 님. 수건으로 땀을 닦으세요. 레우스도 이걸로 닦으렴."

"고마워, 누나!"

"고마워. 그런데 리스는 좀 어때?"

"저쪽에서 새로운 마법을 연습하고 있어요."

나는 수건으로 땀을 닦으면서 고개를 돌려보니, 눈을 감은 채 집중하고 있는 리스의 모습이 눈에 들어왔다.

리스는 정령이 보일 뿐만 아니라 마법에도 적성이 있다. 그래서 체력 강화는 꼭 필요한 정도만 하며 마법 연습 비율을 높였다. 꼭 필요한 정도라고 해도 지구력은 중요한 것이기 때문에 매일 근처 산을 달리게 하고 있지만 말이다.

훈련 당초…… 리스는 우리를 전혀 따라오지 못했기에 분한 나머지 눈물을 흘리기도 했다.

하지만 남매의 격려와 본인의 열의 덕분에 지금은 가볍게 달리는 우리를 쫓아올 수 있을 만큼 성장했다.

에밀리아에게 레우스를 맡기고 리스에게 다가가자, 그녀는 눈을 뜨며 미소 지었다. 주위에서 위화감이 느껴지는 걸 보면 물의 정령이 그녀의 곁에 모여 있는 것 같았다.

"리스, 좀 어때?"

"순조로워. 잘 봐……. 물이여. 부탁하노라…… '아쿠아 미스트'."

그리고 그녀가 마법을 발동시키자 진한 안개가 다이아장 전체
를 감쌌다.

그 새하얀 세계 안에서는 근처에 있는 다이아장이 보이지 않을
뿐만 아니라, 눈앞에 있는 리스의 모습조차 흐릿하게 보였다.

"이게 뭐야?! 형님! 누나! 어디 있어?!"

"레우스, 진정해. 함부로 움직이면 위험해."

등 뒤에서 그런 대화가 들려오는 가운데, 나는 안개를 계속 관
찰했다. '서치'가 여전히 효력을 발생하는 것을 보면, 어디까지
나 시야만 저해하는 마법인 것 같았다.

"……실패네. 이래서는 안개가 너무 진해서 같은 편도 위험하
겠어."

"응? 리스는 우리의 모습이 보이는 거야?"

"아, 응. 나는 잘 보여."

"그럼 우리도 그렇게 되도록 이미지하면서 정령에게 부탁해
봐. 아마 그 부탁에 응해줄 거야."

"알았어!"

리스는 내 지적을 듣더니 혼잣말을 중얼거리면서 눈을 감았다.

이 세계의 상식에 사로잡힌 이가 들었다면 헛소리로 치부할
소리지만, 리스는 2년 동안 나에게 가르침을 받으면서 이미지의
중요함을 충분히 이해했다.

그런 리스를 지켜보고 있을 때, 누군가가 등 뒤에서 내 옷을 잡아당겼다. 고개를 돌려보니 에밀리아가 미소를 지으며 내 뒤편에 서 있었다.

"우후후, 시리우스 님을 발견했어요."

"어, 이 안개 속에서 용케도 찾았구나. 내가 서 있던 위치를 기억하고 있었던 거야?"

"아뇨, 냄새 덕분이에요. 시리우스 님의 냄새라면 산 너머에 있더라도 맡을 수 있죠."

에밀리아의 종족 특유의 특기는 제쳐두기로 하고, 이 안개는 냄새를 차단하지 못하는데다 바람마법에 간단히 흩어지고 말 것 같았다.

개선점이 많기는 하지만, 잘 쓰기만 하면 매우 도움이 될 것이다.

"다른 사람들에게도 마찬가지로…… 부탁해!"

마지막으로 리스가 힘찬 목소리로 그렇게 외치자, 갑자기 우리의 시야에서 새하얀 세계가 사라졌다.

좀 떨어진 위치에서 주위를 둘러보고 있는 레우스의 모습도 확연하게 보여서, 진짜로 안개 속에 있는 건지 착각이 들었다.

"잘했어, 리스. 네 얼굴도 확연하게 보이는걸."

"저도 보여요."

"만세! 정령 씨, 고마워."

리스는 정령이 있는 곳을 향해 고개를 숙인 후, 마법을 해제했다.

역시 정령을 이용한 마법…… 정령마법은 강력했다.

평범한 인간이라면 마력이 고갈되고 말 정도로 진한 안개를 만들어냈는데도, 그녀는 이마에 희미하게 땀방울이 맺히기만 했다. 게다가 아직 성장 도중이니, 장래에 얼마나 강해질지 상상이 되지 않았다. 유력자들이 자기 휘하에 두고 싶어 하는 것도 이해가 됐다.

"어땠어요?"

"꽤 괜찮았어. 하지만 이 마법은 결점이 있으니 사용할 때는 조심하도록 해. 예를 들자면……."

내가 아까 발견한 문제점을 언급하며 과신하지 말라고 말하자, 리스는 납득한 것처럼 고개를 끄덕였다.

"리스도 드디어 이미지의 요령을 잡은 것 같네. 지적을 듣자마자 바로 그걸 활용할 수 있는 걸 보면 충분해."

"정말?"

"응. 지금까지 노력해온 보람이 있네. 이 안개에 회복능력을 적용할 수 있다면 범위 안에 있는 사람들을 회복시키는 것도 가능하지 않을까?"

"응. 가능할지도 몰라!"

"그 대신, 엄청 힘이 소모되겠지만 말이야."

"그래도 한번에 많은 사람들을 치료할 수 있으니 연습해볼 가치는 있을 거예요."

2년 전 같으면 무리예요…… 하고 말했겠지만, 정말 많이 성장한 것 같았다.

리스는 요즘 적극적으로 도전을 하며, 마법의 상식을 뒤집는 나날을 보내고 있다. 나와 만나기 전에 쌓은 상식을 무너뜨리는 것은 쉽지 않았겠지만, 현재 그녀의 마음속에 존재하는 마법 세계는 끝을 모르는 것처럼 넓어지고 있다. 이제부터 진짜 공부가 시작된다고 할 수 있으리라.

……2년 동안 제자들은 이만큼이나 성장했다.

나도 이렇게 성장한 제자들에게 뒤지지 않도록 더욱 높은 경지를 목표로 삼을 수밖에 없다.

아침 훈련을 끝낸 우리는 몸가짐을 단정하게 한 후, 학교로 향했다.

"안녕, 에밀리아. 리스."

"형님, 안녕하십니까!"

"참, 에밀리아! 얼마 전에 메이아 님의 권유를 거절했다는 게 사실이야?!"

"저기, 리스. 물의 마법에 관한 것 중에 모르는 부분이 있는데 가르쳐주지 않을래?"

우리가 교실에 들어가자, 남매와 리스 주위에 클래스메이트들이 몰려왔다.

이미 매일 아침의 정례행사가 되어버렸지만, 어찌 된 영문인지 내 주위에는 아무도 몰려들지 않았다.

레우스의 부하이자 룸메이트인 로우의 정보에 따르면…….

'두목에게 말을 걸고 싶으면 레우스 형님과 에밀리아 누님의 허락을 받아야 한다……는 소문이 돌고 있어요. 그리고 형님과 누님 같은 강자에게 명령을 내리는 분이니 함부로 다가가면 안 된다는 소문이 돌고 있죠.'

2년 전, 알스트로와의 드로 전 때, 나는 남매들에게 명령을 내렸다. 그 광경을 본 학생들이 나와 레우스 사이에는 절대적인 상하관계가 존재한다는 것을 이해한 것이리라. 그 소문이 곡해

되면서 나는 함부로 다가가서는 안 되는 존재가 된 것 같았다.

하지만 나에게 말을 걸어주는 사람 또한 있기에 딱히 쓸쓸하지는 않았다.

"안녕, 시리우스 군. 여전히 네 시종들은 인기가 좋은걸."

마크는 오늘도 상큼한 미소를 지으면서 등장했다.

붉은 머리카락을 휘날리며 내 앞에 선 그는 우아하게 인사를 했다.

"안녕, 마크. 두 사람이 인기가 좋은 거야 이제 당연한 일이자, 잘된 일이잖아."

"너도 여전한걸. 보통은 시종이 인기가 좋으면 질투하기 마련인데 말이야."

"나는 저 두 사람의 주인이지만, 인기라는 것은 개인이 쟁취하는 거야. 그리고 질투 같은 건 꼴사납잖아."

"하하하, 맞는 말이야. 그리고 어제 시리우스 군이 준 케이크 말인데…… 정말 맛있었어."

어제가 마크의 열세 살 생일이었다.

본가에서 많은 귀족들을 초청해 파티를 한다면서 우리도 초대했는데, 나는 그에게 생일 케이크를 선물했다.

하루가 지났는데도 케이크의 여운이 사라지지 않은 듯한 마크는 창밖을 쳐다보면서 행복을 곱씹듯 눈을 가늘게 떴다.

"……충격이었어. 지금까지 준비되었던 케이크가 다 뭐였던 걸까, 같은 생각이 드는 맛이었지. 너는 정말 대단한 남자야. 일전에 에밀리아 양을 시종으로 삼으려고 했던 내가 이런 말을 하는 것도 좀 그렇지만, 괜찮다면 우리 가문을 섬기지 않겠어? 섬기는 게 싫다면 친구로서 내 곁에서 일해주는 것도 좋아!"

"고마운 제안이지만, 사양할게."

"그래…… . 예상은 했지만 정말 아쉽네. 하지만 마음이 바뀌면 언제든지 말해. 나는 언제나 너를 환영할 거야."

"미안해."

"개의치 마. 그런데 그 케이크를 또 만들어주지 않겠어? 나뿐만 아니라 형님과 동생이 또 먹고 싶다며 난리거든."

케이크 중독자가 더 늘어났다. 이대로 기하급수적으로 늘어날 것 같은 느낌이 들었다.

내가 마크와 케이크에 관한 이야기를 나누고 있을 때, 알아주는 케이크 중독자인 마그나 선생님이 교실에 들어왔다. 어느새 오전 수업 시간이 된 것 같았다.

"좋은 아침입니다. 오늘은 여러분에게 알려드려야 할 일이 있으니, 오전 수업 시간을 쪼개 설명을 할까 합니다."

오늘 오전은 실기 수업 시간인데 아무래도 중요한 이야기가 있는 것 같았다.

마그나 선생님이 진지한 표정을 짓자, 교실 안은 약간 긴장된 분위기에 휩싸였다.

"여러분이 엘리시온 학교에 입학하고 2년이 흘렀습니다. 다음 주부터 오전에는 일반적인 수업을 합니다만, 오후에는 각자가 희망하는 전문분야의 특별교실에서 공부를 하게 됩니다."

참고로 내가 희망하는 전문분야는 마법기술과이며, 레우스는 검술과, 그리고 에밀리아는 바람의 마법과이며, 리스는 물의 마법과다.

그 설명은 지난주에 들었으니 오전 수업 시간을 할애해서 일부러 설명을 할 필요는 없을 것이다. 아마 본론은 이제부터 설명해주는 내용이리라.

"그리고 전문분야 수업이 시작되는 것과 동시에, 학교에 있는 미궁이 개방됩니다."

미궁의 개방이라는 말을 언급된 순간, 반 안이 약간 술렁거렸다.

클래스메이트들은 옆자리 혹은 좀 떨어진 곳에 있는 지인들을 쳐다보며 파티를 짜자는 뜻이 담긴 눈빛을 교환했다.

"미궁에 관해 이미 알고 계신 분도 있겠지만, 확인 삼아 다시 설명하죠. 우선 미궁이란 이 학교에 북서쪽에 있는 동굴을 말합니다."

학교에 투기장뿐만 아니라 미궁도 있다는 이야기를 처음 들었을 때는 정말 엄청난 학교라고 생각했다.

학교의 미궁은 지하 10층까지 있는 미로 같은 동굴이며, 내부에는 마물이 존재하지 않지만 수많은 함정과 골렘이 있다고 한다. 화살이 날아오거나 불기둥이 분출되는 등, 까딱하면 크게 다칠 수도 있는 다양한 종류의 함정이 있다.

과거의 위인이 만든 마법진을 이용한 함정이며, 누군가가 한번 걸리면 사라지지만 어느 정도 시간이 지나면 복구되는 불가사의한 구조를 지녔다. 아마 미궁 자체가 하나의 마법진이 아닐까 하고 나는 생각한다. 과거의 위인이라는 말을 듣고, 내가 가져다준 케이크를 매번 행복한 얼굴로 탐욕스럽게 먹어치우는 학교장이 그 위인이 아닐까 하는 생각이 들었다.

학교에 이런 것이 존재하는 이유는 긴장감 있는 실전 훈련 장소로 쓰기 위해서라고 한다.

원래 미궁 탐색은 실패하면 죽음에 이를 만큼 위험하며, 체력과 기력, 지식 등 모든 면이 필요한 행위다.

귀족이든 평민이든 자신의 실수 때문에 동료가 위험해질 수 있다는 점과 함정을 경계하는 신중함을 익히기 위해 만들어진 것이다. 미궁에는 한 팀씩 들어갈 수 있으며, 최대 네 명으로 구성된다.

사실 졸업이 목적이라면 미궁에 들어갈 필요는 없다.

하지만 미궁을 돌파하면 여러 가지 혜택을 받을 수 있다. 각종 시설의 우선 사용권을 지니게 되며, 관계자 이외에는 읽는 게 금지된 책의 열람 등도 가능해진다.

그리고 미궁이 개방되고 가장 먼저 돌파한 이들에게는 학교 측이 망토를 수여한다.

그것은 단순한 망토가 아니라, 교복 이상의 방어력을 지닌 특별주문품이라고 한다.

그것보다 더 중요한 점은 바로 학교에 이름을 남길 수 있다는 점이다. 엘리시온이라는 유명한 학교에 이름을 남긴다면 상류계급 사이에서 꽤 인정을 받을 수 있기에, 귀족 출신 학생들은 앞다퉈 참가한다.

"……이것으로 미궁에 대한 설명을 마치겠습니다. 그럼 좀 늦어졌지만, 밖에 나가 실기 수업을 시작하죠."

마그나 선생님의 말에 따라 훈련장으로 향하는 클래스메이트들은 하나같이 미궁에 관해 이야기하고 있었다.

친구들끼리 파티를 짜거나 미궁 돌파를 위해 동료를 모집하는 이들이 꽤 있었지만, 남매에게 권유를 하는 사람은 한 명도 없었다. 나중에 판명된 것인데, 내가 없는 사이에 남매와 리스는 나 이외의 다른 사람과 파티를 짤 생각이 없다는 선언을 했다고 한다.

"저기, 형님. 우리도 미궁에 도전할 거지?"

"그래. 좋은 훈련이 될 테니까 말이야."

"네 명까지 한 조를 이룰 수 있다니, 저희는 멤버가 결정된 거네요."

"발목을 잡지 않도록 힘낼게."

도전하는 건 좋지만, 좀 나중에 하는 편이 좋을 것이다. 첫날부터 며칠 동안은 첫 미궁 돌파자가 되는 게 목적인 귀족들로 인해 미궁 앞이 장사진을 이룬다고 하니까 말이다.

우리에게 시비를 거는 멍청한 귀족이 있을지도 모르니 언제 도전할지 생각하고 있을 때, 우리의 이야기를 듣고 있던 두 명의 클래스메이트가 대화에 끼어들었다.

"저기, 너희도 미궁에 도전할 거면 가장 먼저 도달해서 망토를 손에 넣는 게 어때?"

"맞아. 레우스 군과 에밀리아라면 식은 죽 먹기일 거야!"

"그래도 우선 시리우스 님에게 물어봐야…… 어떻게 하죠?"

"귀찮으니까 관둘래."

특별주문품이라는 망토는 꽤 편리할 것 같지만, 귀족의 반감을 더 샀다간 귀찮아질 것 같았다. 그러니 우리는 나중에 느긋하게 도전해서 미궁의 분위기를 맛보는 것만으로도 충분했다.

"아깝네……."

"뭐, 어쩔 수 없을 거야. 아이온의 귀족들이 난리를 칠 게 뻔하잖아."

"그건 그래. 우리는 어떻게 할까?"

"물론 도전해야지! 빨리 멤버 두 명을 더 확보하자!"

두 사람은 멤버 모집을 하기 위해 다른 클래스메이트에게 이야기를 걸며 교실을 나섰다.

그리고 우리도 교실을 나가려고 한 순간, 마그나 선생님이 우리를 향해 손짓을 했다.

"무슨 일이죠?"

"시리우스 군은 미궁에 도전할 거죠?"

"그럴 생각인데, 혹시 문제라도 있나요?"

"그렇지는 않아요. 그저 시리우스 군이 미궁에 도전한다면 이걸 전해달라는 부탁을 학교장 님에게서 받았을 뿐이죠."

마그나 선생님이 그렇게 말하면서 건네준 것은 이 학교의 문양이 새겨진 메달이었다.

"접수처에 가서 이걸 보여주면 귀찮은 심사를 받지 않아도 되니, 바로 미궁에 도전할 수 있습니다."

"……뭔가 꿍꿍이가 있는 것 같은데요."

"그렇지 않아요. 학교장 님의 순수한 호의일 뿐입니다."

마그나 선생님은 온화한 미소를 지으며 그렇게 말했지만, 나는 그가 내 시선을 살짝 피했다는 사실을 눈치챘다. 뭔가 있는 것 같지만, 아무래도 입막음을 당한 것 같았다.

"선생님, 다음에는 아프를 이용한 과일 케이크를……."

"그걸 사용하면 특별히 만든 매우 어려운 미궁으로 안내될 겁니다. 이건 전부 학교장 님의 독단이에요."

케이크 앞에서는 권력도 무의미했다.

그건 그렇고, 특별한 미궁이라. 아마 새로운 마법진의 실험하기 위해 나를 이용해보려는 것이 틀림없다. 이런 일을 몇 번이나 겪은 나는 절로 한숨이 나왔다.

하지만 자초지종을 이야기하지 않고 멋대로 이런 일을 벌이려 한 점은 용서할 수 없다. 나는 한 달에 몇 번씩 학교장과 마그나 선생님에게 케이크를 주고 있지만, 다음번에는 학교장에게는 주지 않기로 결심했다.

나중에 그 사실을 안 학교장은 크게 아쉬워했다고 하지만, 내 알 바는 아니다.

방과 후, 우리는 엘리시온에 있는 가르간 상회의 지점에 얼굴을 내밀었다.

다른 가게에 비해 한층 큰 면적과 규모를 지닌 이곳은 언제 어느 때나 손님의 발길이 끊이지 않았다.

이미 몇 번이나 이곳에 왔던 우리는 가게 뒷문을 통해 당당히 들어갔다. 이곳 사람들도 우리의 얼굴을 외웠기에 종업원들도 우리를 보더니 미소를 지으며 인사를 건넸다.

뒷문을 통해 사무소에 들어가 보니, 줄지어 놓인 책상 앞에 앉은 종업원들이 장부 및 매입표와 씨름을 하고 있었다. 한편, 우리를 본 한 남자가 자리에서 일어나더니 다가왔다.

"나리, 오셨습까! 자아, 안쪽으로 가시죠!"

그 남자는 우리를 엘리시온에 데려다줬던 잭이었다.

원래는 엘리시온의 배달요원이었지만, 지금은 이 지점의 수장을 맡고 있다.

지금으로부터 1년 전…… 좀처럼 사람이 찾아오지 않는 다이아장에 잭과 개드가 찾아오더니 나에게 감사 인사를 했다.

'나리가 준 정보 덕분에 장사를 방해하던 녀석들을 박살내는 데 성공했지. 고맙다는 인사를 하러 왔어.'

아무래도 엘리시온으로 향하던 도중에 우리를 공격했던 도적들에게서 얻은 정보가 적대관계인 상인을 격퇴할 발판이 된 것 같았다.

'우리는 우리를 위해 적을 쫓았을 뿐이에요. 아무튼 문제가 해결되었다니 다행이네요. 그리고 앞으로는 이럴 필요 없어요.'

'그래? 마음이 넓은 건지, 욕심이 없는 건지…… 정말 디의 말대로군. 그럼 앞으로도 잘 부탁해, 나리!'

잭에 이어 개드에게도 인정받은 나는 이제 존댓말을 쓰지 않으며 대등한 관계를 유지하기로 했다.

그리고 디는 무사히 노엘의 고향에 도착했다는 이야기, 우리가 이용하는 휴대식량 이야기를 했다. 특히 건조면과 수프는 개드에게 있어 혁명적이었는지, 그의 표정은 흥분으로 가득 차 있었다.

'이게 수프 레시피와 건조면을 만드는 법이 적힌 종이야.'

'고마워. 하지만 나리. 우리 쪽에서 수익 배분을 해도 괜찮겠어? 이 녀석의 매상은 상당할 거야. 그러니 명확하게 정해두지 않으면 나리가 손해를 볼 거라고.'

'우리는 학교에 입학했으니 돈이 궁한 상황은 아니고, 개드한테는 어릴 적부터 디를 통해 신세를 졌잖아.'

'……알았어. 네가 그렇게 말하면 우리도 약아빠진 짓을 할 수 없지. 그럼…….'

그리고 몇 번의 협의를 거친 끝에 매상의 일부를 매달 받는 것으로 1년 전에 이야기가 끝났지만, 나는 내 몫의 절반만 받겠다는 제의를 했다.

일전에 노엘에게서 받은 편지에 따르면, 고향에서 무사히 식당을 열기는 했다고 한다. 그리고 내가 가르쳐준 요리는 하나같이 흔하게 유통되지 않는 식재료와 조미료가 필요하기 때문에 가르간 상회의 도움을 받고 있다는 것 같았다.

즉 그만큼 돈이 들 테니, 내 몫의 절반을 그 비용에 보태라고 말한 것이다.

'정말 물러터진 나리네. 뭐, 그 녀석의 위한 일이니 이대로 계약을 하자고. 자세한 이야기는 이 녀석한테 들어.'

개드는 자신의 동생 격인 잭의 등을 두드리며 그렇게 말했다. 한편, 어찌된 영문인지 잭은 계속 웃고 있었다.

'그리고 이제 이 녀석은 가르간 상회, 엘리시온 지점의 우두머리니까 필요한 물건이나 팔고 싶은 게 있으면 이 녀석에게 사양 말고 말해.'

'옙! 앞으로 잘 부탁함다, 나리!'

아하…… 그래서 저렇게 웃고 있었던 건가.

나는 이렇게 가르간 상회와 계약을 맺었고, 나와 잭이 이렇게 만나게 된지도 슬슬 1년이 되었다.

때때로 오늘처럼 얼굴을 내밀어서 매상에 대한 이야기를 하거나, 새로운 상품에 대해 조언을 하는 등, 우리와 잭의 관계는 매우 양호했다.

안쪽 방으로 안내된 우리가 소파에 앉자, 맞은편에 앉은 잭이 금화가 들어 있는 자루를 내밀었다.

"이게 이번 달 몫임다. 수프와 건조면을 팔기 시작하고 꽤 시간이 흘렀는데 매상이 떨어질 기미가 보이지 않네요. 이야, 웃음이 절로 난다니까요!"

"형님이 만든 거니 당연하지!"

나는 이야기를 나누며 자루를 열어서, 잭이 말한 금액이 들어 있는지 확인했다.

잭을 신뢰하지 않기 때문이 아니라, 상인과의 거래는 확실함이 생명이자 예의인 것이다.

"응…… 금액이 맞네. 그런데 이 돈이 계약상으로는 마지막이지? 오랫동안 고마웠어."

"계약을 지킨 것 뿐임다. 그리고 나리가 가르쳐준 상품은 더 있으니 이 관계도 계속될 거고요."

그리고 장사에 대한 이야기가 끝난 후, 잭과 잡담을 나눴다.

잭은 연장자지만 털털한 성격이라 대화를 나눠도 피곤하지 않았다. 게다가 상인이라 시장에 대해 잘 알고 있으며, 신경 쓰이는 이야기를 해줄 때도 많았다.

하지만 오늘은 시장이나 장사가 아니라, 학교의 미궁에 대해 이야기를 했다.

"나리들도 미궁에 들어갈 나이가 된 검까. 그럼 초회 돌파 망토는 나리들 거나 다름없겠네요."

"아, 망토는 딱히 필요 없어. 그런데 그 망토는 상인들 사이에서도 유명한 거야?"

"정확하게는 귀족들 사이에서 유명함다. 특히 망토는 학교의 교복보다 희귀한 소재로 만들어진데다, 유명한 마법기술자가 그린 특수한 마법진 덕분에 실용성도 뛰어나죠. 그러니 그걸 걸치고만 다녀도 유명해질 수 있어요. 어른이 되어서도 계속 쓰는 사람이 있을 정도죠."

"귀족이 탐을 내는 건 그래서구나."

"과거에 도전했던 선배의 이야기에 따르면, 미궁은 꽤 난이도가 있는 것 같아요."

"응. 내가 들은 이야기에 따르면, 반 년 넘게 돌파한 사람이 나오지 않는 경우도 있다는 것 같아."

"하지만 로우의 이야기에 따르면 평민이 간단히 돌파한 경우도 있다던걸?"

내용은 다르지만, 아마 전부 사실이리라.

반년이나 걸린 건 난이도를 너무 올려버렸고, 간단히 돌파한 것은 난이도를 내린 시기에 마침 평민이 도전한 것이리라. 원인은 학교장의 컨트롤 미스일 것이다.

그렇게 난이도가 요동치는 미궁뿐만 아니라, 내 전용 미궁도 만들어진 것이다.

과연 무엇이 기다리고 있을까…….

그 후, 잭이 저녁을 같이 먹자고 했기에 우리는 그와 함께 어떤 식당으로 향했다.

잭이 추천하는 가게이기에 기대감에 가득 찬 레우스와, 그런 그를 말리는 에밀리아와 리스의 모습은 종족은 다르지만 사이좋은 가족 같아 보였다. 그런 가슴 따뜻한 광경을 뒤편에서 쳐다보던 나에게 잭이 귓속말을 했다.

"나리. 좀 신경 쓰이는 일을 좀 알려드리고 싶은뎁쇼."

"……부탁해."

"요즘 이상한 소문이 돌고 있습다. 이유도 없이 마도구가 대량으로 유통되거나, 딴 데서 온 걸로 보이는 수상한 녀석들이 자주 보입죠. 그런 녀석들이 흔히 입에 담는 말이 바로 혁명……임다."

상인에게 있어 정보는 밥줄이다. 그렇기에 마을에 도는 정보를 수집하는 잭에게, 나는 신경 쓰이는 정보가 들여오면 알려달라고 부탁해뒀다.

처음에는 투덜댔지만, 내가 한밤에 마을을 돌아다니며 조사한 독자적인 정보를 몇 개 이야기해주자 잭은 내 부탁을 받아들였다. 그 이후로 제자들 몰래 이렇게 몰래 이야기를 나누는 경우가 늘었다. 하지만 이번 이야기는 꽤나 수상한지 잭도 반신반의했다.

"하지만 국왕 폐하께서 내외적으로 밸런스를 유지하고 있으니, 혁명을 일으킬 이유가 없습죠."

"예전에도 이런 이야기가 돌았었지? 결국 그건 수인을 싫어하는 귀족의 헛소리였던가?"

"그래요. 이번에도 비슷한 거라고 생각하지만, 일단 나리에게는 알려둘까 해서요."

"응. 그래도 고마워. 도움이 많이 됐어."

쓸모없는 정보가 생각지도 못한 데서 도움이 될 때가 있다.

방금 들은 정보를 머릿속 한편에 담아두었을 즈음, 거리가 벌어졌다는 걸 눈치챈 제자들이 돌아왔다. 그리고 에밀리아와 리스가 내 두 손을 잡았고, 레우스가 등을 밀었다.

"형님! 느릿느릿 걷지 말고 빨리 가자!"

"좀 진정해, 레우스. 자아, 시리우스 님. 제 손을 잡아주세요."

"오늘은 뭘 먹을 수 있을까? 기대되네."

학교에서 보낸 2년 동안 가장 많이 변한 점은…… 우리에게 가족이 한 명 더 생겼다는 점이다.

리스는 예전에만 해도 나와 신체 접촉을 하려고 하지 않았지만, 지금은 이렇게 내 손을 잡아끌 만큼 마음을 허락했다.

"하하하. 나리는 인기 좋네요."

"기쁘지 않은 건 아니지만, 좀 애들이 차분해지면 좋겠는걸."

이렇게 온화한 나날을 보낼 수 있으면 좋겠다고 생각하며, 나는 가족과 함께 마을을 걸었다.

※ ※ ※ ※ ※

미궁이 개방되고 보름이 지났다.

귀족들은 매일같이 미궁에 도전하는 것 같지만, 아직 돌파한 자가 없었다.

도전을 한 학생들의 이야기에 따르면, 이번 미궁은 명백하게 난이도가 높으며, 마법진을 통해 자동적으로 움직이는 골렘이 대량으로 출현해서 물량으로 밀어붙인다고 한다.

그리고 보름이나 지났더니 귀족들 중에도 포기하는 이가 나왔기에, 우리도 슬슬 도전을 해볼까 싶어서 준비를 마치고 미궁에 가봤지만…….

"……아직도 많네."

"예. 사람이 좀 더 줄면 도전할까요?"

"아냐. 여기까지 왔잖아. 이 기회에 미궁을 체험해두고 싶어."

언뜻 봐도 스무 팀 넘게 대기하고 있었기에, 우리 차례가 되려면 시간이 걸릴 것 같았다.

하지만 그냥 기다리기만 하는 것도 좀 그랬기에……

"이참에 장비를 점검하자. 무기와 휴대물품은 잘 챙겼지?"

내가 지닌 무기는 평소 쓰는 검과 미스릴 나이프, 그리고 투척용 나이프 몇 개가 꽂혀 있는 벨트가 전부다.

방어구는 학교의 교복뿐이지만, 지금은 이게 가장 움직이기 편할 뿐만 아니라 튼튼했다.

무기와 방어구에 제한이 없는데도 도전하는 대부분의 학생들은 교복 차림이었다. 착용감도 나쁘지 않을 뿐만 아니라, 정말 좋은 옷이라고 생각한다.

그리고 내가 들고 있는 등짐 안에는 만일의 상황에 대비한 휴대용 식량과 물이 들어 있으며, 제자들도 도 가지게 하였다.

"저는 괜찮아요. 언제든지 미궁에 들어갈 수 있어요."

에밀리아의 무기는 나이프 두 자루이며, 투척용 나이프를 몸 곳곳에 숨겨뒀다.

그녀는 재빠른 움직임을 살린 공격을 주로 사용하기에 나와 마찬가지로 방어구는 학교 교복뿐이었다.

"나도 마찬가지야, 형님."

레우스는 자신의 키만 한 대검과 식량이 들어 있는 짐을 메고 있으며, 교복 위에 철제 가슴 갑옷을 장비했다.

등에 멘 대검은 일전에 만났던 대장장이 그란트가 만들어준 매우 무겁고 튼튼한 검이다. 이 검의 장점은 뭐니 뭐니 해도 레우스가 전력을 다해 휘둘러도 휘어지거나 부러지지 않는다는 점이다. 덕분에 레우스의 전투력은 대폭 향상됐다.

그러고 보니 이 대검이 완성되었을 때, 레우스는 너무 기쁜 나머지 고함을 질렀다. 그리고 나중에 에밀리아에게 혼났다.

"응. 나도 준비 다 됐어."

그리고 리스는 조그마한 나이프 하나만 가지고 있으며, 방어구는 학교 교복뿐이다. 그녀는 마법을 통한 지원이 주된 일이라 앞으로 나서지 않으니 이 정도로 충분했다.

장비 점검을 마쳤을 즈음, 우리 차례가 다 되었다. 바로 그때, 레우스가 주위를 둘러보며 고개를 갸웃거렸다.

"저기, 형님. 이렇게 많은 학생이 한번에 들어가면 내부가 학생들로 바글거리지 않을까?"

"그렇지도 않은 것 같아. 미궁의 입구 쪽을 봐."

내가 가리킨 곳에는 동굴의 입구 같아 보이는 것이 대량으로 존재했다.

"내부가 완전히 구분된 구조 같으니까, 다른 학생들과 마주칠 일은 없어."

구조뿐만 아니라 타입도 다른 것 같았다.

예를 들어 어떤 미궁은 함정이 잔뜩 있고, 또 어떤 미궁은 골렘이 대량으로 있는 것이다. 도전하는 입구는 접수처에서 랜덤으로 고르니 몇 번이든 즐길 수 있다.

그리고 학생이 들어가고 어느 정도 시간이 지나지 않으면 다른 학생이 들어갈 수 없기에, 안에서 학생들이 마주치는 트러블도 거의 발생하지 않는다고 한다. 즉, 너무 어려워서 탈출하는 학생이 많다는 증거다.

소문에 따르면 10층에서 통로가 하나가 되는 것 같으니, 다른 학생과 마주칠 곳은 거기뿐이다. 그곳에서 마지막 시련을 통과하면 미궁을 돌파한 것으로 인정받는 것이다.

"도중에 학생과 마주치더라도 협력 및 방해는 금지되어 있어. 그리고 만약 마주친 상대가 귀족이라면 상대를 먼저 보내줘서 귀찮은 일을 피하자."

"응. 레우스도 조심해."

"알았어. 하지만 형님이 바보취급 당한다면 나는 가만히 있지 못할 거야."

"맞아요. 그런 일이 벌어진다면 저도 냉정을 유지할 자신이 없어요."

"……그때는 내가 교섭할게."

"그래. 그럼 내가 이 두 사람을 말리지."

남매의 선언을 듣고 내가 한숨을 내쉬는 가운데, 우리는 차례를 기다렸다.

그리고 드디어 우리 차례가 되자, 나는 접수처에 예의 그 메달을 보여줬다.

접수처의 남성은 그 메달을 보더니 약간 동요한 후, 우리에게 펜던트를 하나씩 건네주며 설명을 시작했다.

"미궁 안에서는 이 펜던트를 꼭 지니고 다녀. 이 펜던트에 마력을 흘려 넣으면 미궁의 함정이 발동하지 않으면서 우리에게 장비자의 위치를 알려주게 되어 있거든."

이 미궁 한정 발신기 같은 건가. 함정에 빠져 움직이지 못하게 되거나 위기에 처했을 때 이걸 쓰라는 것 같았다.

접수처 안쪽에는 같은 펜던트가 여러 개 있으며, 그중 하나가 붉은색으로 반짝이면서 화살표가 표시됐다. 그리고 안쪽에서 대기하고 있던 여성이 펜던트의 번호와 들고 있던 서류를 확인하며 말했다.

"18번에서 신호가 확인됐습니다. '희망의 바람' 여러분, 구조 부탁드려요."

"알았어. 어이, 너희들. 가자."

그 말에 대답한 이는 이십 대로 보이는 모험가 몇 명이었다. 아마 도전자를 구조하기 위해 고용된 모험가이리라.

그들은 준비를 마치더니, 방금 그 여성에게서 반짝이는 펜던트와 새하얀 메달을 건네받은 후, 미궁에 들어갔다.

"봤지? 방금 준 펜던트에 마력을 주입하면 저기 있는 펜던트가 연동되면서 반짝이게 되어 있어. 그럼 그걸 이용해서 모험가가 구조를 하러 가는 거지."

"구조를 하러 간 모험가가 미궁에 당할 가능성은 없나요?"

"그런 걱정은 할 필요 없어. 방금 그들이 미궁에 들어가기 전에 받은 메달에는 미궁의 함정이 반응하지 않게 하는 효과가 있거든. 침입자를 공격하는 골렘들도 메달을 지닌 사람은 공격하지 않도록 되어 있어."

"그 메달을 훔치면 미궁 돌파도 간단하겠네요?"

에밀리아가 그런 의견을 내놓자, 접수처에 있던 남성은 쓴웃음을 지으며 대답했다.

"뭐, 몇몇 귀족이 팔라고 말했지만 물론 거절했어. 그리고 이 메달을 가지고 10층에 들어가면 미궁 안의 기능이 바뀌면서 돌파가 불가능한 상태가 된다는 걸 알려줬더니 순순히 포기했어. 원천적으로 부정행위를 차단하고 있는 거지."

"흐음…… 잘 만들었네. 그런데 형님이 받은 메달은 뭐야?"

"잠깐만 있어봐. 으음…… 아, 이거군. 학교장 님께서 그 메달을 지닌 자에게는 특별한 미궁으로 안내하라는 지시를 내렸어. 너희를 말하는 거였군."

그 남성은 근처 상자에서 찾아낸 자료를 읽은 후, 걱정스러운 시선으로 우리를 쳐다보았다.

"어떻게 하겠어? 강제적인 건 아니니까, 평범한 미궁에도 도전할 수 있어."

나는 그 말을 듣고 제자들을 돌아보았다.

에밀리아는 전부 나에게 맡긴다는 듯이 고개를 끄덕였고, 레우스는 의욕이 넘치는지 웃음을 흘렸으며, 리스 또한 열의를 드러내듯 두 손을 꼭 쥐었다. 반대하는 사람은 없는 것 같았다.

"도전하겠어요."

우리는 특별한 미궁에 도전하기로 했다.

미궁 내부는 바위로 된 동굴이 아니라 벽돌로 된 벽이 이어지는 평탄한 통로였다.

그리고 벽에는 자동적으로 마력을 대기에서 모으는 마법진이 일정간격으로 그려져 있었으며, 통로는 꽤 떨어진 곳까지 보일 정도로 밝았다. 다른 불빛이 필요하지는 않을 것 같았다.

"좋아, 가자!"

"기다려."

나는 함부로 걸음을 내디디려 하는 레우스의 목덜미를 움켜잡 았다.

내디디려던 발로 허공을 가른 레우스는 불만 섞인 표정을 지 으며 나를 돌아보았다.

"형님, 왜 그래?"

"잊은 거야? 이곳은 학교장이 특별히 만든 장소야."

학교장과는 2년 넘게 알고 지낸 나는 그가 꽤 장난기가 많고 툭하면 폭주한다는 사실을 이해하고 있었다.

그런 인물이 특별히 만든 곳이라니…… 불길한 예감이 마구 들었다.

나의 감에 따라 조치를 취하고 놔주자, 레우스는 고개를 갸웃 거리면서 걸음을 내디뎠고…… 그 순간, 그의 모습이 사라졌다.

""레우스?!""

"여, 여기야…… 누나."

레우스는 사라진 것이 아니라 바닥에 생긴 구멍에 빠졌다. 그 구멍 바닥에는 물이 있었기에 위험하지는 않아 보였지만, 빠졌 다면 물에 완전히 젖고 말았을 것이다. 하지만 내가 미리 '스트 링'을 레우스의 허리에 감아둔 덕분에 그는 물에 빠지지 않았다.

레우스를 끌어올리자, 바닥에 생긴 구멍이 천천히 막히면서 마법진이 생겨났다. 다가가서 확인해보니 마력 반응은 느껴지지 않았고, 시험 삼아 밟아봤지만 아무 일도 일어나지 않았다.

"혀, 형님 덕분에 살았어. 그런데 이게 뭐야?"

"한번 발동하면 한동안 작동하지 않게 되어 있는 것 같아. 아마 대기의 마력을 서서히 흡수해서, 시간이 지나면 다시 발동하도록 만든 것 같네."

마법진을 살펴본 나는 학교에서 배운 지식을 통해 그렇게 단정 지었다.

꽤 고도의 마법진으로 이런 추락 함정이나 만들다니…… 능력을 낭비한 것 같은 느낌이었다.

"하지만 너무하네. 까딱 했으면 들어서자마자 물에 빠질 뻔했어."

"갈아입을 옷은 없으니까 말이죠."

"함부로 돌아다니지 마!"

""어?""

주의를 줬지만, 한 발 늦었다. 에밀리아가 레우스를 향해 걸음을 내디딘 순간, 발치에서 마법진이 생겨나며 빛을 뿜었다.

남매가 땀을 흘리며 귀를 기울인 순간, 통로 안쪽에서 바람을 찢는 소리가 들리며 끝이 뭉툭한 화살이 날아왔다.

남매는 잠시 놀랐지만, 곧 무기를 휘둘러서 화살을 쳐냈다.

"괘, 괜찮아?!"

그리고 남매가 걱정된 리스가 걸음을 내디딘 순간, 발치에 또 마법진이 생겨나더니 그녀의 발치에서 돌풍이 생겨났다.

"어?! 꺄아아아아앗──?!"

리스는 학교 지정 교복 차림이었기에 아래쪽에서 분 바람에 치마가 말려 올라──.

"그렇게는 안 돼!"

──가기 전에 '스트링'으로 허벅지와 치마를 묶어서 그런 사태가 벌어지는 것을 막았다.

바람은 곧 잦아들었지만, 그녀는 울상을 지으며 바닥에 주저앉았다.

"더, 덕분에 살았어요……."

"너희 셋…… 이쪽에 한 줄로 서봐."

"""……예."""

함정에 대한 방비가 전혀 되어 있지 않아!

이런 체험을 좀처럼 할 수 없으니 어쩔 수 없을지도 모르지만, 그래도 어물쩍 넘어갈 수는 없다.

나는 함정이 없는 장소에 제자들을 줄지어 세운 후, 함정에 대한 수업을 하기로 했다.

"자아, 내가 왜 너희를 줄지어 세운 건지는 알지?"

"저희가 함정에 걸렸기…… 때문이에요."

"그래. 너희한테 화를 내려는 건 아니지만, 배려가 부족했어. 지금부터 설명을 해주면서 나아갈 테니, 멋대로 행동하지 마."

"""예."""

그리고 나는 앞장을 서면서 함정을 발견하면 그것에 대해 설명했다. 그리고 제자들에게 일부러 함정에 걸리게 하며 경험을 쌓게 했다.

"바닥만이 아니라 벽에도 함정이 존재할 경우가 많아. 벽은 필요한 경우를 제외하면 절대 만지지 말 것. 무의식적으로 만져서 함정을 발동시키는 녀석이 꽤 있거든."
"큰일 날 뻔했네! 방금 만지려던 참이었어."

"이 바닥을 유심히 봐. 아주 미세하지만 부자연스럽게 깨끗한 곳이 있지? 아마 저기에 마법진이 은폐되어 있을 거야."
"요, 용케도 발견했네. 알아도 찾기 어려울 것 같은데?"

"언뜻 보기에는 아무것도 없지만, 실은 함정이 숨겨져 있어. 통로가 세 개로 나뉘어 있으니까, 함정이 없다고 생각하는 곳으로 가봐."
"오른쪽은…… 왠지 불길한 느낌이 드니까 왼쪽으로…… 우왓?!"
"시리우스 님! 레우스가 함정에 빠졌어요!"
"정답은 가운데야. 함정이 하나만 있다고 단정할 수는 없고, 주어진 정보만 가지고 판단하려 드는 것도 안 돼."

참고로 나는 미궁에 들어가고 단 한 번도 함정에 걸리지 않았다.

나는 원래 감과 경험이 있는 데다, 함정의 발동체는 마법진이기 때문에 마력을 포착하는 '서치'로 조사하면 함정의 위치를 전부 알 수 있기 때문이다.

하지만 지금은 가능하면 '서치'를 쓰지 않고 있었다. 우리의 훈련장으로 이용하기 위해서다.

그리고 제자를 교육시키면서 함정 투성이인 길을 나아간 나는 드디어 4층에 도착했다.

그 즈음부터 제자들도 함정에 대해 어느 정도 이해를 했지만······.

"나······ 학교장이 싫어질 것만 같아."

"맞아. 어른스럽지 못한 데도 정도라는 게 있잖아."

"여자의 적이라니깐!"

이 미궁을 만든 학교장에 대한 평가가 엄청난 속도로 떨어지고 있었다.

지긋지긋할 정도로 함정을 파놓고, 각 속성 초급마법이 무수히 날아오는 등······ 짜증이 치솟게 만드는 함정이 잔뜩 존재했다.

이 감상을 본인에게 똑 들려주고 싶지만, 아마 들어봤자 웃음이나 터뜨릴 것이다.

제자들의 머리를 쓰다듬으면서 4층 통로를 걷던 나는 묘한 기척을 느끼고 제자들과 함께 걸음을 멈췄다.

"형님, 뭔가가 다가와!"

"4층부터 함정이 줄어드나 했더니…… 이래서였군."

경계를 하면서 통로 쪽을 쳐다본 순간, 온몸이 모래로 된 인간형 골렘이 나타났다. 몸집은 나와 비슷하지만, 관절이 없어서인지 움직임이 둔했다.

그런 골렘이 우리를 향해 천천히 다가왔다.

"여기서부터는 골렘이 나타나는 건가."

"형님, 나한테 맡겨! 받아라!"

레우스가 앞으로 나서며 지금까지 쌓인 분노를 풀듯 대검을 휘두르자, 모래가 폭발하면서 골렘이 두 동강이 났다.

"모래라 그런지 타격감이 이상하기는 하지만 손쉽게 쓰러뜨렸네."

"레우스, 뒤쪽!"

"뒤쪽…… 우, 우왓!"

레우스에 의해 두 동강이 난 골렘은 시간을 되감은 것처럼 모래가 모여들며 원래대로 재생됐다. 그리고 레우스를 향해 달려들었지만, 에밀리아의 말 덕분에 그는 늦지 않게 공격을 피했다.

"이, 이 녀석, 뭐야?! 분명 두 동강을 냈는데……."

"레우스, 오른쪽 팔꿈치를 베!"

"응, 형님!"

재생이 가능하더라도 골렘의 움직임은 느릿느릿했기에 레우스는 상대의 주먹을 손쉽게 피했다. 그리고 레우스가 오른쪽 팔꿈치를 베자, 골렘의 몸이 무너지기 시작하더니, 이윽고 모래만이 바닥에 남았다.

"어라…… 왜 이번에는 재생을 못한 거지?"

"네가 벤 부분에 마법진이 그려져 있었어. 골렘은 마법진에 의해 움직이니까, 마법진에 공격을 당하면 형태를 유지할 수 없지."

흙속성 마법으로 골렘을 만들어 사역하는 마법이 있다.

아마 방금 골렘은 그 마법으로 만들어낸 것 같으며, 몸이 모래라면 박살내는 것은 간단하다.

게다가 우리에게는 모래의 약점을 찌를 수 있는 인물이 있다.

"시리우스 님, 이번에는 세 마리가 나타났어요!"

"리스. 네 차례야."

"예! 물이여, 부탁해…… '아쿠아 샷'."

리스가 손을 내민 순간, 조그마한 물 구슬이 공중에 생겨나더니, 골렘을 향해 일제히 발사됐다.

물 구슬은 모래로 된 골렘의 몸을 간단히 꿰뚫었지만, 골렘 두 마리만 완전히 움직임을 멈췄을 뿐, 남은 한 마리는 원래대로 되돌아갔다.

"으음, 마법진을 노리는 건 어렵네."

"리스, 그게 아냐. 정령이 너보다 마력을 잘 느끼니, 이럴 때는 정령에게 조준을 맡기면 돼. 한번 더 해봐."

"예. 다들, 부탁해…… '아쿠아 샷'."

또 발사된 물 구슬이 골렘의 오른쪽 옆구리에 꽂히더니 이번에는 몸이 재생되지 않았다.

"와아……. 한 방에 해치웠어. 다들, 고마워!"

리스가 정령에게 고마워하는 가운데, 나와 남매는 아직 경계심을 풀지 않으며 어둑어둑한 통로를 쳐다보았다.

그런 우리의 긴장감을 눈치챈 리스가 고개를 갸웃거리며 입을 열었다.

"어? 설마 또……."

"그래. 이번에는 서른 마리는 될 것 같은걸."

바로 그때, 대량의 골렘이 모습을 드러냈다.

군대처럼 3열종대로 선 그들은 발소리를 맞추며 걸어왔다. 이만한 숫자를 혼자서 쓰러뜨리는 것은 어려우리라.

"이번에는 전원이 힘을 합쳐 싸우자. 준비는 됐지?"

"요령은 잡았으니 문제없어!"

"저도 준비가 됐어요."

"히, 힘낼게!"

"좋아. 그럼 포위당하지 않도록 조심하면서 약점을 찔러 숫자를 줄이자. 전투 개시!"

그리고 우리는 파죽지세로 나아갔다.

레우스는 때때로 실수를 하면서도 대부분의 마법진을 칼로 베었고, 에밀리아는 나이프로 마법진을 찔러 골렘을 쓰러뜨렸다. 그리고 리스는 뒤편에서 '아쿠아 샷'을 날려서 적의 숫자를 줄였다.

남매는 고블린과 싸우며 집단전에 익숙해졌지만, 리스는 실전 경험이 적기 때문인지 움직임이 딱딱했다. 나는 리스에게 주의를 기울이며 나아갔고, 전원의 토벌 숫자가 100을 넘었을 즈음에야 계단을 발견했다.

제자들은 안도의 한숨을 내쉬면서 계단을 내려가려 했지만, 내가 걸음을 떼지 않자 그들은 걸음을 멈췄다.

"……형님, 왜 그래? 빨리 가자."

"오늘은 이만하고 슬슬 돌아가자."

"아직 4층이잖아요? 그리고 시간도 그렇게 많이 지나지는 않았을 거라고 생각해요."

"이런 장소에서는 시간의 흐름을 파악하기가 힘들지. 내 감각에 따르면 이미 저녁때가 되었을 거야."

햇빛을 통한 시각 변동이 없고, 일정 기온이 유지되기 때문에 외부의 변화를 눈치채기 힘들다. 미궁 같은 장소에 오랫동안 들어가 본 적이 없는 제자들은 눈치치재 못하리라.

내가 저녁때라고 말한 순간, 레우스의 배에서 꼬르륵 하는 소리가 흘러나왔다.

"진짜네?!"

"점심 전에 들어왔는데 벌써 저녁때가 된 건가요. 시간이 빨리 흐르는 군요."

아무래도 제자들에게 함정에 대해 강의를 해주느라 시간을 꽤 허비한 것 같았다. 하지만 함정을 통해 새로운 자극을 느낄 수 있었으니 그리 나쁘지는 않았다는 생각이 들었다. 뭐, 학교장에게 불만을 느끼기는 했지만 말이다.

"리스도 피곤하지? 오늘은 이제 그만 돌아가자."

"미안해. 내가 또 발목을 잡았네……."

"괜찮아. 실전 경험이 적으니 어쩔 수 없잖아. 그것보다 저녁 메뉴는 뭐로 할까?"

게임이나 소설 같은 것에 나오는 전송장치 같은 것은 존재하지 않기에, 나아가든 돌아가든 두 발로 걸어야만 한다. 귀찮기는 하지만, 아래층으로 내려가는 계단 앞에 있는 스위치를 누르면 이 층의 함정과 골렘의 작동이 멈추기에 돌아가는 길은 안전했다. 참고로 이 스위치를 누르면 10층으로 이어지는 문이 잠기니, 실력자 한 명을 앞장서게 해서…… 같은 약은 수를 쓸 수도 없다.

입구로 돌아가면서 저녁 메뉴로 뭘 먹고 싶은지 물어보자, 제자들은 힘찬 목소리로 자기 의견을 말했다.

"고기 먹고 싶어!"

"고기만이 아니라 채소도 먹고 싶네요. 스튜는 어떨까요?"

"카레라이스는 어떨까?"

"카레…….."

나는 2년 동안 다양한 조미료와 향신료를 구해달라고 가르간 상회에 의뢰했고, 그것들의 맛을 보면서 전생의 요리를 재현했다. 그리고 결국 카레 가루를 재현하는데 성공한 것이다.

지금 생각해보면 정말 힘든 여정이었다. 비슷한 맛을 지닌 향신료를 찾는 것은 물론이고, 배합에 실패해서 시식을 한 레우스가 너무 매운 나머지 울면서 도망친 적도 있었다.

그런 고생 끝에 완성한 카레는 빨간색을 띠었지만, 겉보기만큼 맵지는 않고 맛 또한 완벽하게 재현했다.

그리고 카레보다 더 중요한 쌀은 가르간 상회에서 구해줬다. 그 쌀은 길쭉하게 생겼지만, 냄비를 이용해 지어보니 밥이 틀림 없었다.

이렇게 카레라이스의 재현에 성공했고, 그걸 만들 때마다 제자들은 게걸스럽게 먹어댔다.

"그럼 결정됐네. 돌아가서 시장을 보러 가야겠어."

"에헤헤…… 만세!"

"오늘은 카레구나! 많이 먹어야지!"

"진정하렴, 레우스. 아직 미궁에서 탈출하지 않았잖니."

에밀리아도 말은 그렇게 하지만 몸은 솔직한지, 기쁜 듯이 꼬리를 흔들고 있었다. 우리는 그런 그녀를 보면서 미궁에서 탈출했다.

다음 날…… 학교에 등교하자 클래스메이트들이 몰려드는 정례행사가 일어났지만, 오늘은 평소와 뭔가가 좀 다른 것 같았다.

"저기! 어제 미궁에 도전했지?"

"보아하니 돌파……한 것 같지는 않네. 역시 올해는 어려운 것 같아."

"형님과 두목도 무리인 건가……."

우리가 미궁에 도전했다는 게 알려졌는지, 클래스메이트들이 미궁에 대한 질문을 마구 해댔다. 내가 그 떠들썩한 광경을 쳐다보고 있을 때, 갑자기 교실의 문이 힘차게 열리더니 귀족으로 보이는 남녀가 시종을 데리고 교실에 들어왔다.

"찾았다!"

"여기 있었군요!"

고함을 지르면서 다가온 두 귀족은 남매 앞에서 멈춰서더니 손가락으로 두 사람을 가리키며 외쳤다.

"레우스 실버리온! 나, 할트 아카드는 너에게 승부를 신청한다!"

"에밀리아 실버리온! 저, 멜르사 미스트리아가 당신에게 승부를 신청하겠어요!"

"".......뭐?""

남매는 뚱딴지같은 표정을 지으며 고개를 갸웃거리자, 할트와 멜르사는 개의치 않으며 말을 이었다.

"왜 영문을 모르겠다는 표정을 짓는 거지? 이틀 전의 모의전에서 네가 나한테 이긴 걸 잊은 거냐?!"

"이틀 전? 아, 그러고 보니 그런 일이…… 있었지?"

"에밀리아, 당신도 마찬가지예요. 저의 화려한 영창을 보지도 않고 느닷없이 마법을 날리다니, 절대 용서할 수 없어요!"

"먼저 영창을 끝낸 사람이 마법을 날리는 건 당연한 일이라고 생각하는데요……."

아무래도 이틀 전, 오후 선택 수업에서 저 귀족들은 남매와 모의전을 해서 진 것 같은데, 승복을 못하고 다시 도전을 하는 것 같았다. 아무래도 귀찮은 일이 벌어질 것 같았다.

"귀족인 우리는 평민인 너희에게 졌다는 걸 인정할 수 없다. 그러니 승부를 받아들여라!"

"또 검으로 승부를 하자는 거야?"

"아니다. 승부 내용은 각자가 미궁에 도전해서 더 깊은 곳까지 들어간 쪽의 승리다!"

"귀족된 자, 모든 면에 있어서 뛰어나야만 하죠. 그러니 미궁 탐색을 통해 대등한 승부를 할 수 있을 거예요. 자아, 받아주세요!"

그들이 일방적으로 그런 소리를 하자, 남매는 어떻게 하면 좋을지 묻는 것처럼 나를 쳐다보았다. 그 광경을 본 귀족들이 갑자기 웃음을 터뜨렸다.

"시시콜콜 주인에게 의지하려 들다니, 한심하기 그지없는 시종이군!"

"실망이에요! 이렇게 한심한 시종을 둔 주인이 불쌍하군요."

""윽?!""

남매는 도발이라는 걸 알면서도 그 말을 듣고 뭔가 찔리는 구석이 있는지 고개를 푹 숙였다.

정말…… 도발이라고는 해도 눈앞에서 제자들이 바보취급을 당하는 꼴을 보고 있을 수야 없지. 그리고 나는 남매보다 더 노력하는 사람을 본 적도 없고, 한심하다고 생각한 적이 없다.

눈앞에 있는 귀족을 엉엉 울 때까지 교육시켜줄까 생각해봤지만, 그들이 시비를 건 사람은 내가 아니라 남매다. 나는 남매의 머리에 손을 얹으며 고개를 끄덕였다.

"나는 개의치 말고 너희가 하고 싶은 대로 해."

"시리우스 님…… 예!"

"누나! 내 대답은 정해져 있는 거나 다름없다고!"

"알았어요. 당신들의 도전…… 받아주겠어요!"

에밀리아가 그렇게 말하자 주위는 술렁거렸고, 할트와 멜르사
는 만족했다는 듯이 고개를 끄덕였다.

그리고 승부 내용을 확인한 후, 오늘 오후에 미궁 앞에서 모여
승부를 하기로 했다.

"……음, 룰은 이걸로 결정됐군. 그럼 미궁 앞에서 기다리겠다!"

"도망치면 용서치 않겠어요!"

꽤 갑작스러운 이야기지만, 별다른 예정은 없었기에 오늘 바
로 하기로 했다.

귀족들이 사라지자 교실에 감돌던 긴장감이 풀렸다. 그리고
클래스메이트들이 두 사람에게 다가와서 격려를 해줬다. 제자
들은 클래스메이트들에게 사랑을 받는 거 같아 다행이었다.

"저렇게까지 올곧은 귀족은 흔치 않지."

졌을 경우 어떻게 되는지 에밀리아가 묻자, 저 두 사람은 남매
에게 진 게 분하기만 할 뿐이니 자신들이 이긴다고 해서 남매에
게 무슨 짓을 할 생각은 없다고 딱 잘라 말했다.

두 사람은 귀족의 긍지를 되찾기 위해 남매를 찾아왔을 뿐이
다. 꽤나 이상한 녀석들 같지만, 나는 저렇게 올곧은 이를 싫어
하지 않는다.

게다가 그레고리처럼 수인에게 편견을 지닌 귀족과 달리, 저
두 사람은 어린애처럼 순수한 마음으로 도전했다는 걸 나는 이
해했다. 적어도 2년 전처럼 부정행위를 할 녀석들은 아닌 것 같

았다.

그래서 남매들에게 판단을 맡긴 것이다.

설령 지더라도, 그것 또한 경험이다. 패배를 하고 느낀 분함을 원동력 삼아 더욱 강해지리라.

내가 그런 생각을 하면서 마그나 선생님을 기다리고 있을 때, 클래스메이트들과의 이야기를 끝낸 남매가 진지한 표정으로 나를 향해 고개를 숙였다.

"시리우스 님. 아까 받은 승부 관련으로 부탁드릴 일이 있어요."

"뭔데?"

"오후에 하기로 한 승부 말인데…… 저희끼리 도전해도 될까요?"

"그 두 사람이 말했던 것처럼 형님에게 의지하기만 하는 것도 사실이니까, 이번에는 우리끼리 이기고 싶어."

나는 무심코 미소를 지을 뻔했지만 억지로 참았다. 원래 내가 이 제안을 할 생각이었는데, 남매가 먼저 말을 꺼낸 것이다. 좋은 경향이라는 생각이 들었다.

"알았어. 너희 뜻대로 해봐."

"" 예!""

"나는 같이 갈 거야! 나는 너희의 주인이 아니라 친구잖아!"

"고마워, 리스. 네가 같이 가준다니 정말 든든해."

"리스 누나가 함께 해준다면 질 리가 없어!"

"아, 아하하……. 그렇게까지 의지하면 곤란한데 말이야."

이렇게…… 제자들과 귀족의 승부가 시작되었다.

점심시간…….

다이아장으로 가서 준비를 마친 제자들을 배웅한 후, 나는 빌 선생님에게 호출을 받고 마그나 선생님의 방으로 갔다. 이 방의 주인은 다른 일 때문에 자리에 없지만, 스승인 빌 선생님은 마치 자기 방처럼 이용하고 있었다.

아무래도 어제 도전한 미궁에 대한 감상을 물어보려고 나를 부른 것 같지만, 그전에 오늘 아침에 일어난 소동에 관해 빌 선생님이 물었기에 나는 자초지종을 이야기했다.

"……그렇게 된 건가요. 도전을 한 할트 군과 멜르사 양은 고집이 세고 주위를 잘 살피지 못하는 편이지만, 나쁜 애들은 아니죠. 귀족과의 화근 같은 걸 걱정할 필요는 없을 겁니다."

"마크도 그렇게 말했어요. 그래서 안심하고 보냈죠. 그리고 이번에는 평범한 미궁으로 가라고 지시했으니 별문제 없이 이길 거예요."

"예, 저도 그렇게 생각합니다. 그건 그렇고, 설마 모험가를 고용하면서까지 이기려고 들 줄이야……. 에밀리아 양과 레우스 군에게 진 게 정말 분했나 보군요."

남매와 귀족 두 사람이 승부의 룰을 정할 때, 할트가 미궁의 접수처에서 대기하고 있는 모험가를 고용하고 싶다는 말을 했다.

그는 뛰어난 자를 찾는 관찰안과 모험가를 고용한 재력 또한 실력이라고 말했다. 틀린 말은 아니라고 생각하면서도 좀 그렇다고 내가 생각하고 있을 때, 남매는 바라는 바라면서 허락했다.

뭐…… 제자들이 모험가를 고용해도 된다고 했고, 접전이 되는 편이 제자들도 성장할 테니 나는 굳이 아무 말도 하지 않았다.

"저는 그 연락을 받고 망설였습니다만, 모험가에게서 배우는 바가 있을 거라는 생각이 들어 허락했습니다. 그런데 당신의 제자들은 모험가를 고용했나요?"

"아뇨, 셋이서 도전하려는 것 같아요. 역시 익숙한 이들끼리 힘을 합쳐 싸우는 편이 편할 테고, 제가 없어도 괜찮다는 걸 증명하고 싶은 거겠죠."

"노력하는 학생은 귀엽군요. 그건 그렇고, 어제 도전한 미궁은 어땠나요?"

어려웠죠? 하고 말하며 장난질에 성공한 어린애처럼 웃는 빌 선생님을 보자 짜증이 치솟았다.

"적당히 긴장감이 느껴져서 재미있었지만…… 제자들의 평가는 최악이었죠. 학교장 님의 주가가 폭락했어요. 특히 바람 함정은 여성들에게 너무 심한 게 아닌가 싶은데……."

"그랬군요. 절대로 함정에 빠지지 않겠다며 긴장감을 가지게 하려고 배치한 겁니다만…… 역시 그건 없애야겠군요."

음란한 목적으로 설치한 게 아니라는 걸 그나마 다행이라고 생각해야 할까?

아무튼 반성은 하고 있는 것 같으니 보고한 보람은 있었다.

"그런데 미궁에서 싸운 골렘 말인데, 안전 면에서는 괜찮은가요? 꽤 힘이 세던데, 부상을 당해 움직이지 못하는 상태에서 공격을 당하면 위험할 텐데요."

"그 골렘은 움직이지 못하는 상대를 공격하지 못하도록 설정해뒀습니다. 이야, 적당히 봐주는 마법진을 만드느라 고생했어요."

"그렇군요. 그럼 다음에 해석을 해봐도 될까요?"

"제가 만든 마법진은 국가에서 문외불출로 설정한지라……."

"얼마 전에 생크림을 몇 겹으로 넣은 케이크를……."

"그 마법진이라면 나쁜 일에 이용할 수도 없을 테니, 해석을 허락하죠! 그리고…… 그 케이크에는 생크림이 몇 겹이나 들어 있는 거죠?!"

콧김을 씩씩 뿜는 빌 선생님을 달래고 있을 때, 갑자기 마그나 선생님이 이 방에 헐레벌떡 뛰어 들어왔다.

"학교장 님! 긴급사태가 벌어졌습니다!"

"마그나 선생, 진정 좀 하고 보고하세요."

"아, 예. 모험가 길드에 의뢰했던, 마을을 돌아다니는 수상한 자들 말입니다만……."

흠…… 학교장은 이 학교의 수장으로서만이 아니라 다른 쪽으로 활동을 하고 있는 것 같았다. 그레고리를 감시한다고 예전에 말한 적도 있고, 뒷세계에 대해서도 해박한 것 같았다.

내가 속으로 감탄하며 두 사람의 대화를 듣고 있을 때, 마그나 선생님은 나를 힐끔힐끔 쳐다보며 머뭇거렸다. 나에게 들려줄 수 없는 이야기를 하려는 것 같았다.

"바쁘신 것 같으니, 저는 이만 돌아가겠습니다."

"아뇨, 시리우스 군이라면 괜찮겠죠. 마그나 선생, 이야기를 해보세요."

"예. 보고에 따르면 예의 수상한 자들은 바로 '선혈의 드래곤' 인 것 같습니다."

"뭐라고요?!"

어라? 항상 차분하던 빌 선생님이 이렇게 격렬하게 동요하다니, 신기한걸.

언성을 높이며 벌떡 일어서는 것을 보면 그만큼 심각한 사태가 벌어진 것 같았다.

"각 선생님에게 서둘러 연락을 하세요! 수상한 자를 보면 다가가지 말고, 저에게 보고하세요!"

"알았습니다!"

마그나 선생님이 방을 뛰쳐나간 후, 나는 소파에 다시 앉은 빌 선생님에게 질문을 던졌다.

"빌 선생님. 그 위험한 이름을 지닌 녀석들은 대체 뭐죠?"

"당신에게는 설명해두도록 할까요. 선혈의 드래곤이란 각지에서 범죄와 살인을 저지른 바람에 모험가 길드 측으로부터 지명수배를 당한 4인조입니다. 전원이 손등에 붉은색 용 문신을 한 게 특징이죠."

그 설명을 들은 순간⋯⋯ 나는 생각이 났다.

오늘 오후⋯⋯ 내가 미궁에 들어가려던 제자들을 배웅할 때의 일이다.

접수처에 있는 제자들 옆에는 한발 먼저 접수를 마친 할트와 멜르사가 있었다. 이야기를 듣자하니 할트와 멜르사는 따로 도전을 하며, 본인과 시종 한 명, 그리고 교섭을 해서 고용한 모험가 두 명, 이렇게 네 명으로 파티를 이룬다고 했다.

그리고 고용한 네 명의 모험가들은 하나같이 후드가 달린 망토를 걸치고 있었다. 때때로 보이는 손등에는 붕대에 감겨 있어서 수상쩍어 보였기에, 나는 은근슬쩍 그 모험가들을 관찰했다.

마지막으로 승부 내용을 확인한 후, 전원이 미궁에 들어가기 직전…… 모험가 중 한 명이 손을 움직이다 풀린 붕대를 허둥지둥 다시 감기 시작했다.

다른 이들은 못 본 것 같지만, 나는 봤다.

그 모험가의 손등에 새겨져 있던, 붉은색 용 문신을…… 말이다.

"빌 선생님. 그들은 대체……."
"선혈의 드래곤은…… 살인귀 집단입니다."

—— 레우스 ——

잘 모르는 귀족과 다툰 우리는 형님을 빼고 우리끼리 미궁에 도전하기로 했다.

형님이 없어도 우리가 잘 싸울 수 있다는 걸 증명하기 위한 행위지만…… 솔직히 말해 항상 우리를 지켜봐주는 형님이 없어서 좀 불안했다. 그건 누나도 마찬가지인지 항상 형님이 서 있던 자리를 몇 번이나 쳐다보며 몰래 한숨을 내쉬었다.

그래도 누나는 형님의 구멍을 메우기 위해 지시를 내려줬고, 우리는 순조롭게 미궁 9층까지 나아갔다.

"휴우…… 드디어 여기까지 왔군요. 두 사람은 좀 어떤가요?"

"나는 괜찮아. 마력도 아직 충분히 남아 있어."

"나도 끄떡없어!"

함정은 모퉁이에 하나씩 있었고, 골렘 또한 10마리 이상 동시에 나타나지 않았기에, 우리는 그다지 지치지 않은 채 단숨에 이곳까지 올 수 있었다.

두세 걸음 걸을 때마다 함정이 작동하고, 동시에 50마리 이상의 골렘이 나타나던 어제에 비하면 간단하기 그지없었다.

"여기까지는 손쉽네. 이대로 미궁을 돌파하면 형님이 칭찬해 줄까?"

"레우스, 방심하면 안 돼. 자아, 발치를 살펴."

"어이쿠…… 고마워, 누나."

나는 걸음을 멈추면서 함정이 있는 것으로 추정되는 장소를 피했다. 언뜻 보기에는 아무것도 없는 것 같았다. 정말 잘 숨겨져 있었다.

"……용케도 찾았네. 나는 아직 잘 모르겠어."

"시리우스 님을 살펴보다 보면 자연스럽게 알아볼 수 있게 돼요."

"전혀 이해가 안 돼. 그럼 레우스는 어떻게 아는 거야?"

"으음…… 뭐랄까, 딱 느낌이 와. 형님은 그걸 육감이라 말했어."

"더 모르겠어!"

실은 나도 잘 모르지만, 아무튼 수상한 곳을 발견하거나 위험을 감지하면 몸에 어떤 느낌을 받았다.

형님은 그 감각을 소중히 하라고 말하면서 과신을 하지 말라고 했다. 그 감을 컨트롤할 수 있게 되면 더 강해질 수 있을 거라고 형님은 말했었다.

그리고 생각을 멈춰선 안 된다고도 했다. 좀 어렵지만, 형님의 가르침이니 최대한 지켜보기로 다짐했다.

"잡담은 이제 그만해요!"

"누나, 나한테 맡겨!"

그런 생각을 하며 걷고 있을 때, 통로 쪽에서 골렘이 나타났다. 이번에는 20마리 정도지만, 우리라면 거뜬히 이길 수 있다.

"그럼 나부터 시작할게. '아쿠아 샷'."

"레우스, 돌격해! '에어 슬래시'."

우선 누나들이 마법으로 숫자를 줄였고, 그 뒤에 내가 돌격해서 날뛰었다.

내가 할 일은 적을 쓰러뜨리는 것과 뒤편에 있는 리스 누나에게 적이 접근하지 못하게 하는 것이니, 지나치게 돌격하지는 않도록 조심해야 한다.

어제는 약점인 마법진을 베는 걸 실패할 때도 있었지만, 이제 요령을 파악했기에 나는 골렘을 차례차례 해치웠다. 나를 돌파한 골렘도 있지만, 그런 녀석은 누나가 나이프로 쓰러뜨리거나 리스 누나가 마법으로 해치웠다.

형님이라면 골렘이 단 한 마리도 뒤편으로 보내지 않았을 것이다. 빨리 형님처럼 소중한 사람을 지킬 수 있을 만큼 강해지고 싶다.

"이걸로 끝!"

나는 마지막 한 마리를 검으로 베어 넘겼다.

힘을 과하게 준 탓에 땀을 났다. 누나는 그런 나에게 수건을 내밀었다.

"심정은 이해하지만, 너무 초조해하지 마. 좀 더 차분하게 움직이는 거야."

"응. 고마워, 누나. 하지만 적들이 누나들에게 다가가지 못하게 하고 싶거든."

"자신이 할 수 있는 일을 파악하라고 시리우스 님이 항상 말씀하셨잖아? 우리도 함께 싸우고 있으니까 무리할 필요 없어."

"그래, 레우스. 나도 열심히 단련하고 있으니까 좀 의지해줘."

"그렇구나. 미안해, 누나."

아차. 하마터면 기본을 잊을 뻔했다. 역시 형님이 없으면 금세 잊고 만다. 나는 반성을 하면서 걸음을 내딛다 보니, 곧 아래층으로 이어지는 계단을 발견했다.

"드디어 여기까지 왔네. 남은 건 마지막 시련을 돌파하는 것뿐이야."

"마지막 시련이란 게 대체 뭘까?"

이번에는 모래가 아니라 바위로 된 골렘이 튀어나오는 걸까?

하지만 바위 정도는 대검으로 벨 수 있으니, 누나가 엄호를 해 준다면 분명 쓰러뜨릴 수 있을 것이다.

그런 생각을 하며 계단을 내려가고 있을 때, 갑자기 배에서 꼬르륵 소리가 났다.

아…… 배고프다. 빨리 돌아가서 형님이 만든 음식을 먹고 싶어.

"후후, 레우스는 쉴 새 없이 움직였으니 배가 고플 만도 해. 육포 줄까?"

"정말?!"

"물론이야. 몸 상태는 만전을 기하는 편이 좋잖아."

"레우스. 수분 보충도 잊지 마."

"응!"

때때로 무섭지만, 역시 누나들은 상냥하다.

내가 육포를 다 먹었을 즈음, 우리는 10층에 도착했다.

10층에는 함정이나 골렘도 없고, 그저 복잡한 통로만 있었다.

그리고 몇 번이나 모퉁이를 돌다 보니, 넓은 방이 보였다. 형님이 10층에서 다른 학생과 마주칠 수 있다고 했었는데, 그 이유를 이해했다.

"흐음…… 입구 숫자만큼 있나 보네."

"통로가 이렇게 많으니 왠지 신기해."

다른 입구를 통해 미궁에 들어온 학생들은 다들 이곳에 도착하게 되어 있는지, 이 동그란 방의 벽에는 수많은 통로가 존재했다.

왠지 불가사의한 장소라고 생각하며 걸음을 옮기다보니, 방 중앙에서 인기척이 느껴졌다.

"기다리고 있었다, 레우스!"

"기다리고 있었어요, 에밀리아!"

그곳에는 우리에게 도전했던 하…… 하…… 할트였지? 아무튼, 할트 일행이 방 중앙에 서 있었다.

"너희라면 분명 여기까지 올 거라고 생각했어. 하지만 우리가 조금 빨리 도착한 것 같군."

"우리가 이겼어요!"

"이미 돌파한 거야?!"

승패는 미궁의 더 깊은 곳까지 간 사람이 이기는 걸로 하기로 했으며, 양쪽 다 10층에 도착한다면 먼저 마지막 시련을 돌파한 이가 승자다.

그럼…… 저 녀석들은 이미 마지막 시련을 돌파한 거야?!

"아니, 아직 시련에 도전하지는 않았어."

"……뭐?"

"저희는 당신들을 기다리고 있었어요! 저희가 시련을 통과하는 모습을 당신들에게 보여주기 위해서 말이죠."

혹시 이 녀석들은 우리에게 그 모습을 보여주려고 일부러 기다리고 있었던 걸까?

분하지만, 먼저 온 순서대로 도전하기로 되어 있으니, 지금은 저 녀석들에게 양보할 수밖에 없다.

"누나……."

"아직 진 건 아니지만…… 승산은 적은 것 같네요."

그들은 쉬지 않고 여기까지 내려온 우리보다 빨리 도착했다. 그런 녀석들이 마지막 시련을 실패할 리가 없다. 게다가 저 귀족들은 그렇게 강하지 않으니, 우리보다 먼저 여기에 온 것은 동행한 모험가들 덕분이리라.

내가 몰래 한숨을 내쉬고 있을 때, 귀족들을 쳐다보던 리스 누나가 중얼거렸다.

"저 모험가들…… 정체가 뭘까?"

"가능하면 얽히지 않는 편이 좋을 것 같네요. 특히 레우스는 조심해."

"안 그래도 그럴 생각이었어. 저 모험가들을 보니 불길한 예감이 들거든."

망토와 후드 때문에 외모는 보이지 않지만, 강하다는 것은 알 수 있었다. 내가 그런 생각을 하면서 모험가들을 지켜보고 있을 때, 내 시선을 느낀 한 모험가가 나와 시선을 마주치며…….

"윽?!"

방금…… 웃었어?

그레고리나 나쁜 귀족들이 짓던 짜증나는 웃음과는 달랐다.

더욱 거무튀튀하고…… 말로 형용하기 힘든 느낌이 감도는 불길한 웃음이었다.

"그럼 먼저 가도록 하지. 거기서 내 승전보를 기다리고 있어."

그리고 귀족들이 잘난 척하듯 호화로운 문으로 향하던 도중,

아까부터 뒤편에 서 있던 모험가 중 한 명이 앞으로 나서더니 귀족들을 막아섰다.

뭐가…… 어떻게 된 거야?

불길한 느낌이…… 기분 나쁠 정도로 느껴져.

"왜 그러지? 나를 방해하지 마라."

"……보수를 받고 싶어졌어."

"무슨 소리를 하는 거지? 시련이 끝난 후에 준다고 했을 텐데?"

"이놈! 할트 님을 방해하지 말고 물러서라!"

"윽?!"

그 순간, 나는 반사적으로 몸을 날려 모험가와 마주 선 할트의 등을 걷어찼다. 너무 급한 상황이었기에 할트의 옆에 서 있던 시종까지는 신경 쓰지 못했다.

그런 내 행동을 본 시종이 화를 내기도 전에…….

"미안하지만 나는 지금 바로 받고 싶다고. 너희가 자아내는…… 절망에 찬 비명을 말이야."

진심어린 기쁨으로 가득 찬 차가운 목소리가 울려 퍼졌다.

그리고 모험가가 망토를 벗으며 팔을 휘두르자…… 시종의 두 팔이 바닥에 떨어졌다.

"아…… 아아…… 아아아아아아——?!"

"으음…… 역시 미궁에 오기 잘했어. 비명이 메아리치니…… 정말 좋은걸!"

시종의 비명이 울려 퍼지자, 그게 신호라는 듯이 다른 세 모험가들도 망토를 벗으며 여자 귀족과 시종에게 달려들었다.

"다, 당신들! 이런 짓을 해도 될 거라고 생각하나요?!"

"꼬맹이 따위에게 허락 따위는 필요 없어!"

"힘차게 울부짖으라고, 꼬맹이들아!"

"멜르사 님! 물러서…… 아아아아——?!"

그것은…… 과거에 우리를 찾아왔던 지옥 같았다.

내 마을이…… 친구들이…… 가족들이 당했던, 그 악몽 같은 광경과 비슷했다.

여자 귀족을 지키기 위해 나선 시종은 모험가들에게 팔과 다리를 찢긴 채 비명을 질러대고 있었다.

그 광경을 본 여자 귀족은 다리가 풀렸는지 꼼짝도 못했다.

"시, 싫어……."

"도망쳐봤자 헛수고야. 자아, 너도 귀여운 소리 좀 내보라고."

"그렇게는 안 돼!"

수인이 팔을 휘두르려던 순간, 누나가 날린 '에어 샷'에 여자 귀족이 튕겨져 날아갔다. 하지만 위력 조절을 못했는지 여자 귀족은 벽에 부딪치더니 꼼짝도 하지 못했지만, 아마 기절했을 뿐이리라.

그리고 내가 걷어찬 할트 또한 여자 귀족과 마찬가지로 벽에 부딪치며 기절했다.

"흐음…… 너희는 저 장난감들과는 좀 다른 것 같네."

즐거운 듯이 시종을—— 하던 모험가들이 더는 비명을 지르지 못하는 시종에게서 떨어지더니, 우리를 향해 돌아섰다.

그들의 얼굴은 상냥해 보였지만…… 이런 짓을 하는 녀석들에게 마음을 허락할 수는 없다. 내가 누나들 앞에 서며 검을 뽑아 들자, 누나는 리스 누나 앞에 서면서 모험가들에게 말을 걸었다.

"당신들은…… 누구죠?"

"어라, 우리를 모르는 거야? 이 문신을 봐도 모르겠어?"

"……죄송하지만, 저는 어느 분 이외의 남자에게는 관심이 없습니다. 괜찮다면 이름을 가르쳐주시지 않겠습니까."

누나가 천천히 말을 건 것은 입가를 가린 채 경악한 리스 누나가 정신적으로 회복할 시간을 벌기 위해서다. 우리는 과거의 경험 때문에 견뎠지만, 상냥한 리스 누나에게 저 광경은 너무나도 잔인했다. 도망치든, 싸우든…… 적어도 리스 누나가 회복될 때까지 시간을 벌어야 한다.

용을 연상케 하는 붉은 문신을 보여주던 모험가는 누나의 질문을 듣더니 다른 세 사람과 나란히 섰다.

"좋네, 좋아! 요즘에는 누구나 우리를 보자마자 도망치거든. 이런 일은 오래간만이라고. 그럼 너희가 원하는 대로 자기소개를 해보도록 할까?"

아까부터 이야기를 하고 있는 이 녀석은…… 처음 보는 종족이었다.

겉모습은 인간족이지만 몸은 얇은 비늘에 뒤덮여 있고, 머리에는 뿔이 달렸으며, 엉덩이에는 도마뱀 꼬리 같은 게 달려 있다.

하지만 가장 신경 쓰이는 부분은…… 바로 눈이다.

상냥한 미소를 짓고 있는데도, 저 눈 깊숙한 곳에는 거무튀튀한 감정이 깃들어 있는 것 같아서 기분 나빴다.

아니, 진짜로 깃들어 있었다. 그렇지 않다면 저렇게 즐겁게 사람을 죽일 리가 없다.

"나는 파티 '선혈의 드래곤'의 리더인 용족, 고라온이라고 해. 그리고 이쪽에 있는 늑대족 남자는 애시. 희귀종인 금랑족이지."

금랑족은 나와 마찬가지로 늑대족이며, 눈과 몸의 털이 금색인 점 이외에는 내 종족과 흡사했다.

하지만 그들의 삶은 은랑족과 완전히 다르다. 은랑족은 가족과 동료를 소중히 여기며 집단으로 살지만, 금랑족은 어느 정도 성장하면 무리로부터 쫓겨나는 고독한 종족이다. 매우 강하지만, 그런 삶의 방식 때문에 희귀한 종족으로 여겨지고 있었다.

금랑족인 애시는 혀로 입가를 핥으면서 우리를 쳐다보았다.

"때로는 씹는 맛 좀 있을 것 같은 고기를 먹는 것도 괜찮을 것 같군."

"기다려. 아직 자기소개가 끝나지 않았잖아. 그리고 이쪽에 있는 키가 작은 아저씨가 드워프인 에드야. 힘이 정말 세지."

"키 이야기는 하지 말라고!"

나보다 몸집이 작은 그 드워프는 묵직해 보이는 방패와 도끼를 가볍게 휘두르고 있었다. 특히 방패는 몸 전체를 가릴 수 있을 만큼 크며, 내 검으로 벨 수 있을지 의문이었다.

"그리고 마지막 한 명은 인간족인 로미오스. 흙속성이 특기인 마법사야."

"잘 부탁해요. 수인과 인간족 아이들."

로미오스라는 청년은 예의 바르게 인사를 했지만, 그의 얼굴을 보자 내 꼬리가 쭝긋 섰다.

　이 녀석들은 위험하다. 이런 상황만 아니라면 바로 도망치고 싶을 정도로 말이다……

　"우리 넷이 바로 선혈의 드래곤이야. 짧은 인연이겠지만 잘 부탁해."

　"짧은 인연이라는 게…… 무슨 소리야?"

　검을 고쳐 쥔 나는 그 녀석들로부터 누나와 리스 누나를 지킬 수 있는 위치를 찾았다.

　"응? 그야 물론 너희가 곧 죽기 때문이지. 미리 말해두겠는데, 우리는 인간을 베는 걸 좋아하거든. 그러니 너희를 놔줄 생각이 없어."

　"범죄자 집단인가요. 다시 한 번 묻겠습니다만, 당신들이 왜 여기 있는 거죠?"

　누나는 리스 누나의 등을 매만지면서 시간을 더 벌려고 했다. 질문에 대답하지는 않을 거라고 생각했지만, 리더인 고라온은 즐거운 듯한 목소리로 말했다.

　"그게 말이지. 어떤 마을에서 술을 마시고 있는데, 그레고리라는 아저씨가 사람을 잔뜩 죽일 수 있다며 우리를 꼬시더라고. 그래서 이 마을에 왔더니 아무것도 하지 말고 기다리라지 뭐야. 좀 참아봤지만 인내심이 바닥나서 죽이러 온 거야. 너무 참으면 몸에 나쁘다잖아?"

　"역시 애들의 비명과 살을 베는 감촉은 각별하거든."

"이 애들도 끝내주는 목소리로 울어줄 것 같군요."

"저 꼬맹이는 내 사냥감이다!"

이 녀석들에게 있어서 중요한 것은 살육이라 그런지, 살기를 숨기려 하지 않았다.

그건 그렇고, 또 그레고리 자식이 얽힌 건가. 이런 녀석들을 불러들이다니, 대체 무슨 생각인 거야! 돌아가면 반드시 두들겨 패주자고 생각하고 있을 때, 고라온이 손뼉을 가볍게 쳤다.

"저기, 간단히 죽여버리는 것도 좋지만 그래도 절망에 찬 울부짖음을 듣고 싶지 않아?"

"하아…… 또 나쁜 버릇이 도졌네. 그냥 빨리 죽여버리자고."

"하지만 전력을 다해 저항하는 상대가 짓밟히며 짓는 표정은 정말 끝내주잖아. 너희도 내 말을 이해하지?"

"정말…… 어쩔 수 없군요. 리더의 의견에 따르죠."

"그럼 시간을 좀 줄게. 아, 맞다. 도망치려고 하면 바로 죽일 거야."

우리가 무슨 말을 하기도 전에, 그들은 꿈쩍도 하지 않는 시종의 짐에서 물과 식량을 꺼내 휴식을 취하기 시작했다. 우리를 가지고 노는 것 같지만, 지금의 우리로서는 감사하기 그지없었다.

나는 경계심을 풀지 않으면서 리스 누나에게 걸어갔다.

"리스 누나, 괜찮아?"

"응……. 미안해. 이제 괜찮아."

"펜던트로 구조 요청을 했지만, 오는데 시간이 걸릴 거야. 상황이 좋지 않네."

"응. 저 녀석들은 우리보다…… 강해."

아직 싸우지 않았지만 알 수 있다. 인원수도 상대가 더 많고, 우리가 명백하게 불리했다. 형님은 위험하다고 판단되면 주저하지 말고 도망치라고 했지만, 이 녀석들이 순순히 우리를 놓아줄 것 같지 않았다.

"에밀리아와 레우스보다…… 강한 거야?"

"상대가 한 명이라면 누나와 힘을 합쳐 어떻게 할 수 있겠지만, 네 명을 동시에 상대한다면 절대 못 이겨."

"그럼 도망치자! 내 '아쿠아 미스트'를 사용하면…… 도망칠 수 있을지도 몰라."

나는 도망치자는 말을 듣고 할트를 쳐다봤지만…… 그대로 포기했다. 우리는 여유가 없는데다, 지금은 누나들을 지키는 게 최우선이다.

"……그것도 어려울 거야. 왜냐면 상대는 냄새에 민감한 늑대족이 있어. 도망치더라도 바로 따라잡힐 테고, 누나와 리스 누나가 잡히면 그대로 끝이야……."

"그럼 싸울 거……야?"

"힘들겠지만 그 방법밖에 없겠군요. 리스…… 우리가 시간을 벌 테니까 당신만이라도 도망치세요."

"응, 형님에게 이 일을 알려줘."

"그건…… 싫어."

리스 누나는 얼굴이 새파랗게 질린 채 몸을 떨고 있지만, 주먹을 말아 쥐며 고개를 저었다.

"지금 도망쳤다간 나는 분명 후회할 거야. 영원히…… 사라지지 않을 상처가 생길 거야."

"죽을지도 모르는데도요?"

"무서워. 죽고 싶지도…… 않아! 그래도 너희를 두고 도망치는 건 싫어……."

리스 누나는 눈물을 흘리면서 우리를 쳐다보았다. 실은 도망치고 싶지만, 나와 누나를 위해 남으려고 하는 리스 누나의 모습을 보자…… 용기가 샘솟았다.

"그러니까 나도 싸울래! 다같이…… 돌아가자."

"……고마워요. 다같이…… 시리우스 님의 곁으로 돌아가죠."

리스 누나가 각오를 다졌다면, 내가 할 말은 없다.

각오를 다진 우리는 이 상황에서 살아남기 위해 작전을 논의했다.

"정정당당하게 싸워선 승산이…… 없겠지?"

"예. 하지만 상대는 우리의 실력을 모를 거예요. 우선…… 그틈을 노려 적의 숫자를 줄여야겠죠. 잘 하면 도망칠 기회가 생길지도 몰라요."

"즉, 기습을 하자는 거구나. 누구를 노릴 거야?"

"의표를 찔러서 리더인 용족을 노리죠. 레우스는 금랑족과 드워프를 막아. 문제는 바람의 칼날이 저 용족에게 통할지……."

예전에 학교에서 읽은 책의 내용에 따르면, 용족의 몸은 매우 튼튼한 것 같았다.

내 검이라면 통할지도 모르지만 나는 다른 두 사람을 막아야 하며, 누나의 마법이 통할지 확인해볼 방법이 없다.

기습을 할 거라면 찬스는 단 한 번뿐이다. 뭔가 확실한 방법은 없을까?

"그럼…… 내가 해볼게!"

"리스?"

"나라면…… 할 수 있어. 시리우스 씨가 가르쳐준 그 마법이라면 분명……."

"그거 말이구나! 확실히 그 마법이라면 통할 것 같아."

"하지만 리스. 그 마법은 적의 품속에 파고들어야만 쓸 수 있잖아요? 당신이 그런 위험을 감수할 필요는……."

"어디에 있든 어차피 지면 그걸로 끝이야. 그렇다면 조금이라도 확실한 방법을 써보자."

리스 누나는 서 있는 것도 힘들어보일 만큼 몸을 떨고 있었다. 그래도 마음을 굳게 먹으면서 이렇게 말한 것이다.

나와 누나는 서로를 쳐다보며 고개를 끄덕인 후, 리스 누나의 손에 우리 손을 얹었다.

"그럼 리스에게 그 역할을 맡길게요. 다른 적들은 나와 레우스가 반드시 막을 테니까, 당신은 리더만 노려요."

"리스 누나의 등은 내가 지키겠어!"

"히, 힘낼게!"

리스 누나가 용기를 쥐어짜내고 있는데, 우리가 움츠러들 수는 없다.

"그럼 작전 말인데……."

누나는 태연해 보이지만 실은 억지로 괜찮은 척을 하고 있을 뿐이다.

손을 맞댔을 때 눈치챘는데, 누나는 떨고 있었다. 꼬리도 처져 있으며, 나 또한 긴장을 풀었다간 몸을 떨 것 같았다.

그래도…… 할 수밖에 없다. 형님의 곁으로 반드시 돌아가기 위해서 말이다.

그리고 누나가 고안한 작전을 듣고 싸울 준비를 끝냈을 즈음, 그 녀석들이 반응을 보였다.

"슬슬 시작해도 될까? 자아…… 어떤 싸움을 선보일 거지?"

여전히 우리를 어린애 취급하며 웃고 있지만…… 곧 웃지 못하게 만들어주지.

"물이여, 부탁해…… '아쿠아 미스트'."

우선 리스 누나가 마법으로 시야를 가린 후, 나와 누나가 동시에 몸을 날려 미리 정해둔 상대를 막았다.

내가 막을 상대는 금랑족과 드워프다.

코앞도 보이지 않을 만큼 진한 안개지만, 리스 누나 덕분에 우리는 그 녀석들이 잘 보였다.

나는 '부스트'를 발동시킨 후, 안개 때문에 동요한 드워프를 향해 주먹을 휘둘렀다.

"받아라! '플레임 너클'."

"그딴 공격…… 큭?!"

내가 불꽃 주먹을 날렸지만, 드워프는 반사적으로 들어 올린 방패로 막아냈다. 하지만 내 표적은 이 녀석을 쓰러뜨리는 게 아니라 상대의 주의를 끄는 것이니 이걸로 충분하다.

마법을 사용한 것은 그 때문이며, 불꽃 주먹에 의해 발생한 폭풍과 충격에 의해 드워프는 약간이지만 뒤로 밀려났다.

"이럴 줄 알았다니깐!"

그리고 나는 냄새와 폭음을 감지하고 옆에서 달려드는 금랑족을 향해 검을 휘둘렀다.

이 금랑족은 무기가 아니라 자신의 길쭉한 손톱을 무기로 삼는 것 같았다. 이 대검과 맞부딪치고도 부러지지 않다니, 정말 튼튼한 손톱이다. 게다가 내가 '부스트'로 몸을 강화했는데도, 힘은 금랑족이 더 강한 것 같았다.

"이딴 어린애 장난 따위…… 날려버리면 돼요. 내가 소망하노라. 바람이여…….'"

"그렇게는 안 돼요!"

누나는 마법으로 안개를 날려버리려고 하는 인간족에게 달려들었다. 안개를 이용해 접근한 누나는 나이프로 한 방에 해치우려 했지만…… 상대가 피했다.

"마법을 쓴다고 접근전에 약하다고 생각하면 곤란하죠."

"예, 저도 잘 안답니다! '에어 슬래시'."

"무영창이라, 놀랍지만…… 안개 때문에 바람의 움직임이 다 보이는군요."

누나는 어찌어찌 버티고 있지만, 나는 상대가 두 명이라 오래 버틸 수 있을 것 같지 않았다.

드워프의 움직임은 느려서 어떻게든 될 것 같지만, 금랑족은 예상했던 것보다 더 빨랐다.

"비켜라, 애시! 방해된다!"

"시끄러워! 이 녀석은 내 사냥감이라고!"

그래도 어찌어찌 버틸 수 있는 것은 저 두 사람이 다투고 있기 때문이다.

서로를 향해 몇 번이나 공격하고 있기 때문에, 나는 그 틈을 이용해 공격을 피할 수 있었다. 역시 연계라는 것은 중요하다.

이렇게 우리가 상대의 주의를 끄는 사이, 리스 누나는 측면으로 이용하며 고라온의 등 뒤로 이동했다.

"흐음…… 재미있는 마법이네. 아무것도 안 보여."

"방심한 걸…… 후회하게 될 거야!"

그리고 리스 누나는 고라온의 등을 향해 몸을 날리더니, 단숨에 거리를 좁히면서 그 마법을 발동시켰다.

"다들, 힘을 빌려줘……. '아쿠아 커터'."

그 마법은 형님이 고안한 물의 칼날이다.

가늘게 만든 물을 엄청난 기세로 날려서 바위뿐만 아니라 강철도 자를 수 있는 엄청난 마법이다. 형님은 방대한 힘을 지닌 정령마법이기에 이게 가능하다고 말했었다. 그 대신 거리가 벌어질수록 위력이 급격하게 떨어지니, 접근전을 선호하지 않는 리스 누나가 쓸 일은 거의 없는 마법이다.

우리를 얕보고 있는 상황에서 배후에서의 기습을 당한 고라온은 리스 누나의 손가락 끝에서 뿜어져 나온 물의 칼날을 피하지 못했다. 그리고 리스 누나가 손을 휘두르자, 용족의 왼팔과 왼발이 그대로 잘려나갔다.

"……흐음."

"다, 다음에는 머리를 노릴 거야! 죽기 싫으면 동료들을 데리고 돌아가!"

리스 누나는 손을 내민 채 그렇게 말했지만, 몸은 여전히 떨리고 있었다. 하지만 그것도 무리는 아닐 것이다. 적이라고 해도 살아 있는 이의 몸을 자르는 게 좋을 리가 없다.

하지만…… 팔과 다리가 하나씩 잘려나간 고라온은 리스를 쳐다보며 여전히 웃고 있었다.

"왜, 왜 웃는 거야?! 빨리 돌아가란……."

"어떻게 웃지 않겠냐고. 혹시 너는 사람을 해치는 게 처음이야?"

그리고 고라온은 리스 누나를 개의치 않으며 떨어져 있던 팔을 줍더니, 잘려나간 부위에 댔다.

"이만큼이나 당한 건 일전의 전장 이후로 처음인걸. 그건 그렇고, 너 같은 여자애에게 이렇게 당할 줄은 몰랐어."

"맙소……사……."

분명 잘랐는데도, 그리고 회복 마법을 쓴 것도 아닌데도 왼팔이 움직이고 있었다.

"놀랐어? 내 재생 능력은 다른 용족과도 비교도 안 될 만큼 뛰어나거든. 다리도 이렇게 멀쩡해!"

"아…… 아아……."

그리고 다리도 붙인 고라온은 몸을 일으키더니 리스 누나를 내려다봤다.

코앞에 있는 고라온이 뿜는 살기에 삼켜진 리스 누나는 꼼짝도 하지 못했다. 그 탓에 마력이 흐트러졌는지 안개도 사라졌다.

"음, 그 절망에 찬 표정…… 최고야! 하지만 답례는 제대로 해야겠지?"

고라온은 즐거운 듯한 목소리로 그렇게 말하며 팔을 치켜들었지만, 리스 누나는 꼼짝도 하지 않았…… 아니, 못했다. 도우러 가고 싶지만, 나는 적 둘을 상대하느라 움직일 수가 없었다.

"한눈팔지 말고 나와 놀자고!"

"나를 때린 걸 후회하게 해주마!"

"젠장! 비켜, 이 자식들아! 리스 누나!"

금랑족과 드워프의 공격을 막아낸 나는 그들에게 공격을 당할 걸 각오하며 리스 누나를 향해 몸을 날리려고 했지만, 이미 고라온을 팔을 휘둘렀…….

"리스!"

그 순간…… 누나가 몸을 날렸다.

리스 누나를 몸통 박치기로 튕겨낸 누나는 고라온이 휘두른 팔을 나이프로 막으려 했지만, 힘에서 밀린 나머지 그대로 튕겨 나고 말았다. 누나가 들고 있는 나이프가 그란트 아저씨가 만든 게 아니었다면, 무기가 박살나 그대로 당했을지도 모른다.

자세가 무너진 누나는 어떻게든 몸을 일으켜 반격을 하려 했지만…….

"방해하지 마!"

"우윽?!"

순식간에 접근한 고라온이 날린 발차기를 맞고 튕겨나간 누나는 벽에 등을 부딪치더니 그대로 꼼짝도 하지 않았다.

방금…… 저 녀석은 누나를 죽일 생각으로 공격했다.

그리고 발차기를 정통으로 맞은 누나는…….

"에밀리아!"

리스 누나가 누나의 이름을 외치며 다가갔지만, 나는…….

"누……나?"

거짓말…….

누나가…… 이딴…… 녀석들에게…….

"왜 그러지? 좀 더 즐기자고!"

"자아, 팔 하나를 잘라볼까!"

"시끄러워어어어어어어──!"

나는 순식간에 변화했다. 몸이 부풀어 오르더니, 온몸에 털이 나며 힘이 샘솟았다.

몸이 거짓말처럼 가벼워지더니, 나를 향해 달려들던 금랑족을 향해 힘껏 검을 휘둘렀다.

"큭?! 뭐야?!"

아까는 힘에서 밀렸지만, 지금 내가 휘두른 검은 상대의 손톱만이 아니라 몸을 그대로 날려버렸다. 그리고 그대로 드워프에게 달려들었지만, 상대는 이미 방패를 치켜들었다.

"내 방어를 뚫을 수 있을 것 같으냐!"

"우랴아아아아아앗——!"

내가 개의치 않으면서 검을 휘두르자, 내 검과 드워프의 방패가 부딪치며 격렬한 소리가 주위에 퍼져나갔다.

방패가 워낙 견고했기에 파괴하지는 못했지만, 검과 방패가 부딪힌 순간 발생한 충격으로 드워프를 튕겨내는데 성공했다.

할 수 있어. 이제…… 해볼 만해!

이 녀석들을 빨리——고, 누나를 형님에게 데려가는 거야!

"무시무시한 꼬맹이군. 공격을 막아낸 나를 튕겨낼 줄이야."

"저건 분명…… 은랑족 사이에서 드물게 태어난다는 특이체질이군. 꼬맹이라고 생각하지 않는 편이 좋을 거다."

"그럼 어쩔 수 없군요. 저희도 실력 발휘를 해볼까요."

뭔가 이야기를 나누고 있는 것 같지만…… 상관없다.

빨리…… 빨리 누나를…….

"너희한테는 저 남자애와 여자애를 줄 테니까, 나는 푸른 머리 여자애를 차지할게."

저 녀석들이 지껄여댈 때마다 기분이 나빠졌다.

나는 '부스트'를 최대한 사용하며 돌격했다.

"자아, 꼬맹아! 이쪽이다!"

혼자 나선 드워프에게 검을 휘둘렀지만, 상대가 방패를 비스듬히 든 탓에 검이 바닥에 꽂혔다.

"힘만 센 공격을 흘려내는 것 정도야 식은 죽 먹기지!"

나는 바로 검을 빼려 했지만, 드워프는 그대로 방패를 치켜들며 몸통 박치기를 감행한 탓에 의표를 찔리며 반응이 늦어졌다. 그 탓에 약간 튕겨나고 말았지만, 변신한 상태이기에 아프지 않았다.

젠장! 이번에는 내가 튕겨내──.

"자아, 이쪽을 봐라! 네 소중한 사람들이 위험하다고!"

"윽?!"

그 말을 듣고 고개를 부리나케 돌려보니, 금랑족 남자가 쓰러진 누나와 리스 누나에게 접근하고 있었다.

리스 누나는 누나에게 치료마법을 걸고 있었기에, 적이 다가오고 있다는 걸 눈치채지 못했다. 내가…… 지켜야 해!

"누나한테 다가가지 마아아아아아──!"

나는 그대로 달려가서 그 녀석의 등을 향해 검을 휘둘렀지만, 금랑족은 웃음을 터뜨리며 뒤돌아서더니, 내 검을 간단히 피했다.

아까는 손톱으로 막았으면서, 왜 이번에는 이렇게 간단히…… 설마 내가 공격할 거라는 걸 알고 있었기 때문에?

그렇게 생각한 순간, 불길한 느낌을 받으며 고개를 돌려보니…… 내 머리만한 바위 덩어리가 날아오고 있었다.

이것은 바위 덩어리를 날리는 흙속성의 초급마법 '록 불릿'이다.

"어린애는 다루기 쉽군요."

이 마법은 그 인간족이 썼다. 피하는 건 가능하지만, 그럴 수 없다.

그렇다면…… 벨 수밖에 없어!

방금 검을 내리그었으니, 이번에는 위로 그어 올릴 수밖에 없다.

형님이 가르쳐준 대로…… 이미지를 강렬하게 떠올렸다.

할 수 있다. 지금의 나라면…… 할 수 있다!

"지금이다아아아앗──!"

내가 날린 일격은 날아오던 바위를 완벽하게 두 동강냈다.

하지만 마법을 베는데 성공하고 약간 방심한 나는 그 바위 뒤편에 숨어 있던…… 또 하나의 바위를 뒤늦게 눈치챘다. 나를 향해 날아오던 바위는 하나가 아니라 두 개였던 것이다.

한 개일 거라고 철썩 같이 믿고 있던 바람에 검으로 벨 타이밍을 놓치고 말았다.

전력을 다해 옆쪽으로 몸을 날린다면 피할 수 있을지도 모르지만, 절대 그럴 수 없다.

왜냐하면 내 뒤편에는…… 누나들이 있다.

"큭?!"

이를 악문 순간…… 바위 덩어리가 내 가슴에 정통으로 꽂히면서 뭔가가 부서지는 소리가 들렸다. 분명 뼈가 부서지는 소리일 것이다. 하지만 철제 가슴 갑옷을 착용하지 않았다면, 내 가슴은 더 심각한 상태가 되었을 것이다.

격렬한 충격 때문에 튕겨난 나는 바닥을 몇 번이나 구른 후, 천장을 쳐다보며 그대로 뻗었다.

"으…… 윽……."

의식은………… 있다.

하지만 가슴이 극도로 아프며 기침을 할 때마다 피가 났다.

시선을 돌려보니, 철제 가슴갑옷이 크게 상했고 검을 쥔 손 또한 평소 상태로 되돌아왔다.

정통으로 공격을 당했으니, 변신이 풀리는 것도 당연……해.

"레우스!"

아무래도 나는 누나와 리스 누나 근처까지 굴러온 것 같았다.

고개를 돌려보니, 리스 누나가 울면서 나를 쳐다보고 있었다.

"리스 누나…… 무사해서…….'

"말하지 마! 물이여…… 이 애를 치유해줘…… 부탁이야!"

리스 누나의 마법이 가슴의 통증을 약간 줄여줬지만, 그 대신 리스 누나가 땀을 흘리기 시작하며 고통스러운 표정을 지었다. 미궁의 마지막 층까지 오고, 저 녀석들과 싸운 데다, 누나와 나를 치료하고 있다. 이제 리스 누나의 마력은…….

"이제 됐……어. 리스 누나…… 도망……쳐…….'

"싫어! 너희를 두고 혼자 도망치는 건…… 싫어!"

리스 누나는 마력이 고갈되어 기절할 것 같은 상태인데도 마법을 계속 사용했다.

누나는 꼼짝도 하지 않았다. 그리고 나는 웃으면서 다가오는 금랑족 남자를 멍하니 쳐다보았다.

"자아, 이제 슬슬 즐겨볼까."

이제…… 끝났다.

하지만, 나…… 최선을 다했지?

이대로 정신을 잃어도, 형님이 곧 도와주러 오겠지?

다음에 정신을 차리면, 누나와 리스 누나가 나를 걱정스러운 표정으로 쳐다보고 있을 거야.

그러니…… 이제…….

하지만………… 형님이 늦는다면?

내가 기절하면…… 저 녀석들이 누나를 죽일 거다.
싫어!
그것만은 절대…… 싫어!
떠올려봐……. 나는 왜 강해지기로 마음먹었지?!
누나를 지키기 위해서잖아!
누나가 죽을 바에야…… 내가 죽는 편이 나아!

"아, 아아아아아아아아아————!"
나는 검을 지팡이 삼으며 몸을 일으켰다.
하지만…… 나에게는 검을 휘두를 힘이 없다.
그래도 나는 리스 누나의 말고 가슴의 통증을 무시하며 걸음
을 옮겼다. 그리고 검을 놓치면서도 금랑족을 막아섰다.
"꽤 노력하는걸. 하지만 그런 상태로 뭘 할 수 있지?"
"시끄러워…… 덤비, 라고."
"흥, 기세 하나는 좋군."
금랑족은 주먹을 말아 쥐지도 못한 내 머리카락을 움켜쥐더
니, 그대로 들어올렸다.
이 느낌, 왠지 반갑네…….
노예였던 시절, 나는 건방진 소리를 하다 이런 식으로 머리카

락을 잡힌 채 두들겨 맞았다.

　그때는 금방 울면서 빌었지만, 지금은…… 그때와 다르다.

　나에게는 아직 무기가…….

　"있어어어어어어어엇──!"

　"앗?! 이, 이 자식이!"

　나는 금랑족의 팔을 물었다.

　내가 최선을 다할수록, 이 녀석들은 누나와 리스 누나에게 다가가지 못한다.

　"빌어먹을! 떨어지라고, 이 꼬맹아!"

　"으으으으으읍!"

　절대…… 안 놔!

　아무리 꼴사나워도, 반드시 살아남아서, 다같이…… 형님의 곁으로 돌아갈 거다!

　"떨어지란, 말이다!"

　하지만 금랑족이 다른 팔로 두들겨 패자, 나는 그대로 바닥을 구르며 누나들 앞에 쓰러졌다.

　절대 떨어지지 않을 생각이었는데, 저 녀석의 살점이 떨어져 나간 것 같았다. 이딴 살점, 먹고 싶지 않다.

　"레……우스."

　"에밀리아?! 정신이 들었구나!"

　귀에 익은 목소리가 들려서 고개를 돌려보니, 누나가 쓰러진 채 가늘게 뜬 눈으로 나를 쳐다보고 있었다.

　다행이다……. 살아 있어. 정말…… 다행이야.

"이제…… 그만……해. 너는…… 최선을 다했……어."

"그, 그래! 내가 어떻게든 해볼 테니까, 이제 그만해!"

내 결의가 무뎌지니까, 그런 말을 하지 마.

이번에는 저 녀석이 엄청 화난 얼굴로 다가오고 있다고.

"내 팔을 물어? 쉽게 죽을 수 있을 거라고 생각하지 마."

"……덤……벼."

또…… 물어주지.

몇 번이든…… 몇 번이든, 물어주겠어.

내 이빨이 부러지더라도, 절대 포기하지 않…….

──두두두두두두두두두두두두두두두두두두두두두두두두두두
두두두두두!

그 순간…… 갑자기 울려 퍼진 굉음 때문에 다들 움직임을 멈
췄다.

소리가 들려온 곳을 쳐다보니, 근처 벽에 수많은 구멍이 존재
했다. 그 구멍은 원을 그리듯 뚫려 있었다. 아무래도 벽에 커다
란 구멍을 만들려고 하는 것 같았다.

나는 그 광경을 보며 눈물을 흘렸다.

왜냐면 이런 짓을 할 수 있는 사람을…… 나는 딱 한 명 알고
있기 때문이다.

"무슨 일이야?"

"조심하세요! 뭔가가 다가오고 있어요!"

그 녀석들이 경계한 순간, 벽을 뚫으며 커다란 그림자가 튀어나왔다.

벽의 파편이 고라온 일행을 향해 쏟아지는 가운데, 구멍에 튀어나온 자는 우리에게 다가오던 금랑족을 향해 쇄도했다.

"이 자식, 뭐야?!"

금랑족은 자신을 향해 다가오는 이를 향해 반사적으로 팔을 휘둘렀지만, 그자는 간단히 공격을 피할 뿐만 아니라 발차기를 날려서 금랑족을 날려버렸다.

그리고 다음 순간, 그자의 등이 우리의 눈에 들어왔다.

고통과 눈물로 눈앞에 뿌옇지만, 내가 저 등을 알아보지 못할 리가 없다.

항상 쳐다봐왔던, 내가 동경하는…….

"형님…….."

"레우스. 잘…… 버텼어."

《한때 최강이라 불렸던 남자》

—— 시리우스 ——

"그들을 봤다고요?!"

선혈의 드래곤이 살인귀 집단이라는 말을 들은 순간, 나는 빌 선생님에게 망토와 후드로 온몸을 가린 모험가들에 대해 이야기했다.

"예. 그자의 손등에 붉은색 용 문신이 있었어요."

"그게 사실이라면 큰일이군요. 빨리 사람을 보내 확인해야 해요. 하지만 그런 위험한 자들의 침입을 허용하다니……."

내가 눈을 감고 '서치'를 발동시킨 순간, 방을 뛰쳐나갔던 마그나 선생님이 갑자기 돌아왔다.

"아, 마침 잘됐군요. 마그나, 서둘러 이 사실을 전달——."

"미처 보고하지 않은 사실이 있어 이렇게 돌아왔습니다!"

"좀 진정하세요! 우선 보고부터 듣죠."

"모험가 길드의 연락에 따르면 4인조 파티가 무참하게 살해당한 채 발견됐다고 합니다. 그리고 그 파티는 미궁에서 학생들의 구조하기 위해 고용한 모험가들……."

"……시리우스 군의 이야기가 신빙성을 띄기 시작했군요."

나는 두 사람의 대화를 들으면서 '서치'의 범위를 최대한 늘렸다.

미궁은 범위 밖에 있지만, 일정 범위 쪽으로만 사용하면 다소 거리를 늘리는 게 가능하다.

"그리고 하나 더 있습니다. 그레고리를 감시하던 그림자가 시체로 발견됐습니다. 모험가들과 마찬가지로 무참한 상태로……."

"그런가요……. 아쉬운 사람을 잃었군요. 시체는 어떻게 했죠?"

"이미 회수했지만, 가지고 놀기라도 한 것처럼 상처가 온몸에 잔뜩 나 있으며, 신체 부위 중 일부가 없다고 합니다."

"살인귀다운 범행이군요. 그들을 정중히 매장하라고 전하세요. 하지만 그레고리 선생님을 감시하던 그림자가 그렇게 됐다는 건…… 그들 사이에 연결점이 있다고 봐야겠군요."

"저는 그가 살인귀들을 이 마을로 불러들였다고 생각합니다."

"예, 저도 같은 생각입니다. 즉시 그레고리 선생님을…… 아니, 그레고리를 잡으세요! 또한 미궁에도 경비와 모험가들을 보내도록 하죠. 시리우스 군은……."

──찾았다!

"빌 선생님!"

"왜, 왜 그러죠?"

"최단거리로 10층까지 갈 수 있는 루트는 어디죠?"

"미궁 말인가요? 아마 9번일 겁니다. 갈림길도 없고, 쭉 나아가기만 하면 되지만, 골렘이 잔뜩…… 시리우스 군?"

거리가 꽤 되기는 하지만, 제자들의 마력을 추적하며 '서치'를 펼치자 그들의 위치를 알아내는데 성공했다. 반응은 미궁의 밑

바닥…… 아마 10층에 있을 것이다.

최단거리로 가는 루트를 알았으니, 이제 가기만 하면 된다. 나는 빌 선생님의 이야기를 끝까지 듣지도 않으며 어떤 물건을 챙기며 창문을 향해 걸어갔다.

"저는 먼저 갈 테니 뒷일을 부탁합니다. 그리고 이걸 빌리죠."

"시리우스 군! 여기는 1층이……."

나는 그 말을 무시하며 창밖으로 몸을 날렸다. 마그나 선생님의 방은 4층이지만, 옆 건물 옥상으로 이동한 다음, 마지막에는 '에어 스텝'으로 발판을 만들며 지면에 착지했다. 그리고 나는 전력을 다해 뛰었다.

비상사태가 발생했으니 힘을 숨길 때가 아니다. '부스트'를 발동시키면서 지면을 도려내듯 있는 힘껏 내달렸다.

겨우 몇 분 만에 미궁 앞에 도착한 나는 놀란 사람들을 뛰어넘으면서 9번이라 적힌 입구로 뛰어들었다.

미궁에 들어가자마자 골렘이 나타났지만, 나는 그대로 뛰어넘으면서 전투를 피했다. 골렘은 움직임이 느리기 때문에 돌파하기만 할 거라면 쓰러뜨릴 필요가 없다.

나는 달리면서 '서치'를 사용해 제자들의 상황을 계속 확인했다.

제자들은 현재 정체불명의 마력반응과 싸우고 있지만, 아직 무사한 것 같았다. 이 거대한 마력반응이 바로 그 예의 녀석들이 틀림없다.

도중에 '콜'을 써볼까도 했지만, 한창 전투 중에 내 목소리를 들었다간 방심할지도 모른다. 그렇게 생각한 나는 하염없이 내달렸다.

골렘이 너무 많아 뛰어넘기 힘들다면 벽을 박차며 나아갔고, 길을 막을 정도로 거대한 골렘이 나타나면 '매그넘'으로 마법진을 파괴하며 돌파했다. 그러면서도 속도를 전혀 줄이지 않았다.

8층…… 에밀리아가 어떤 마력반응에 의해 튕겨져 날아가더니 꼼짝도 하지 않았다. 그리고 리스의 마력이 서서히 줄어들었다.

9층…… 레우스의 마력이 늘어났지만, 곧 줄어들면서 위험한 상태에 처했다.

10층…… 레우스가 한 마력반응에 달려들며 휘둘리고 있었다. 그리고 튕겨져 날아가더니, 세 사람 다 꼼짝도 하지 못했다.

그 즈음 나는 현장과 벽 하나를 사이에 둔 장소에 있었다.

정면에 보이는 저 벽 너머에 제자들이 있다. 하지만 제자들에게 다가가는 마력반응은 움직임이 재빠르니, 벽을 따라 나아가다간 놓치고 말 것이다.

방법은 정면 돌파뿐이다.

순식간에 그렇게 판단한 나는 달리면서 오른손을 치켜든 후, 관통력에 특화된 철갑탄을 이미지하면서 '매그넘'을 연사했다.

발사된 탄환은 벽을 종잇장처럼 꿰뚫었고, 벽에는 절취선이 생겼다.

그리고 수많은 구멍이 원을 이룬 후, 나는 벽을 향해 날아 차기를 날렸다. 부서진 벽은 적으로 보이는 마력반응을 향해 날아 갔지만, 나는 확인도 하지 않으면서 제자들을 향해 접근하는 반응을 향해 뛰었다.

금발과 늑대귀…… 이 녀석은 금랑족인가?

뭐든 상관없다. 이 녀석이 레우스를 공격하려고 한다면, 내가 할 일은 딱 하나다.

"이 자식, 뭐야?!"

"그건 내가 할 말이다!"

너야말로…… 내 제자한테 무슨 짓을 하려는 거야?!

나는 상대가 휘두른 주먹을 피하면서 발을 걸어찬 후, 균형을 잃은 상대의 옆구리를 향해 발차기를 날렸다.

일단 안전을 확보하고 뒤편을 돌아보니, 쓰러진 제자들이 눈물을 흘리면서 나를 올려다보고 있었다.

"시리우스 님……."

"에밀리아, 괜찮아?"

"……예."

눈에 띄는 상처는 없지만, 움직이지 못하는 걸 보면 다친 것 같았다.

"와……줬구나……."

"당연하지."

리스는 다치지 않았지만, 마력이 고갈된 탓에 금방이라도 기절할 것만 같았다.

"형……님……."

그리고…… 레우스는 필사적으로 싸웠는지 만신창이가 된 채 쓰러져 있었다. '서치'로 계속 포착하고 있었기에 알 수 있었다.

너는 에밀리아와 리스를 지켰구나.

멋진…… 사나이가 됐어.

"레우스. 잘 버텼어."

"나…… 최선을…… 다했어……."

"그래. 뒷일은 나한테 맡겨. 네가 정신을 차렸을 때는 전부 끝났을 거야."

"……응."

그리고 나는 제자들의 시선을 받으면서 눈앞에 서 있는 녀석들을 향해 말했다.

"네놈들…… 내 제자들을, 두 번 다시 건드리지도 못하게 만들어주마!"

바로 그때, 내가 방금 한 말에 대단 대답이라는 듯이 바위 세 개가 날아왔다.

바위 포탄…… '록 불릿'치고는 꽤 크지만, 나는 '매그넘'을 날려서 바위를 박살냈다.

"이 자식이 감히!"

바로 그때, 방금 내가 걷어찼던 녀석이 나를 향해 쇄도했다.

그자는 나를 향해 비정상적으로 긴 오른손 손톱을 휘둘렀지만, 분노에 사로잡힌 탓인지 옆구리가 텅 비어 있었다. 그 옆구리를 손으로 밀치자 금랑족의 오른손이 한순간 움직임을 멈췄다. 그리고 나는 놀란 금랑족의 안면에 주먹을 꽂았다.

상대의 안면이 박살나는 감촉이 느껴졌지만, 제자들이 당한 것에 비하면 사소한 일인데다, 죽지만 않으면 된다. 죽어버리면 후회하게 만들어줄 수가 없으니까 말이다.

다른 녀석들의 공격을 경계했지만, 녀석들은 쓰러진 금랑족의 주위에 몰려든 채 웃음을 흘리고 있었다.

치료를 해주고 있는 건지도 모르지만, 초조해할 필요는 없다.

나는 '서치'로 적들을 경계하며 쓰러진 레우스에게 다가갔다.

"시리우스 씨! 레우스가 우리를 지키려……! 그리고 에밀리아는 나를 감싸다가 그만……!"

"시리우스 님, 레우스를…….."

"응. 알았어."

나는 그들을 안심시키기 위해 웃어준 후, 레우스의 몸에 손을 대고 '스캔'을 발동시켰다.

흠…… 늑골 몇 개에 금이 가고 내장이 약간 상처 입은 것 같았다. 가슴 언저리에 바위 파편이 있는 걸 보면, '록 불릿'에 당한 것 같았다.

내버려두면 위험할 것 같았기에, 나는 레우스에게 재생활성을 걸어주면서 마그나 선생님의 방에서 가져온 용기를 리스에게 건넸다.

"나, 나보다는 레우스를 고쳐줘!"

"그걸 마시면 마력이 빨리 회복될 거야."

"윽?!"

마력의 질은 사람마다 다르기에, 마력을 바로 회복시킬 수 있는 물질은 존재하지 않는다. 하지만 회복을 촉진시킬 수 있는 것은 있다. 그게 방금 리스에게 준 것이다.

리스는 그걸 바로 마시더니, 오만상을 찌푸렸다.

"써…… 하지만, 이걸로……."

"잘 참았어. 좀 실례할게."

내가 리스의 머리에 손을 대며 '스캔'을 써보니, 그녀는 마력 고갈과 가벼운 타박상만 입은 것 같았다. 하지만 내가 느닷없이 만진 탓에 리스는 볼을 새빨갛게 붉혔다.

"저기…… 시리우스 씨?"

"다친 데가 없는지 조사하는 거야. 리스는 무사한 것 같네. 다행이야."

"하지만…… 나는 아무짝에도 도움이 되지 못했어. 지금도…… 할 수 있는 게 없잖아."

"네가 할 수 있는 일이 있어. 잘 들어. 레우스는 말이지……."

리스는 남의 상처를 치유하는데 있어서는 매우 탐욕적이었다.

나는 리스에게 전생의 의료지식을 그녀가 이해할 수 있는 범위 내에서 가르쳤다.

그래서 리스는 뼈와 근육처럼 마법이 존재하는 세계에서 알 필요가 없는 신체 구조를 상세하게 알고 있다. 그리고 환부를 알면 그곳을 집중적으로 치료할 수 있기에, 회복마법이 특기인 그녀에게 그 지식은 매우 도움이 될 것이다.

나는 리스에게 치료해야 할 부위를 알려준 후, 마력이 회복되면 레우스를 치료하라는 지시를 내렸다.

"알았어!"

리스는 자신이 아무것도 할 수 없었다며 한탄했지만, 그녀의 치료 덕분에 남매가 입은 부상은 악화되지 않았다. 그렇기에 나는 리스에게 고마워하고 있었다.

"에밀리아, 오래 기다렸지?"

"시리우스 님……."

에밀리아는 약간 얼이 나간 것처럼 말을 걸어도 즉각 반응을 하지 못했다.

뇌에 문제가 생긴 걸지도 모른다는 생각이 들어 정성들여 '스캔'을 쓰고 있을 때, 에밀리아가 내 손을 살며시 만졌다.

"시리우스 님…… 죄송……해요."

"리스를 구한 네가 왜 사과를 하는 거야? 정말 잘 버텼어."

내가 볼을 쓰다듬어주자, 에밀리아는 기분 좋다는 듯이 미소지었다.

진단 결과, 그녀는 몸 전체에 타박상을 입기는 했어도 뼈에 문제가 생기지는 않았다. 그리고 리스의 치료 덕분에 거의 회복됐다.

그런데도 이렇게 의식이 몽롱한 건…… 아마 가벼운 뇌진탕 때문이리라.

뇌내혈관이 파열되거나 후유증이 남을 만한 부상을 입은 것 같지 않으니, 이대로 안정을 취하면 회복되리라.

마력의 회복에 집중하고 있는 리스에게 진단 결과를 말해주자, 리스는 안도한 것처럼 숨을 내쉬었다.

"정말이야?! 다행이야…… 정말, 다행이야……."

"울지…… 마."

"어떻게 안 울어. 에밀리아는 나를 감싸다 이렇게 됐는데……."

"이야기를 방해해서 미안해. 리스, 이 두 사람은 부탁해. 나는…… 해야만 하는 일이 있거든."

"응!"

리스는 마력이 조금 회복되었는지 레우스를 치료하기 시작했다.

내가 마지막으로 에밀리아의 머리를 쓰다듬어주며 몸을 일으키자, 그녀는 떨리는 손으로 내 옷자락을 움켜잡았다.

"뭐 하는 거야. 안정을 취하고 있어."

"하지만…… 상대는 넷이나 되는데다…… 시리우스 님…… 혼자서……."

"저런 녀석들은 별거 아냐. 금방 끝낼 테니까 기다리고 있어."

"……예."

나는 에밀리아의 손을 살며시 치운 후, 안심을 시키려는 것처럼 미소를 지으며 뒤돌아섰다.

무기는 항상 가지고 다니는 미스릴 나이프뿐이지만, 저 녀석들 정도는 이걸로 충분할 것이다.

그리고 저 녀석들이 보이는 위치까지 나아가자, 뿔과 도마뱀 꼬리가 달린 남자가 나를 돌아보며 인상 좋은 미소를 지었다.

"다 끝났어? 솔직히 말해보고 있기만 해도 구역질이 날 것 같았지만, 억지로 참으며 기다려줬으니 고마워해. 저 애들의 희망을 박살내면 끝내주게 재미있을 것 같거든!"

"그래……?"

저게 그 소문으로만 들었던 용족……인가.

그리고 드워프와 인간족…… 하나같이 살인귀라는 말에 걸맞은 불길한 미소를 짓고 있었다. 전생에서도 이런 쓰레기를 몇 번 본 적이 있지만, 이 세계도 별반 다르지 않은 것 같았다.

"그것보다 여기 좀 보라고. 아까 공격에 그의 코가 부러졌다고. 어떻게 해줄 거야?"

"내 알 바 아냐."

"그래. 그런데 우리가 누구인지는 알아? 너한테도 자기소개를 해줄까? 나는 고라온이라고……."

"각자의 이름 따위는 아무래도 상관없어. 너희는 선혈의 드래곤이 맞지?"

"아는 구나. 유감이네. 그래. 우리가 선혈의 드래곤……."

"하나 물어볼 게 있어."

상대가 쓸데없는 소리만 늘어놓자, 나는 딱 잘라 질문을 던졌다.

나 때문에 말이 막힌 상대는 불쾌한 표정을 지었지만, 곧 미소를 지으며 나를 향해 손을 들었다.

"사람 말을 끝까지 들어. 뭐, 용서는 안 하겠지만 질문에는 일단 대답해주도록 할까. 대체 뭐가 묻고 싶은데?"

"내 제자…… 뒤편에 있는 애들이 너희한테 무슨 짓을 했어?"

그들은 내 질문을 듣더니, 서로를 쳐다보았다. 그리고 금랑족을 제외한 전원이 웃음을 흘리며 대답했다.

"딱히 아무 짓도 안 했어. 남이 울부짖는 모습을 보는 것과 갈가리 찢어놓는 게 즐거워서 이러는 거야."

"나는 팔을 물어 뜯겼다고! ……저 꼬맹이를 갈가리 찢어놓지 않으면 분이 풀리지 않을 거야! 물론 너도 마찬가지다!"

"꼬맹이의 비명은 각별하지. 매일 들어도 질리지 않아."

"멋진 목소리로 울어줬으면 좋겠군요."

확인은 했다.

우리 쪽이 잘못한 것은 없으니, 이 녀석들은 명백하게…… 내 적이다.

"그런데 이제부터 어떻게 할 거야? 설마 혼자서 우리와 싸우려는 거야? 뭐…… 덤벼주면 좋긴 하겠네. 너는 어떤 목소리로 울부짖으려나?"

"그래. 원하는 대로 싸워주지. 그리고 너희 전부……."

이미 몸이 충분히 달아올랐기에, 언제든 전투를 벌일 수 있다.

마력을 끌어올린 나는 걸음을 내디디며…….

"지금까지 살아 있는 걸 후회하게 만들어주마."

스위치를…… 켰다.

———　———

내(시리우스) 앞에는 제자들을 상처 입힌 죄인이 줄지어 서 있었다.

총 네 명이다. 살인귀라 불리면서도 용케도 아직까지 잡히지 않은 녀석들답게, 상당한 실력자인 것 같았다. 방심은 절대 해서는 안 되리라.

"흐음…… 살아 있는 걸 후회하게 만들어주겠다? 어디 할 수 있으면 해보라고."

"후회하는 건 너야. 꼬맹이 혼자서……."

"그 입은 장식이냐? 자, 덤벼보라고."

"흥! 언제까지 운이 좋을지 어디 한번 볼까!"

"건방진 꼬맹이를 교육시켜볼까!"

내가 도발을 하자, 금랑족과 드워프가 동시에 몸을 날렸고, 인간족 남성이 뒤편에서 영창을 시작했다. 그리고 용족 남자는…… 이쪽을 즐거운 듯이 쳐다보고 있었다.

드워프는 느리기에 금랑족이 먼저 접근했지만…… 시리우스 앞에서 갑자기 옆으로 몸을 날렸다.

"지킬 상대가 있으니 정말 고생이 많겠어!"

화가 난 것 같지만 의외로 냉정…… 아니, 성격이 배배 꼬인 것뿐인가.

저자는 우회해서 제자들을 노릴 생각이리라.

하지만 함부로 쫓다간 드워프에게 협공을 당할 테고, 인간족 또한 마법으로 공격할 것이다. 역시 이기기 위해서는 무슨 짓이든 다 하는 녀석들이다.

공교롭게도 이런 쓰레기들과는 과거에 몇 번이나 싸워봤다.

"우랴앗! 네 소중한…… 아닛?!"

"느려."

앞쪽을 쳐다보며 그대로 뒤편으로 몸을 날린 나는 금랑족의 옆에 섰다.

마치 나와 나란히 달리고 있는 듯한 상황이 벌어지자, 금랑족은 동요하면서 팔을 휘둘렀다. 하지만 내가 더 빨랐다.

나는 그 팔을 피한 후, 몸을 회전시키면서 상대의 하반신을 걸어차자, 금랑족은 앞으로 쓰러지듯 그대로 몸이 허공을 갈랐다.

"아닛?!"

그대로 한쪽 발을 축 삼으며 몸을 회전시킨 나는 무방비한 금랑족의 등에 돌려차기를 꽂아서 드워프가 있는 쪽으로 날렸다. 그러자 드워프는 자신을 향해 날아오는 금랑족을 허둥지둥 방패로 받아냈다.

"이익, 네놈은 대체 뭘 하는 거냐?!"

"시, 시끄러워!"

반사적으로 방패에 매달린 금랑족이 드워프와 그런 이야기를 나누는 사이, 시리우스는 다음 행동을 시작했다.

금랑족을 쫓듯 몸을 날린 나는 방패에 매달린 그의 몸에 오른손을 대며 마력을 집중시켰다.

그 감촉을 느낀 금랑족이 나를 향해 고개를 돌렸지만…… 이미 늦었다.

"이, 이 자식……."

"무슨 일이냐?! 네놈 때문에 보이지 않아!"

"날아가라."

그리고 제로 거리에서 '임팩트'를 날리자, 충격이 금랑족의 몸을 꿰뚫고 드워프에게까지 미치면서 둘 다 날려버렸다. 그와 동시에 나는 왼손을 옆으로 뻗어서 나를 향해 날아오는 바위를 '매그넘'으로 격추했다.

"앗?!"

내가 아는 이들 중 '록 불릿'을 동시에 열 개 가량 날릴 수 있는 사람은 마그나 선생님뿐이다.

즉, 이 인간족은 상당한 실력자지만…… 결과는 보는 대로다.

"……이걸로 끝이야?"

"양손으로 다른 마법을……! 아니, 그 이전에 어떻게 바위를 정확하게 격추한 거지?"

같은 속성의 마법이라고 해도, 오른손과 왼손으로 질이 다른 마법을 쓸 수 있는 자는 적다.

하지만 그 정도는 훈련 여하에 따라 누구나 가능하다. 그리고 상대가 가장 놀란 점은 내가 바위를 쳐다보지도 않고 요격한 점이리라.

"대답할 이유가 없어."

시리우스가 한 일을 단순히 설명하자면, 금랑족과 드워프를 상대하고 '서치'로 자신을 향해 날아오는 마법을 파악해 요격, 뒤편에 있는 용족을 경계했다. 즉, 세 개의 사태에 대해 동시에 생각하며 적절한 행동을 취한 것이다.

뇌의 사고 중추를 가상적으로 여러 개로 나눠 동시에 운영하고, 상황에 맞춰 몸을 생각대로 움직인다…… 전생에서 나만이 쓸 수 있었던 능력 중 하나다.

나는 이것을 '멀티태스크'라고 부른다.

즉, 엄청난 속도로 여러 사태에 대해 동시에 생각한다고 하는, 어린애나 생각할 법한 이론을 실현해낸 것이다. 이 기계에 버금가는 사고속도는 스승님과의 훈련을 통해 쌓은 기술과 경험을 통해 무적의 능력이 되었다. 그래서 전생의 나는 최강이라 불렸던 것이다.

그리고 나는 스승님에게 이기기 위해 만들어진, 일종의 사고 장치 같은 것이다.

지식을 공유하는 이중인격 같은 것이지만, 겉으로 드러나는 일은 없다.

그저 생각만을 하는 존재이며 주위를 냉정하게 관찰하며 시리우스에게 충고를 할 뿐, 옆에서 다가오는 바위를 주의하라고 알려준 것도 나다.

뭐, 이런 능력을 지니게 됐는데도, 결국 스승님을 이기지 못했지만…….

"빌어먹을! 어이, 열 받지만 동시에 공격하자!"

"쳇! 어쩔 수 없네."

다시 몸을 일으킨 금랑족과 드워프가 동시에 나에게 달려들었다.

금랑족의 손톱과 드워프의 도끼가 동시에 날아오자, 나는 '멀티태스크'로 궤도를 읽으며 회피하거나, 혹은 나이프로 받아냈다. 나를 죽이는데 혈안이 된 탓에 연계가 흐트러진 그들의 공격을 피하는 것은 일도 아니었다.

사람을 갈가리 찢는 것을 좋아하고, 약한 상대만 노렸기에, 강자와 싸워본 적이 많지 않은 것 같았다. 그리고 종족 특유의 신체능력에 지나치게 의존하고 있었다.

"이것도 피해보세요!"

이 공방전을 통해 발생한 틈을 노리듯 몇 번이나 바위가 날아왔지만, 나는 '매그넘'으로 요격하기만 하는 게 아니라…….

"큭?! 이 자식, 뭐하는 거야?!"

"당신이 끼어든 거잖아요."

"윽?! 어이, 마법을 쓰지 마! 이용당하고만 있는 걸 모르겠어?!"

움직임을 유도하거나, '스트링'으로 팔과 다리를 엮어서, 날아오는 바위가 두 사람에게 맞도록 유인했다.

"큭…… 어쩔 수 없군요. 나는 소망하노라. 저자에게 땅에서 태어난…….."

"지금이다! 마법이 멎은 틈에 끝내자고!"

"피하기만 하지, 반격도 못하는 꼬맹이 따위……!"

"……역시 이해 못한 것 같네."

시리우스는 마법 때문에 공격을 피하는 데 집중하고 있었다.

인간족 남자가 다른 마법을 쓰기 위해 영창을 하는 사이……한 명이 공격을 멈춘 탓에 나에게 여유가 생겼다.

좌우에서 나를 포위하며 적들 중 금랑족이 휘두른 손톱을 몸을 웅크려 피한 나는 그대로 재빨리 금랑족의 등 뒤로 이동해 상대의 등을 있는 힘껏 걷어찼다.

"거 되게 촐랑거리네!"

"윽?! 피해!"

"뭐…… 크아악?!"

그리고 나에게 걷어차인 금랑족은 드워프가 뒤늦게 휘두른 도끼에 빨려들듯 맞았다.

하지만 드워프가 손에서 힘을 뺐는지, 금랑족은 도끼에 가볍게 베이기만 했을 뿐 치명상을 입지는 않았다.

"빌어……먹을……."

하지만 시리우스의 행동은 끝나지 않았다.

상대가 당황한 틈을 이용해, 나는 '에어스텝'으로 공중을 박차면서 접근한 후, 뒤를 돌아본 금랑족의 목을 향해 미스릴 나이프를 휘둘렀다.

철조차 간단히 자르는 미스릴제 나이프는 금랑족의 목을 간단히 자르더니, 경악한 금랑족은 선혈을 뿜으며 바닥에 쓰러졌다.

"이, 꼬맹이, 절대…… 커억?!"

"고함을 지를 여유가 있으면 방어를 하는 게 어때?"

고함을 지르는 드워프의 품속으로 뛰어든 나는 턱을 향해 주먹을 내질렀다. 꽤 전력을 다해 공격했지만, 목이 튼튼한 탓에 거의 대미지를 입히지 못했다.

"큭…… 짜증나는 놈!"

드워프는 도끼 대신 방패로 공격하기 시작했지만, 역시 움직임이 느렸다.

이 녀석은 장비와 몸집으로 볼 때 벽 역할인 것 같으니, 닿지도 않는 공격을 할 게 아니라 앞에 서서 방어를 하거나 내 움직임을 방해하며 지원에 전념하는 편이 나을 것이다.

나는 한 걸음 물러서며 방패를 피한 후, 또 드워프를 향해 몸을 날렸다.

"이 꼬맹이가아아아아!"

"무식하게 휘둘러대는 도끼에 내가 맞을 것 같아?"

나는 도끼를 피하며 품속으로 파고든 후, 드워프의 목을 잡고 그대로 바닥에 내동댕이쳤다.

바닥에 등을 찧은 드워프가 거친 숨을 토하는 가운데, 시리우스는 그의 목을 쥔 손에 힘을 주더니, 발 하나를 상대의 배에 얹으며 드워프의 얼굴을 들여다보았다.

"커억…… 이, 이럴 수가…… 이딴 꼬맹이 한 놈한테……."

"아까부터 나를 꼬맹이라 불러대던데, 그런 꼬맹이한테 당하는 너는 대체 뭐야?"

"쳇……."

뭔가 움직임을 취한다면 내가 자신의 목을 으스러뜨리거나 마법을 날릴 거라는 걸 눈치챈 드워프는 혀만 찼다.

"속박의 사슬로 죄인을 묶어라. 어스 바인…… 커억?!"

인간족 남자가 펼치려던 마법은 영창으로 추측해볼 때, 지면에서 흙으로 된 사슬이 뻗어 나와서 상대의 움직임을 속박하는 타입 같았다. 하지만 내가 날린 '임팩트'를 안면에 정통으로 맞은 탓에 그는 마법 영창을 중단할 수밖에 없었다. 어디 사는 귀족과 달리 이동을 하면서 영창을 할 수 있는 실력자이니, 마법을 발동시키려 하는 순간의 틈을 노렸다.

'멀티태스크'가 있으면 이 정도는 식은 죽 먹기다.

"나중에 상대해줄 테니까, 닥치고 있어."

"큭…… 바위여, 꿰뚫어라. 록 불릿…… 으윽?!"

아무리 영창속도가 빠르더라도, 무영창이 아닌 이상 내 상대
는 되지 못한다.

또 마법을 펼치려 하는 인간족에게 '임팩트'를 한 방 더 먹여
주자, 시리우스를 노려보던 드워프가 체념한 것처럼 웃었다.

"하하, 우리가 완전히 졌는걸. 어이, 우리는 두 번 다시 이런
짓을 안 할 테니까 놔주지 않겠냐?"

"목숨 구걸을 하는 거야? 한심한 남자군."

"헤헤…… 목숨은 아깝거든. 그리고 이딴 꼬맹이에게 졌으니
우리도 이제 끝이라고. 놔준다면 네가 시키는 대로 하겠어. 그
리고 우리가 가진 모든 돈을 다 줄게. 금화가 산더미처럼 있는
데, 어때?"

"……미궁을 빠져나가면, 바로 자수하겠다고 약속하겠어?"

"나도 남자라고. 약속을 반드시 지키지. 무기도 버렸으니 이
제 그만 놔달라고."

"……좋아. 허튼 짓을 하면 마법을 날릴 거야."

"안 그럴 테니 걱정 말라고."

드워프가 도끼와 방패를 놓자, 나는 상대의 목에서 손을 뗐다.
그 순간…….

"멍청한 놈! 목을 졸라서 죽여주마!"

"……바보는 너야."

"이미 늦었어…… 커억?!"

드워프는 방심한 시리우스를 죽이기 위해 손을 뻗었지만, 그의 배에 올려둔 발에서 '임팩트'가 발사됐다. '에어스탭'은 발에서 마력을 방출해서 펼치니, 이 정도는 아무것도 아니다.

"마법은 양손으로만 펼칠 수 있을 거라고 생각했지? 그리고 거짓말을 할 거면 좀 속아줄 마음이 들 만한 거짓말을 하라고."

"으…… 아아…… 이럴…… 수가…….."

"그리고 내가 말했을 텐데? 허튼 짓을 하면 마법을 날릴 거라고 말이야."

"그……만…… 커억?!"

또 발에서 발사된 '임팩트'는 드워프의 뼈를 부수더니, 그의 몸을 관통하며 바닥에 금이 가게 했다.

그 상태에서도 아직 숨이 붙어 있었지만, 출혈량으로 볼 때 곧 숨이 끊어질 것이다.

"자아, 오래 기다렸지? 다음 차례는 너야."

"……저 둘은 해치웠다고 기세가 등등하군요. 동료들이 맞지만 않는다면 저도 전력을 다해 마법을 펼칠 수 있죠!"

드워프가 당하는 사이에 영창을 마친 듯한 인간족이 팔을 크게 휘두르며 공중에 스무 개나 되는 바위를 만들어냈다.

1대1 상황이라 영창을 하게 됐지만, 나는 이 광경을 보면서 한숨을 내쉬었다.

정말…… 이런 마법을 쓸 수 있으면서 살인이나 하고 다니니, 정말 실력이 아깝다.

"이 많은 바위를 동시에 막아낼…….."

"이게 다야?"

"어?"

시리우스가 양손으로 '매그넘'을 연사하자, 바위가 전부 구멍이 나면서 산산조각 났다. 인간족이 그 광경을 보며 얼이 나가 있는 사이, 나는 그 틈에 접근을 한 후, 그의 배에 손을 대며 조용히 물었다.

"은랑족 소년에게 마법을 날린 게 너지?"

"아, 아닙니…… 커억?!"

이자는 시치미를 뗐지만, 방금 해치운 두 명은 사람을 갈가리 찢는 걸 좋아하는 것 같고, 레우스의 몸에 난 상처로 볼 때 아마 틀림없을 것이다. 내가 손에 힘을 주며 노려보자 인간족 남자의 얼굴에 공포가 어렸다.

"한 번 더 묻겠어. 네 짓…… 맞지?"

"그, 그래요. 하지만 저 남자애는 아직 살아 있으니, 저를 죽이진…….."

"너희는 남의 목숨을 웃으면서 빼앗으면서, 자기가 죽는 건 각오하지 않은 거야? 하지만 안심해. 저 애가 당했던 것과 똑같은 대미지를 입혀주지. 운이 좋으면 죽지는 않을 거야."

"잠깐…… 커억?!"

나중에 심문을 해서 정보를 알아낼 예정이기에, 위력을 낮춘 '임팩트'를 제로 거리에서 날려줬다. 그러자 인간족 남자는 엄청난 기세로 튕겨져 나가더니, 용족 근처를 굴러다니면서 의식을 잃었다.

남은 적은…… 한 명이다.

적의 기습에 대비해 '서치'로 계속 감시했지만, 마지막 한 명인 용족은 동료들이 당하는데도 가만히 있었다. 그뿐만 아니라 즐거운 듯이 전투를 지켜보며 세 명을 처리한 시리우스에게 박수까지 보내고 있었다.

"대단하네. 내 동료들이 전혀 상대가 못 됐잖아. 대체 너는 뭐야?"

"보다시피 인간족 남자야. 그리고 너희가 죽이려고 한 애들의 스승이기도 하지."

"흐음…… 뭐, 정체는 아무래도 좋아. 너라면 나도 전력을 다해 싸울 수 있겠어."

"헛소리 작작하고 빨리 덤벼."

"너무하네. 그럼…… 보여줄까!"

용족이 힘을 모으자, 몸이 한층 더 커지더니 온몸이 붉은색으로 물들면서 머리카락의 뿔이 늘어났다. 그리고 인간족처럼 보이던 얼굴이 용으로 변모했고, 피처럼 붉은색을 지닌 용으로 변했다.

날개는 없고, 오른손 손톱만이 비정상적으로 긴 그 용은 기묘한 존재처럼 보였다. 이것도 레우스의 변신과 비슷한 특성인 걸까?

"아하…… 아하하…… 하하하하하하! 이 감각은 정말 오래간만에 느끼는걸!"

돌격에 대비해 몸을 긴장시키고 있을 때, 용족은 갑자기 근처에 기절해 있던 인간족 동료를 향해 오른손의 손톱을 휘둘렀다. 그러자 주위에 피가 흩뿌려졌다.

"⋯⋯뭐하는 거지?"

"응? 어라. 로미오스, 미안해. 몸을 억누를 수가 없어서 말이지⋯⋯. 아, 이제 안 들리려나? 뭐, 됐어."

⋯⋯아무래도 폭주하고 있는 것 같다.

힘은 강대하기 그지없지만, 이성을 잃은 채 본능에 따라 움직이고 있는 것 같았다.

동료를 직접 해치운 것을 전혀 개의치 않는 이 용족은 웃으면서 시리우스를 손가락으로 가리켰다.

"너는 확실히 강해. 하지만 나는 여러 전장에서 살아남으면서 너 같은 강자와 몇 번이나 싸워봤지."

"그래? 실은 나도 전쟁이나 전장을 몇 번이나 경험했어."

"몇 번이나? 하하하, 거짓말 하지 마. 네 몸에서는 피 냄새가 하나도 나지 않거든? 나를 속이는 건 불가능하다고."

전생에서 오십 번 넘게 전장을 경험했지만, 설명해봤자 믿지 않을 것이다. 게다가 나는 다시 태어났으니 피 냄새가 날 리가 없다.

"뭐, 아무래도 좋아. 그럼 시작해볼까? 금방 죽지 말라고."

단숨에 다가온 용족이 손톱을 휘두르자, 나는 재빨리 뒤편으로 몸을 날렸다. 하지만 배를 쳐다보니 교복이 약간 찢어졌다.

몸집이 내 두 배는 되지만, 움직임은 금랑족보다 빨랐다.

"대단한걸. 내 발톱을 피했잖아. 하지만 네가 아무리 잘 피해도 마지막에 이기는 사람은 바로 나야. 이유가 뭔지 알아?"

용족이 또 다가와서 손톱을 휘둘렀지만, 이번에는 '멀티태스크'로 상대의 움직임을 파악하며 완전히 피했다. 연달아 상대의 공격을 피한 시리우스는 적의 오른손 관절을 향해 제로 거리 '임팩트'를 날려 뼈를 박살냈다.

하지만…… 용족은 그 일격을 맞고도 왼팔을 뻗어서 내 복부를 움켜잡았다.

"잡았다! 이제 엉망진창으로……."

"하앗!"

순간적으로 미스릴 나이프를 휘둘러 용족의 왼팔을 자른 나는 상대의 배에 발차기를 날렸다. 발차기가 명중한 순간, 발로 '임팩트'를 날리자 용족은 수평 방향으로 날아갔다.

그리고 발치에 떨어져 있던 왼팔은 '임팩트'를 사용해 완전히 박살냈다. 이제 두 팔을 다 쓸 수 없게 됐지만, 몸을 일으킨 용족에게서 비장한 느낌은 전혀 감돌지 않았다.

"어라……. 내 왼팔이 어디 갔지? 뭐, 됐어. 그러고 보니 상처가 꽤 눈에 띄네."

용족이 몸에 힘을 주자, 왼팔의 절단면이 부풀어 오르면서 몇 초 만에 왼팔이 자라났다.

"봤지? 내가 이기는 이유는 바로 이 재생능력이야. 아무리 베어도, 마법을 맞아도, 금방 원래대로 원상 복구되지. 나는 무적이라고!"

방금 뼈를 박살냈던 오른팔도 태연하게 움직이는 걸 보면, 저 녀석의 말대로 온몸이 말끔하게 치료된 것 같았다.

전투가 다시 시작되자, 시리우스는 공격을 피하면서 '매그넘'을 날렸다. 하지만 용족은 '매그넘'을 맞으면서 계속 공격을 펼쳤다.

용족의 몸에는 수많은 구멍이 생겼지만, 그 구멍은 금세 전부 메워졌다. 안면도 공격해봤지만, 결과는 마찬가지였다.

"쓸데없는 짓이라고 말했을 텐데! 자아, 언제까지 내 공격을 피할 수 있을까? 무한히 회복하는 나와 달리, 너는 무한히 피할 수는 없잖아?"

회피력은 내가 더 뛰어나지만, 저 녀석이 말한 것처럼 이대로 가면 결국 당하고 말 것이다.

"아하하! 뭐 하는 거야. 더욱 공격해서 절망을…… 읍?!"

아무튼 나는 태세를 정비하기 위해 섬광탄을 이미지해서 만든 '라이트'를 사용해 용족의 시야를 차단한 후, 거리를 벌렸다.

"으으…… 괜한 발버둥…… 어라? 왜 그렇게 거리를 벌린 거야?"

"장소를 바꾸려는 것뿐이야."

그리고 나는 통로 앞에 서서 용족을 도발하듯 손을 까딱거렸다.

"거기는 통로지? 일부러 좁은 곳으로 가는 거야? 바보 아냐?"

"미리 말해두겠는데, 나를 쫓아오면 너는 그대로 끝난다. 잘 생각해보고 결정해."

"뭐? ……도발이랍시고 그딴 소리를 하는 거야? 좋아. 무슨 짓을 하려는 건지 기대되는걸!"

절대적인 자신감을 지닌 용족은 나의 가벼운 도발에 그대로 걸려들었다.

용족이 제자들을 공격하지 않는 걸 확인하고 통로에 뛰어든 시리우스는 용족과 적당한 거리를 유지하며 계속 달렸다. 그리고 적당한 넓이의 통로 중간에서 멈춰 서서 어떤 조치를 취하는 사이, 용족에게 따라잡혔다.

"자아~, 따라잡았다고!"

용족은 통로 한 가운데에 있는 나를 향해 팔을 휘둘렀지만…… 그 팔은 뭔가에 걸려서 움직이지 않았다. 용족은 깜짝 놀라며 다른 팔을 휘둘렀지만, 역시 오른팔과 마찬가지로 뭔가에 걸려 움직이지 않았다.

"어? 왜 몸이……."

이미 용족은 내가 설치한 함정에 빠졌다.

만약 저 녀석이 마력을 볼 수 있다면, 끝부분이 통로의 벽에 박힌 채 설치되어 있는 수많은 '스트링'을 볼 수 있었으리라.

용족은 엄청난 힘을 지녔지만, 이 '스트링'은 전생의 특수 와이어를 이미지해서 만든 것이기 때문에 쉽사리 끊어지지 않는다. 참고로 그 특수 와이어는 굵기가 1밀리미터도 안 되지만, 100킬로그램이나 되는 물건이 매달아도 끊어지지 않을 만큼 튼튼하다.

나는 동요한 용족의 주위를 돌며 상대의 몸을 '스트링'으로 옮아맸다. 지금의 나는 먹잇감을 잡은 거미 같았다.

"뭘 하려는 건지 모르겠지만, 이딴 건 금방 찢어버리겠어!"

"어디 할 수 있으면 해봐."

그저 옭아매기만 한 게 아니라, 관절도 고정해서 온몸에 힘이 들어가지 않게 해두자, 용족은 공중에 매달린 채 꼼짝도 할 수 없었다.

"큭…… 이게 뭐야?! 왜 몸이 움직이지 않는 건데?! 젠장……. 팔이 움직이지를 않아!"

"네 그 능력도 움직일 수 없다면 아무 짝에도 쓸모가 없지?"

매사에는 끝이 존재하니, 무한히 재생할 수 있을 리가 없다.

이대로 공격을 계속해도 되지만, 기왕 움직이지 못하게 했으니 우선 상대의 몸에 어떤 비밀이 숨겨져 있는지 조사해보는 편이 좋으리라. 시리우스는 용족의 뒤통수에 손을 대더니, '스캔'을 사용했다.

마력을 통해 용족의 몸을 조사해보니, 머리와 가슴에 강한 마력을 뿜는 존재가 있었다. 나이프로 찔러보니, 그 이물질이 마력을 뿜으면서 상처를 재생시킨다는 게 판명됐다.

"……아하. 이게 무한에 가까운 재생능력의 실체군."

예전에 학교장에게 들은 이야기에 따르면, 용족의 몸에는 강대한 힘이 깃든 '드래곤 하트'라고 불리는 결정이 있다고 한다. 그것이 있기 때문에 용족은 방대한 힘을 지니며, 간단한 상처는 금방 재생시킬 수 있다.

다른 용족을 본 적이 없지만, 이 녀석의 몸에 존재하는 이물질이 바로 '드래곤 하트'이리라. 그리고 이 용족은 그것을 두 개나 지녔다.

용족은 원래 뛰어난 재생능력을 지니는 데다, 이자는 원래 하나여야 하는 '드래곤 하트'를 두 개나 지녔다. 그것이 이 녀석의 비정상적인 재생능력의 정체인 것이다.

"젠장, 놔! 나를 만지지 마!"

"실험에 쓰기 딱 좋겠군. 좀 아플 거야."

"무, 무슨 짓을…… 컥…… 으…… 으아아아아아아아아아———?!"

내가 손을 통해 방대한 마력을 쏟아 넣자, 용족은 미궁 전체에 울려 퍼질 듯한 비명을 질렀다.

치료에 쓰이는 재생활성과 달리, 공격적인 마력을 흘려 넣으면 온몸의 통각을 일제히 자극해서 견딜 수 없을 정도의 고통을 안겨줄 수 있다. 알기 쉽게 설명하자면, 기절할 수 없는 상태에서 온몸에 전류가 계속 흘러들어오는 것이나 마찬가지다.

한동안 마력을 집어 넣자 용족의 변신이 풀렸지만, 시리우스는 마력을 계속 쏟아 넣었다.

처치가 끝나고서야 마력 주입을 멈춘 나는 용족의 몸에 나이프를 댔다.

"하…… 아하하! 나를 상처 입히는 건 불가능하다고 말했잖아. 자아, 아까 느낀 고통도, 나이프의 상처도 사라졌……."

"……사라지지 않지?"

"어……라? 어째서…… 어째서 피가 멎지 않는 거야?! 게다가 고통도…… 뭐가 어떻게 된 거지?!"

내가 이 용족에게 마력을 주입한 것은 고통을 주기 위해서가 아니라, 이자의 몸에 존재하는 두 개의 '드래곤 하트'를 파괴하기 위해서다.

다른 마법으로 하나씩 파괴하면 남은 하나에 의해 파괴된 쪽이 재생되는 것 같으니, 동시에 파괴해야만 했다. '매그넘'으로 동시에 공격할까도 했지만, 겸사겸사 마력을 통한 고문 실험도 해본 것이다.

"설마, 방금……?! 빌어먹을! 감히 내 힘을…… 절대 용서 못 해!"

"너한테 용서받을 이유가 없어. 그것보다…… 뭔가 잊고 있지 않아?"

"그게 무슨…… 커억!"

나는 그딴 소리를 지껄여대는 용족의 안면을 주저 없이 주먹으로 때렸다.

변신이 풀렸는데도 몸은 튼튼했지만, '부스트'로 강화한 주먹은 통하는 것 같았다.

시리우스는 입에서 피가 흘러나오는 용족의 뿔을 잡더니, 상대의 눈을 들여다보며 말했다.

"너는 이제 무적이 아냐. 자아…… 각오는 됐겠지?"

"하…… 하지 마! 나를…… 나를 만지지 마!"

"살인을 실컷 즐겨댄 놈이라 그런지 불쌍하다는 생각이 눈곱만큼도 안 드는걸."

단숨에 죽여도 되지만, 이 녀석한테서는 알아내야 하는 게 있었다. 빌 선생님이 말했던 그레고리와의 유착, 그리고 희생된 사람들의 소재지를 비롯해 다양한 죄를 자백해줘야 한다.

제자들이 떨어진 곳에 있기에 걱정 없이 심문을 시작했다.

하지만 나는 그 전에 해야만 하는 일이 있다.

이 녀석이…… 에밀리아를 그렇게 만들어놨다.

두 눈으로 본 것은 아니지만, 이곳에 오는 도중에 '서치'로 상황을 파악하고 있었기에, 에밀리아를 그렇게 만든 범인이 누구인지는 알고 있었다.

귀여운 제자에게 상처를 입힌 녀석을 용서할 수는 없다.

조금만…… 본능에 따라 행동하도록 하자.

"이건 에밀리아의 몫이다. 금방…… 망가지지는 말라고."

──── 시리우스 ────

처벌과 심문을 끝낸 나는 제자들의 곁으로 돌아갔다.

참고로 용족은 로프로 묶어서 방치해뒀다. 일어서는 것은 고사하고 싸울 의지조차 없었다.

용족은 재생능력을 잃었을 뿐만 아니라, 마음도 완전히 꺾이고 말았다. 설령 회복이 되더라도 제대로 싸울 수는 없으리라. 한동안은 내버려둬도 되리라.

제자들의 곁으로 돌아가던 도중에 남매에게 싸움을 걸었던 할트와 멜르사를 발견했다. 혹시나 싶어 조사해보니 단순히 기절했을 뿐이니, 저대로 내버려둬도 문제는 없을 것 같았다.

게다가 '서치'로 조사해보니, 이쪽으로 오고 있는 반응이 몇 개나 있었다. 아마 빌 선생님이 수배한 이들일 테니, 뒷일은 그들에게 맡기자고 생각하며 그 두 사람을 벽 쪽에 앉혀뒀다.

저 두 사람은 시종을 데리고 이곳에 왔었지만, 바닥을 굴러다니는 시체를 보아하니 이미 희생된 것 같았다. 나는 그들의 명복을 빌며 그 자리를 벗어났다.

나는 겸사겸사 아까 쓰러뜨렸던 세 사람도 살펴봤다.

목이 잘린 금랑족은 물론이고 드워프도 완전히 숨이 끊어진 것 같았다. 폭주한 용족에게 공격을 받은 인간족도 마찬가지였다.

나는 방금 사람을 죽였지만 전생에서 살인에 익숙해졌던 덕분에 죄책감은 전혀 느끼지 않았다. 그리고 그 녀석들의 말과 행동으로 볼 때 살인을 밥 먹듯이 저지른 것 같았다. 그런 녀석들은 죽어 마땅하니, 이것도 인과응보일 것이다.

사람을 죽일 거라면 자신이 죽을 것도 각오해라.

나는 전생에서 제자들에게 이렇게 가르쳤지만, 현재의 제자들에게는 가르치지 않았다. 그러니 언젠가 가르쳐야만 할 것이다.

내가 주저 없이 저 녀석들을 죽였다는 사실을 알고도 계속 가르침을 받으려 한다는 가정 하에서의 이야기지만 말이다.

이 시체의 처리는…… 곧 이곳에 올 이들에게 맡기도록 할까.

보기에 따라서는 동료들끼리 내분을 일으킨 것처럼 보이기도 하고, 용족에게는 나에 대해서는 입도 뻥긋하지 말라고 조교…… 아니, 이야기를 해뒀다. 만약 알려진다면…… 그때 일은 그때까지 생각하자.

적어도 학생들을 구하기는 했으니, 학교장과 교섭을 해서 타협안을 찾아봐야겠다.

현시점에서 할 수 있는 일은 다했기에, 나는 제자들의 곁으로 돌아갔다.

"시리우스 님⋯⋯."

"시리우스 씨!"

제자들의 곁으로 돌아가 보니, 벽에 몸을 기대고 있던 에밀리아, 그리고 레우스의 피를 수건으로 닦아주던 리스가 나를 맞이했다.

두 사람은 나를 보고 안심한 것처럼 미소를 지었기에, 나도 미소를 지으면서 고개를 끄덕였다.

"시리우스 님, 무사하셔서 다행이에요⋯⋯."

"응. 전부 끝났어. 레우스는 좀 어때?"

"기절했지만 호흡은 안정됐으니까, 푹 쉬면 괜찮을 거야."

혹시나 싶어 다시 레우스의 몸에 손을 대고 진단을 해보니, 금이 간 뼈는 얼추 아물었다. 적은 마력으로 이 정도까지 치료를 한 걸 보면, 리스는 치료마법에 정말 재능이 있는 것 같았다.

"응. 나도 같은 생각이야. 그럼 서둘러 미궁을 빠져나가자. 리스는 걸을 수 있겠어?"

"응. 괜찮을 것 같아."

마력이 고갈된 탓에 리스는 힘들어 보였지만, 에밀리아는 제대로 걸을 수도 없는 상태다.

리스가 비틀거리면서 몸을 일으키는 모습을 본 다음, 나는 에밀리아에게 등을 보이며 몸을 웅크렸다.

"자아, 에밀리아. 나한테 업혀."

"……예."

기뻐하며 나한테 업힌 에밀리아를 놓치지 않도록 '스트링'으로 고정한 후, 나는 레우스를 품에 안아 들면서 걸음을 옮겼다.

이곳에 올 때 이용했던 통로로 가다간 이곳으로 오는 이들과 마주칠 것 같았기에, 다른 통로를 이용하기로 했다.

"시리우스 씨. 할트 씨와 멜르사 양은 두고 갈 거야?"

"곧 선생님들이 수배한 사람들이 올 거니까 걱정할 필요 없어. 그러니까 우리는 들키기 전에 도망치자."

"도망? 보호받는 편이 낫지 않아?"

"그 이유는 이동하면서 설명해줄게. 아무튼 우리는 살인귀와 마주쳤지만, 겨우겨우 도망치는데 성공했다. 그리고 살인귀들은 내분을 일으켰다……는 걸로 해두자."

"으, 응……. 알았어."

내가 진지한 표정을 지으며 그렇게 말하자, 리스는 당황하면서도 고개를 끄덕였다.

그리고 나는 지상으로 돌아가면서 리스에게 도망치는 이유를 설명했다.

내 마법과 기술은 이 세계의 상식에서 벗어나 있으며 상당한 힘을 지녔다.

만약 그 사실이 알려지면 얼간이 같은 귀족들이 나를 휘하에 두기 위해, 나뿐만 아니라 남매들이나 노엘을 노릴 가능성도 있다. 즉, 정령마법을 쓰는 인간과 마찬가지인 것이다. 그 외에도 여러 이유를 설명하자, 나를 2년 동안 알고 지낸 리스는 순순히 납득했다.

"소동이 일어나면 너희와 같이 지내지 못하게 될 수도 있거든."

"……그렇구나. 나도…… 너희와 함께 지낼 때가 가장 즐거워."

그 말을 끝으로 대화를 멈춘 우리는 아무 말 없이 통로를 따라 걸었다.

도중에 제자들의 상태를 확인해보니, 레우스는 여전히 기절한 상태였고, 리스는 걸음이 느릿하기는 하지만 자기 발로 걷고 있었다. 그리고 등에 업힌 에밀리아는 때때로 내 목덜미에 볼을 비비고 있었다.

그렇게 전원의 몸 상태를 체크하며 5층까지 걸어갔을 즈음, 리스는 걸음을 멈추면서 에밀리아를 쳐다보았다.

"저기…… 나, 몸이 꽤 괜찮아졌으니까 에밀리아를 업을게."

"괜찮아……. 지금은 이 아이들의 무게를 느끼고 싶어. 이 두 사람이 살아 있다는 증거잖아."

나는 이 세상에 태어난 후…… 처음으로 분노했다.

스승을 쓰러뜨리기 위해 만든 '멀리태스크'와 가상인격을 아낌없이 사용하며, 상대를 죽이기 위해 싸운 결과…… 상대를 죽였다.

전생의 경험 때문에 익숙하기는 하지만, 역시 살인은 기분 좋은 일이 아니다.

그럴 때…… 이렇게 제자들과 몸을 맞대고 있으면 마음이 진정되었다.

옆에서, 팔에서, 그리고 등에서 느껴지는 제자들의 숨결과 심장 고동이 나를 진심으로 안도하게 해줬다.

하지만 에밀리아. 내 어깨를 몇 번이나 물지는 말라고.

에밀리아가 전력으로 어리광을 부리는 탓에 쓴웃음을 짓고 있을 때, 누군가가 내 옷 소매를 잡아당겼다. 고개를 돌려보니, 리스가 굳은 표정으로 나를 쳐다보고 있었다.

"시리우스 씨는…… 어째서 그렇게 강할 수 있는 거야? 확실히 나쁜 사람들이기는 했지만, 시리우스 씨는 그 사람들을……."

"응……. 죽였어."

"역시…… 그랬구나."

"내가 무서워?"

"모르겠어. 시리우스 씨는 저희를 지키기 위해 싸웠으니 고마워해야겠지만…… 어쩌면 좋을지 정말 모르겠어."

리스는 내 소매를 움켜쥔 채 갈등에 사로잡혀 있었다.

이유야 어찌되었든 간에 역시 살인을 받아들일 수가 없는 것이리라. 그녀에게 해줄 말을 생각하고 있을 때, 내 어깨를 살며시 깨물고 있던 에밀리아가 리스의 어깨에 손을 얹었다.

"리스…… 어렵게 생각할 필요 없어요. 왜냐면 시리우스 님과 당신은 똑같으니까요."

"그럴 리가…… 없어! 나는 너희의 목숨이 걸린 중요한 상황에서 상대를 죽이지 못한 겁쟁이야!"

그리고 리스는 자신이 어떤 실수를 범했는지 말했다.

자기 입으로 싸우겠다고 말했으면서, 용족이 눈앞에 있자 주저하고 말았다. 그리고 그 탓에 에밀리아가 다치고 말았다는 이야기를 참회하는 듯한 어조로 늘어놓았다.

"그러니까…… 나는 시리우스 씨와 달라. 그저…… 겁쟁이일 뿐이야."

"그럼 리스는 왜 도망치지 않은 거죠? 무서우면서, 살해당할 거라고 생각했으면서, 왜 우리와 함께 싸운 건가요?"

"그, 그건…… 에밀리아와 레우스는 소중한 친구야. 나한테 있어서…… 가족이나 다름없는 존재란 말이야."

"그래요. 그건 저희도 마찬가지예요. 시리우스 님, 만약 강적이 나타났을 때 시리우스 님만이라도 도망쳐달라고 말하면…… 어떻게 하실 거죠?"

"도망칠 리가 없잖아. 함께 싸우거나 함께 도망칠 거야."

"들었죠? ……똑같아요. 시리우스 님은 리스보다 한 걸음 더 나아가고 있을 뿐이에요. 그 근본은 같죠."

"하지만……."

"리스, 잘 들어. 너는 겁쟁이라도 돼. 애초에 상대를 간단히 죽이게 된다면 그게 더 곤란해."

장래에 리스가 주저 없이 사람을 죽일 수 있게 된다면, 나는 분명 슬퍼할 것이다.

리스는 남을 치유하고 맛있는 음식을 먹으며 미소 짓는 얼굴이 가장 잘 어울리는 여자애다. 그런 상냥한 마음이 변하지 않았으면 좋겠다고 나는 진심으로 생각했다.

"나는 저 녀석들의 목숨보다 너희가 더 소중했을 뿐이야. 그리고 저 녀석들은 사람의 목숨을 빼앗는 걸 즐기는 살인귀니까, 나는 주저 없이 저들을 죽였지. 이런 나를 용서할 수 없다면 내 제자를 관둬도 돼. 리스의 의지에 맡길게."

"그건…… 싫어. 너희 곁에 있는 게 너무 기분 좋아서, 이제 떨어지고 싶지 않아. 하지만 또 같은 일이 일어난다면, 나는 주저 없이 시리우스 씨처럼 할 수 있을지…… 그게 불안해……."

그렇구나……. 리스는 내가 무서운 게 아니라, 못난 자신을 용서할 수가 없는 것뿐이다. 사람을 죽이고서라도 주저 없이 앞으로 나아가려 하는 내가 너무 눈부신 것뿐일지도 모른다.

"리스, 너한테는 너만의 길이 있어. 상의하는 건 좋지만, 답은 직접 찾아내는 거야. 그러면 무슨 일이 있든 올곧게 앞으로 나아갈 수 있을 거야."

"나도 그럴 수…… 있을까?"

"물론이지. 그러니까 앞으로도 고민하고, 망설이며, 자신의 길을 찾아봐. 설령 실패하더라도 우리가 도와줄게."

"……고마워."

그리고 리스는 내 어깨에 얼굴을 얹더니, 조용히 울었다.

원래라면 가슴을 빌려주고 싶지만, 남매가 내 가슴과 등을 차지하고 있기 때문에 그럴 수가 없었다.

가능하면 빨리 미궁을 빠져나가고 싶지만, 리스가 진정할 때까지 기다리기로 했다.

"히리우후 임, 때따나떼요!"

"에밀리아…… 내 어깨를 물면서 말하지는 마."

"훌쩍…… 후후. 아까 너무 무서워서 어리광을 부리고 싶은 걸 거야."

은랑족에게 있어 어깨를 무는 것은 애정표현이기도 하며, 세게 물수록 애정이 깊다고 한다. 이대로 있다간 언젠가 어깨가 떨어져나갈 듯한 느낌이 들었기에, 앞으로는 에밀리아를 업지 않는 편이 좋을지도 모른다.

드디어 미궁에서 탈출했지만, 미궁 앞은 사람들로 붐비고 있었다.

대부분이 무장을 했으며, 모든 미궁 입구에 진입 금지를 알리는 로프가 쳐져 있을 뿐만 아니라 수많은 이들이 보초를 서고 있었다.

그중 하나에서 우리가 나오자, 당연히 소동이 일어났다.

"시리우스 군, 무사했군요!"

주위의 시선을 모으던 우리는 인파를 헤치며 나온 마그나 선생님을 보고 안심했다. 괜한 수고를 덜 수 있을 것 같았다.

"예, 어찌어찌 돌아왔습니다. 하지만 무슨 일이 있었는지 설명하기 전에 에밀리아와 레우스를 치료실로 옮기고 싶습니다만……."

"부상을 당했군요. 알았어요. 학교 치료실로 옮기죠. 누가 들

127

것을 가져와주세요."

마그나 선생님의 지시에 따라 선생님 몇 명과 모험가가 레우스를 들것에 실어서 옮겼다. 그 뒤를 이어 에밀리아도 들것으로 옮길까 했지만, 그녀는 내 목에 한사코 매달렸다.

"에밀리아, 내려."

"잠시만 더……."

"안 돼. 너는 부상자니까 침대에서 쉬어야 해."

"……예."

결국 내 등에서 내려와 들것에 누운 에밀리아가 안타까운 눈길로 쳐다보기에, 나는 그녀의 머리를 쓰다듬어줬다.

"나중에 병문안을 갈 테니까, 푹 쉬고 있어."

"……기다릴게요."

"리스. 나는 자초지종을 설명해야 하니까, 에밀리아와 함께 가주겠어?"

"응. 왠지 에밀리아를 혼자 두면 안 될 것 같아……."

리스는 다치지는 않았지만 그래도 많이 지쳤다.

쓴웃음을 지으면서 들것으로 옮겨지는 남매를 자신의 두 발로 쫓아가는 리스를 배웅한 후, 나는 한숨을 내쉬었다. 이걸로 일단락……되었다고 생각해도 되리라.

"에밀리아 양이 저렇게 어리광을 부리는 모습은 처음 보는군요."

"하하…… 못 본 걸로 해주세요."

"그만큼 힘든 일을 겪었다는 거겠죠. 방금 본 것은 잊겠습니다. 시리우스 군도 피곤하겠지만, 무슨 일이 있었는지 설명해주 겠습니까?"

"예. 그 후…… 저는 바로 미궁에 뛰어 들어갔고, 10층에서 선혈의 드래곤과 싸우다 다친 제자들을 발견했습니다."

마그나 선생님에게는 미궁에서 나오기 전에 생각해뒀던 거짓 말을 했다.

내가 도착했을 때, 선혈의 드래곤은 내분이 일어났는지 리더로 보이는 용족이 변신을 해서 날뛰고 있었다. 그리고 변신을 하면 이성을 잃는 것인지, 동료들을 전부 죽이더니 괴성을 지르며 날뛰었고, 곧 쓰러져서 꿈쩍도 하지 않았다. 그리고 그 용족을 묶어서 통로에 내던져뒀다고 말했다.

"하아…… 위험한 짓을 했군요. 당신이 대단하다는 건 알지만, 앞으로는 이런 일을 자제해주세요."

"죄송합니다. 그 후, 저는 살아 있던 제자들을 데리고 여기까지 왔습니다. 승부를 하던 귀족 두 명도 무사하지만, 다친 레우스 때문에 서둘러야 할 것 같아서 그들은 10층에 두고 왔습니다."

"그 건강한 레우스 군이 기절할 정도니까요. 그 두 사람의 구출은 미궁에 들어간 구조대에게 맡겨도 되겠죠. 참고로 당신들과 할트 군 이외의 학생들은 전부 미궁 밖으로 나왔습니다만, 귀족 두 명만 무사하다는 건…….."

"예. 그들의 시종이었던 두 사람은 이미……."

"……그런가요. 두 사람이 무사한 건 기쁜 일이지만, 학생들이 희생된 건 정말 가슴 아프군요. 죄송하지만 학교에 돌아가서 빌 선생님에게…… 아니, 학교장 님에게 보고를 해주겠습니까? 학교장실에서 기다리고 계실 겁니다."

"그건 괜찮지만, 저는 이제 가봐도 될까요?"

"예. 내부의 정보를 기다리고 있는 상황이니, 뒷일은 저에게 맡겨 주세요."

나는 주위에 있는 사람들에게 지시를 내리기 시작한 마그나 선생님에게서 돌아선 후, 제자들을 쫓듯 학교로 향했다.

학교로 돌아간 나는 우선 마그나 선생님이 말했던 대로 학교장실로 향했다.

마그나 선생님의 방과 달리, 양문형으로 된 고급스러운 문이 묘한 위압감을 자아내고 있었다.

빌 선생님으로 분장한 학교장과 만난 적은 몇 번 있지만, 이 방에 들어가는 것은 처음이다.

그리고 학교장실에 들어간 내 눈에 들어온 것은 케이크를 좋아하는 빌 선생님이 아니라, 학교장으로서의 위엄이 넘치는 로드벨이 커다란 책상 앞에 앉아 있는 모습이었다. 주위에서 기척이 느껴지지 않는 걸 보면, 이 방에는 나와 로드벨밖에 없는 것 같았다.

"우선 시리우스 군이 무사해서 다행입니다. 아, 이야기를 나누기 전에 홍차를 마시도록 할까요. 저쪽에 있는 소파에 앉아서 기다려주세요."

학교장실에는 수많은 책이 존재했으며, 구석에는 조그마한 조리대도 있었다. 내가 호화로운 소파에 앉아서 기다리고 있을 때, 학교장이 직접 끓인 홍차를 나에게 건넸다.

"마그나 선생님만큼은 아니지만 저도 홍차를 꽤 잘 끓이죠."

마그나 선생님께 끓인 홍차보다는 못하지만, 그래도 차의 맛이 잘 우러나 있었다. 그리고 나는 학교를 뛰쳐나간 후로 단 한 번도 수분 보충을 하지 않았기에 목이 꽤나 말랐다.

"맛있어요. 그런데 저를 이곳으로 부른 이유는……."

"예. 미궁에서 무슨 일이 있었는지 설명해줬으면 합니다."

내가 마그나 선생님께 이야기한 내용을 다시 말하자, 학교장은 진지한 표정을 지으며 나를 쳐다보았다.

"조사 결과, 그 살인귀들을 엘리시온으로 데려온 건 그레고리일 가능성이 큰 것 같더군요. 제 부하가 시리우스 군의 제자들을 상처 입힐 뻔한 점, 진심으로 사과드립니다."

"……그레고리는 어디 있죠?"

"며칠 전부터 학교에 오지 않았기에, 그레고리의 집으로 부하를 보냈습니다. 그의 처분은 저희에게 맡겨주시죠."

"맡겨도 될까요?"

"이런 정신 나간 짓을 벌이기는 했지만 그는 귀족입니다. 시리우스 군이 손을 썼다간 제가 감싸줄 수 없을 가능성도 있으니 참아주셨으면 합니다."

"……예."

나는 그 용족을 심문해서, 그레고리가 이 사태의 원흉이라는 사실을 알고 있다.

그러니 오늘 밤에라도 그레고리의 집에 찾아갈 생각이었지만, 학교장이 이미 손을 썼다니 관두기로 했다.

게다가…… 학교장이 진짜로 화난 것 같기도 했다.

면접 때 보여줬던 분노가 장난처럼 느껴질 정도의 위압감이 느껴졌기에, 이번에는 그냥 양보하기로 했다.

"살아남은 용족을 심문해서 그레고리를 잡을 증거를 얻어야만 합니다. 그는 이제 선생이 아니라 범죄자죠."

학생을 지도하는 자가 범죄자로 전락한 건가.

어리석은 수인이라는 소리를 입에 달고 살던 자가 가장 어리석을 줄이야.

"현시점에서 해줄 이야기는 전부 했군요. 또 무슨 일이 있으니 알려줄 테니, 오늘은 이만 쉬도록 하세요."

"예. 그럼 제자들을 살펴보고 다이아장으로 돌아가겠습니다."

나는 학교장을 향해 고개를 숙인 후, 그 방을 나섰다.

그리고 학교 치료실에 가보니, 남매는 이미 처치를 받고 다른 방의 침대로 옮겨졌다고 한다. 나는 일단 에밀리아의 병실에 가봤다.

"들어오세요……. 아, 시리우스 씨."

내가 노크를 하자, 문을 연 리스는 나를 보더니 미소를 지었다.

"에밀리아를 보러 왔는데, 들어가도 돼?"

"응. 에밀리아, 시리우스 씨가 왔어."

"정말인가요?!"

에밀리아가 힘찬 목소리로 대답하는 걸 보면 많이 좋아진 것 같았다.

방에 들어가 보니, 침대 위에서 상반신을 일으킨 에밀리아가 만면에 미소를 짓고 있었다.

"몸은 좀 어때?"

"아직 후들거리기는 하지만, 이제 괜찮아요."

"……좋아. 얼굴도 좋아진 것 같네. 하지만 방심은 금물이니까, 오늘은 여기서 얌전히 쉬고 있어."

"예?! 다이아장의 청소가 아직 안 끝났고, 시리우스 님의 시중도……."

에밀리아가 이 세상이 끝나기라도 한 듯한 표정을 지었지만, 내가 머리를 쓰다듬어주자 표정이 약간 부드러워졌다.

"청소도, 내 시중도 내일 해. ……알았지? 더는 나한테 걱정을 끼치지 말아줬으면 해."

"……알았습니다."

에밀리아는 투덜거리면서 고개를 끄덕였다.

정말…… 이런 면은 꼭 엄마를 쏙 빼닮았다니깐.

에밀리아의 시종 스피릿 때문에 약간 어이없어 하고 있을 때, 리스가 문을 열고 밖으로 나가려고 했다.

"으음, 나는 레우스를 보고 올게."

분위기를 살펴준 것은 고맙지만, 나가면서 의미심장한 미소를 지을 필요는 없을 것 같은데 말이다.

마그나 선생님이 수배해준 이 병실은 개인실이기에, 방 안에는 나와 에밀리아만이 있었다. 이미 저녁때가 다 되었기에 주위에서는 인기척이 느껴지지 않는 가운데, 나는 에밀리아의 눈을 응시하며 그녀의 머리를 쓰다듬었다.

"자아, 리스는 나갔어. 나한테 할 말이 있지?"

"…………시리우스 님!"

그리고 에밀리아는 표정을 일그러뜨리더니 눈물을 흘리면서 내 품에 뛰어들었다.

"무서…… 무서웠어요! 레우스가 마치…… 엄마처럼…… 앞으로 나섰고, 또…… 소중한 사람을 잃나 싶어서…… 으, 으흑…….."

부모가 죽는 모습을 두 눈으로 보고 생긴 마음의 상처는 에밀리아의 가슴에 여전히 새겨져 있었다.

그리고 이번에…… 그 상처를 일깨우는 듯한 상황이 벌어졌다. 그녀는 울부짖고 싶었을 테지만 살아남기 위해서, 그리고 레우스와 리스가 불안하지 않도록 필사적으로 참았던 것이다.

에밀리아가 나에게 어리광을 부린 것은 그 감정을 얼버무리기 위해서이리라. 하지만 나와 단둘이 있게 된 순간, 한계에 도달하고 만 것이다. 아니, 계속 쌓아두게 할 수도 없기에 내가 일부러 뚜껑을 연 거나 다름없다.

"저는…… 시리우스 님과 더는 만나지 못하나 싶었지만…… 그래도 두 사람을 지키고 싶었어! 레우스가 무사해서 다행이야!

리스가 무사해서 다행이야! 시리우스 님이 또 제 머리를 쓰다듬
어주셔서…… 정말 다행이야…….”

감정이 폭발한 에밀리아가 하는 말은 엉망이었지만…… 나는
아무 말도 하지 않았다.

이곳에는 나와 그녀밖에 없으니 참을 필요가 없다. 그러니 마
음껏 감정을 토해줬으면 한다. 나는 에밀리아를 꼭 끌어안으며
상냥하게 머리를 쓰다듬어줬다.

“잘했어. 두 사람이 무사한 건 에밀리아가 최선을 다했기 때
문이야.”

“하지만…… 저는 쓰러진 후부터 아무것도 못했어요. 레우스
는 필사적으로 저희를 지켰는지, 그저 지켜보기만…….”

“너는 리스를 지켰잖아? 그리고 우리 모두가 무사히 돌아온
걸로 충분해.”

“시리우스 님…… 흐흑…….”

그리고 보니 전에도 이런 식으로 에밀리아를 위로해준 적이
있었다.

당시의 에밀리아는 그저 울기만 했지만…… 지금은 달랐다.

그녀는 눈물을 닦으면서 고개를 들더니, 진지한 표정으로 나
를 올려다보았다.

“두 번 다시, 두 번 다시 이런 한심한 꼴을 보이지 않겠어요.
시리우스 님처럼 소중한 사람을 지킬 수 있도록…… 저도 강해
지겠어요!”

“……쉽지 않은 길일 거야.”

"그래도 해내겠어요. 아무것도 못하며 보고만 있는 건, 이제 못 참을 것 같아요……."

……에밀리아, 또 성장했구나.

저 강한 눈빛과 의지가 있다면, 너는 더욱 강해줄 수 있을 거야.

"그 말, 스승으로서 기뻐. 뭔가 상을 주고 싶네."

"정말인가요? 그럼 부탁이 하나 있는데요……."

"뭔데? 말해봐."

"조금만 더…… 이러고 있어도 될까요?"

"응. 물론이지."

내가 그 말을 듣고 꼭 안아주자, 에밀리아는 기뻐하듯 내 품에 안겨들었다

잠시 후, 에밀리아가 고른 숨소리를 내며 잠들었기에, 나는 그녀를 침대에 누이고 방을 나섰다.

그 다음에 레우스의 병실에 가보니, 리스가 방에서 나오고 있었다.

"아, 시리우스 씨. 에밀리아는 괜찮아?"

"마음이 진정됐는지 겨우 잠들었어. 레우스는 좀 어때?"

"지금은 깨어 있어. 시리우스 씨가 오기만 기다리고 있는 것 같아."

"그래? 그럼 빨리 만나러 가야겠네."

내가 문손잡이를 잡으며 옆쪽을 힐끔 쳐다보니, 리스는 표정

이 가라앉아 있었다.

"리스, 왜 그래? 무슨 일 있었어?"

"아…… 레우스가 좀 이상했던 것 같아서 말이야. 겉보기에는 괜찮아 보였지만, 왠지 무리를 하고 있는 것 같다고나 할까, 슬퍼하는 것 같다고나 할까…… 아무튼 평소와 좀 달랐어."

나는 그 이유를 짐작할 수 있었다.

그리고 리스가 레우스가 평소와 다르다는 것을 눈치챌 만큼, 그리고 레우스 또한 리스에게 그런 모습을 보여줄 만큼 친해졌다는 사실에 놀랐다.

"괜찮아. 뒷일은 나한테 맡겨."

"응. 역시 같은 남자인 시리우스 씨에게라면 레우스도 마음을 터놓고 이야기할 거야."

"그건 그렇고, 리스는 레우스와 많이 친해진 것 같네. 그 녀석은 붙임성이 좋은 것 같지만, 진심으로 마음을 연 사람은 몇 명밖에 안 돼. 즉, 리스도 그중 한 명인 거야."

레우스가 진심으로 따르는 사람은 나와 에밀리아, 그리고 노엘과 디 정도일 것이다. 그리고 리스가 새롭게 추가되었다.

"그렇구나. 후후…… 기쁘네."

"응. 에밀리아뿐만 아니라 레우스도 앞으로 잘 부탁해. 그럼 나는 레우스를 만나고 올게."

"레우스를 잘 위로해줘."

리스와 헤어지고 문에 노크를 하자, 레우스의 목소리가 병실 안에서 들려왔다. 문 너머에 있는 사람이 나라는 걸 눈치챈 것 같았다.

그리고 내가 병실에 들어가자, 침대에 누워 있는 레우스가 밝은 목소리로 그렇게 말했다.

"형님! 와줬구나!"

침대에서 상반신을 일으킨 레우스의 가슴과 팔에는 붕대가 감겨 있었지만, 보아하니 꽤 건강해 보였다.

레우스는 병실에 들어온 나를 눈을 반짝이며 쳐다보고 있었다.

"다친 데는 괜찮아?"

"이 정도는 금방 나아. 그것보다 역시 형님은 대단해. 우리가 전혀 상대도 안 된 녀석들을 그렇게 간단히 해치웠잖아."

"하지만 아무리 살인귀라고 해도, 나는 두 명이나 죽였어. 내가 무섭지 않은 거야?"

"무슨 소리를 하는 거야. 형님을 우리를 지키기 위해서 싸웠잖아. 존경은 해도 무섭지는 않다고!"

정말 올곧은 제자다. 그 올곧은 말 한 마디 한 마디가 나를 기분 좋게 안심시켜줬다.

그리고 리스가 말한 것처럼, 레우스의 미소에는 그림자가 드리워져 있는 듯한 느낌이 들었다.

"나…… 이번에 누군가를 지키는 게 얼마나 힘든지 깨달았어. 형님은 쭉 우리를 지키며 정말 힘들었겠구나."

"그게 너희의 스승인 내가 해야 할 일이거든."

"그러니까 형님…… 나는 반드시 형님과 어깨를 나란히 할 수 있을 만큼 강해질 거야! 그 녀석들에게 져서 분하지만, 그래도 배운 점도 있다고!"

"호오, 뭘 배웠는지 말해줄래?"

"응!"

아무래도 레우스는 자기가 범한 실수를 떠올리며 반성을 하고 있었던 것 같았다.

누나를 지켜야 하는데도 앞으로 너무 나섰고, 변신을 하고 나서는 힘에 도취되어 검을 아무렇게나 휘둘렀다고 말했다. 그렇게 자신이 범한 실수를 하나씩 열거했다.

하지만…… 이야기를 하면 할수록 레우스의 얼굴에서 기운이 빠지더니, 마지막에는 창밖으로 시선을 돌리고 말았다.

"저기…… 형님. 누나들은 무사하고 나도 목숨은 건진데다, 형님이 얼마나 센 지도 똑똑히 봤어. 나는 형님과 라이오르 할아버지한테 지기만 해서, 다른 상대에게 져도 분하지 않을 거라고 생각했어. 하지만……."

레우스는 이를 악물더니, 그의 눈에서 흘러나온 눈물이 침대에 떨어졌다.

"왜…… 이렇게 분한 걸까? 형님. 나, 이상하지?"

"이상하지 않아. 그건 남자로서 당연한 반응이야."

"하지만 누나를 지키지 못한 것보다 진 게 더 분할지도 몰라. 비교할 필요도 없는 일인데…… 나, 내가 진 게 더 분하다고 생각하는 걸까?"

나는 눈물을 흘리는 레우스의 머리를 쓰다듬어줬다.

지기는 했지만 적을 전부 쓰러뜨렸고, 우리는 살아남았다. 결과만 본다면 우리의 승리지만, 레우스는 납득이 되지 않는 것 같았다.

"하지만 에밀리아와 리스를 지키고 싶다는 마음은 진짜잖아?"

"당연하지! 누나들이 무사해서 다행이라고 진심으로 생각해."

"그럼 됐어. 한쪽을 선택해야만 하는 것도 아니고, 양쪽을 다 받아들이기만 하면 되거든. 그리고 그 분한 마음을 잊지 마. 그게 너를 강하게 만들어줄 거야."

"……정말 그래도 될까?"

레우스는 진 게 더 분하게 여기는 것처럼 보이지만, 그건 에밀리아와 리스가 무사하기 때문이리라.

"네가 스스로 어떻게 생각하든 간에, 그 두 사람을 지키고 싶다는 마음은 절대 잊지 마. 레우스는 왜 강해지고 싶다고 생각한 거야? 한 번 더 말해봐."

"누나를 지키기 위해서야!"

"그래. 그러니 상처를 치유하고 더욱 강해져. 네가 강해지고 싶어 하는 한, 나는 언제든 네가 강해질 수 있도록 도와줄 거야."

"알았어!"

그리고 눈물을 닦은 레우스는 마음이 개운해졌는지 미소를 지었다.

그의 눈은 아까보다 더 강한 의지가 깃든, 무언가를 뛰어넘은 자의 눈빛을 머금고 있었다.

그래…… 레우스. 너는 강한 애야.

언젠가 라이오르 할아버지를 뛰어넘고…… 나 또한 넘어설 거야.

그런 레우스의 성장을 지켜볼 수 있는 게 나는 너무나도 즐거웠다.

레우스의 병실에서 나온 나는 복도에 설치된 의자에 앉아서 한숨을 돌렸다.

까딱했으면 이번 사건에 휘말린 제자들을 잃을 뻔했지만 전원이 무사해서 정말 다행이다. 패배를 경험한 제자들은 더욱 강해질 것이다. 공포 때문에 마음이 꺾인 것 같지도 않았다. 정말 강하고 믿음직한 제자들이다.

하지만…… 솔직히 피곤했다.

전력으로 싸운 데다, '부스트'를 장시간 유지한 탓에 몸에 피로가 축적되었다.

나중에 해야 할 일이 있으니 좀 쉬었다가 돌아가기로 할까.

나는 의자의 등받이에 몸을 맡기면서 천천히 눈을 감았다.

── 리스 ──

시리우스 씨와 헤어진 후, 에밀리아를 살펴보러 갔더니……
그녀는 기분 좋은 표정으로 자고 있었다.

때때로 잠꼬대를 하듯 시리우스 씨의 이름을 중얼거리는데, 그는 대체 뭘 해준 걸까? 나는 무심코 고개를 갸웃거렸다.

그렇게 잠시 동안 시간을 보내고 에밀리아의 병실을 나선 나는 시리우스 씨를 찾기 위해 레우스의 병실로 향했다.

레우스는 왠지 기운이 없어 보였지만, 시리우스 씨가 알아서 잘 다독여줬을 거라는 생각이 들었다. 슬슬 이야기가 끝났을 거라고 생각하며 걸어가 보니, 방 앞에 있는 의자에 시리우스 씨가 앉아 있었다.

"시리우스…… 씨?"

시리우스 씨, 혹시…… 자는 걸까?

정말 드문 일이었다. 시리우스 씨와 알고 지낸지 2년이나 됐지만, 이렇게 무방비한 모습을 본 것은 처음이다.

하지만…… 이럴 만도 했다.

우리를 구하기 위해 전력으로 뛰어온 데다, 그렇게 강한 사람들과 혼자서 싸웠으니까 말이다.

태연하게 남의 목숨을 빼앗는 모습을 보고 공포를 느끼기는 했지만, 우리를 상처 입힌 그들에게 분노했기 때문에 그런 거라고 에밀리아가 말했다. 그만큼 우리를 소중히 여기는 것이리라.

에밀리아에 비하면 짧은 기간이기는 하지만, 쭉 그를 옆에서 지켜봤기에 나는 안다.

시리우스 씨는 그 사람들처럼 남의 목숨을 빼앗는 걸 즐기지 않는다는 걸 말이다.

그러니…….

"응. 시리우스 씨는 무섭지 않아."

이제 충분할 것이다.

"으음…… 리스야?"

"아, 미안. 내가 깨운 거야?"

아무래도 너무 다가간 것 같았다. 휴식을 취하는 시리우스 씨에게 꼭 나쁜 짓을 한 것만 같았다.

"아, 그냥 깬 거야. 리스 이외의 딴 사람이었으면 다가오기도 전에 깼을걸?"

"어째서야?"

"리스는 경계할 필요가 없거든."

그 말을 들으니…… 왠지 기뻤다.

그건 그렇고 시리우스 씨는 진짜로 불가사의한 사람이다.

나보다 한 살 어린데도 이렇게 강하고, 별의별 걸 다 아는데다…… 어느새 존경하게 되었다.

키는 나보다 조금 크고, 몸을 엄청 단련하기는 했지만 어른에 비하면 역시 작다.

"에밀리아와 레우스는 오늘 여기서 묵을 거니까, 나도 슬슬 다이아장으로 돌아갈게. 리스는 이제 어떻게 할 거야?"

"나는 두 사람을 좀 더 살펴본 다음에 기숙사로 돌아갈 거야."

"그래? 미안하지만 피곤하니까 먼저 돌아갈게."

역시…… 이렇게 뒤에서 보니, 시리우스 씨의 등이 정말 커보였다.

겉보기에는 비슷한 또래와 별반 다르지 않지만…… 그에 대해 알면 알수록 저 등이 크고 믿음직해 보였다. 에밀리아와 레우스가 그를 부모님처럼 따르며 존경하는 것도 이해가 됐다.

부모님처럼…….

"예. 아버님도 수고 많으셨어요."

"……나는 언제부터 리스의 아버지가 된 거야?"

"뭐?! 저기…… 노, 농담한 거야! 아, 아하하……."

"뭐, 리스 같은 애를 자식으로 둔다면 부모로서 정말 행복하겠지. 그럼 내일 봐."

"응. 내일…… 봐."

시리우스 씨가 웃음을 흘리면서 사라진 후, 나는 땅이 꺼져라 한숨을 내쉬었다.

하아…… 방심했어.

가까운 곳에 있는 어른들이나 선생님들보다 커다란 등을 지닌 그를 보고 생각했다.

믿음직한 아버지란…… 분명 이런 사람일 거라고 말이다.

대화도 거의 나눈 적이 없고, 등을 보여준 적도 거의 없는 내 친아버지와는 너무나도 달랐다.

"더는 숨기고 싶지…… 않아……."

슬슬 내 정체에 대해 이야기해야만 할지도 모른다.

하지만 이야기를 했다간, 지금의 좋은 분위기가 변할 것 같아서…… 무섭다.

그래도 더는 그들에게 숨기고 싶지 않다.

괜찮아…… 오늘 느낀 공포에 비하면 아무것도 아냐.

분명 그들이라면 받아줄 테고, 예전과 변함없이 나를 대해줄 거라고 믿으니까…… 결심했다.

후회를 하더라도 자신의 의지로 올곧게 나아가기 위해서 말이다.

—— 시리우스 ——

미궁에서 살인사건이 일어난 다음 날 아침, 나는 홀로 잠에서 깨어나지…… 않았다.

"시리우스 님, 좋은 아침이에요."

오늘은 얌전히 병실 침대에 누워 있을 줄 알았지만…… 에밀리아는 정상가동 중이었다.

아니, 오히려 파워업한 것 같았다.

"갈아입을 옷은 이쪽에 준비해뒀습니다. 머리카락이 조금 헝클어지셨으니 물에 적신 수건으로 다듬으세요. 아침 식사는 이미 준비되어 있습니다. 혹시 방에서 드시겠다면 바로 준비해 오겠습니다."

내가 일어나기도 전에 아침 식사 준비까지 다 마친 것 같았다. 태양의 위치로 시간을 확인해보니, 평소와 같은 시간에 일어난 것 같았다.

"에밀리아…… 너, 언제 이곳에 온 거야?"

"방금 왔어요. 어제 시리우스 님이 안아주신 덕분에 너무 행복한 나머지 아침까지 푹 잠을 잤죠. 충분히 쉬었더니 몸 상태도 좋아요."

집안일을 전부 끝냈다면…… 한 시간 전에 왔을까.

볼을 붉힌 채 행복해하고 있는 에밀리아는 혈색도 좋아 보였고, 피부 또한 윤기가 흘렀다. 그리고 움직임을 보니 딱히 나쁜 곳은 없는 것 같았다.

그래도 혹시 모르니 살펴보기 위해 손짓을 하자, 에밀리아는 순식간에 다가왔다. 이 짧은 거리를 전력 질주할 줄이야.

"부르셨습니까?"

그저 불렀을 뿐인데 에밀리아는 꼬리를 흔들면서 만면에 미소를 지으며 내 말을 기다렸다. 내가 손을 뻗자, 에밀리아는 뭘 하려는 건지 눈치채고 고개를 숙였다. 나는 그런 그녀의 머리에 손을 얹으며 '스캔'을 펼쳤다.

"……이상한 곳은 없는 것 같네."

"물론이죠! 지금 몸 상태면 못할 일이 없어요."

만면에 미소를 지으며 꼬리를 흔드는 에밀리아는 행복의 절정에 빠져 있는 것 같았다.

그 후, 우리는 거실에서 에밀리아가 준비한 아침 식사를 먹었다. 어쩌면 아침 메뉴도 엄청 호화로울지도 모른다는 생각이 들었지만, 다행스럽게도 아침 식사 자체는 평범했다.

에밀리아의 몸을 생각해 오늘은 아침 훈련을 하지 않기로 했기에 느긋하게 식사를 하고 있을 때, 리스가 허둥지둥 이곳에 나타났다.

"하아…… 하아…… 역시 여기 있었구나."

""리스, 좋은 아침.""

"좋은 아침……은 무슨! 왜 멋대로 병실을 빠져나간 거야?! 아침 일찍 병실에 가보니 없어서 놀랐단 말이야."

"제가 있을 곳은 시리우스 님의 곁이거든요."

"그런 문제가 아니란 말이야! 선생님에게는 내가 잘 둘러댔지만, 그래도 이제 멋대로 행동하지 마. 그래도 건강해보여서 다행이야."

리스는 머리를 감싸 쥐었지만, 곧 평소처럼 상냥한 표정을 지었다.

그 와중에 에밀리아가 아침 식사를 준비했기에, 리스는 2년 동안 자신이 항상 앉던 의자에 앉더니 손바닥을 마주 댔다. 그녀는 우리처럼 식사 전에 합장을 하고 젓가락을 자유자재로 쓸 수 있게 되었다.

"오늘도 맛있어 보이네. 잘 먹겠습니다."

그리고 리스는 항상 식사를 기품 있게 했다. 수프를 먹을 때는 소리를 내지 않는다는 기본부터 시작해, 입을 크게 벌리는 일 또한 절대 없었다.

하지만 그녀는 대식가인 레우스에게 버금갈 정도의 양을 먹어 치운다.

기품 있게 식사를 하면서도 그 속도는 엄청났다. 순식간에 스테이크 한 덩어리가 사라지는 일도 자주 있었다.

레우스는 운동을 격렬하게 하니 이해가 되지만, 같은 양을 먹는 그녀는 전혀 살이 찌지 않았다. 대체 섭취한 영양분이 다 어디에 가는 것인지 아직도 의문이었다.

"……저기, 너무 쳐다보니 좀 신경이 쓰이네."

"아, 미안해. 리스는 음식을 참 맛있게 먹는 거 같아서 말이야."

"그야…… 맛있거든."

"그리 말해주니 만든 보람이 있네요."

식사를 다시 시작했을 즈음, 현관 쪽에서 소리가 들리더니 곧 거실의 문이 열렸다.

"형님, 누나, 좋은 아…… 아야얏!"

레우스…… 너도 온 거냐.

몸 곳곳에 붕대가 감긴 레우스가 나타났다. 거실에 들어오자마자 가슴을 움켜쥐며 고통을 호소하면서 말이다. 남매가 하나같이 사람 말을 듣지 않았다.

"레우스! 얌전히 병실에 누워 있어야 하잖니!"

"에밀리아가 그런 말을 해봤자 설득력이 없는데……."

"누워만 있으니 심심한데다, 거기서 나오는 밥은 양이 작단 말이야."

"뭐, 왔으니 어쩔 수 없지. 에밀리아, 미안하지만……."

"예. 바로 준비할게요."

그리고 레우스 또한 테이블 앞에 앉아서 아침을 먹기 시작했다. 환자답지 않게 식성이 왕성했다.

순식간에 2인분을 먹어치웠지만, 아직 양이 모자란 것 같았다. 어제 꽤나 피를 흘렸으니 몸이 본능적으로 영양분을 원하는 걸지도 모른다.

"누나, 더 줘!"

"나도 더 먹고 싶네."

"후후, 그럴 줄 알았어. 시리우스 님은 어쩌시겠어요?"

"글쎄. 나도 더 먹을까?"

이렇게…… 우리의 일상이 무사히 돌아왔다.

평범하지만 행복한 나날을 곱씹듯, 나는 에밀리아에게서 음식을 건네받았다.

우리가 교실에 들어가서 의자에 앉자, 클래스메이트들이 몰려왔다.

이건 매일같이 있는 일이지만, 오늘은 평소와 분위기가 딴판이었다.

"저기, 어제 그 사건에 휘말렸다며? 미궁에서 무슨 일이 있었어?"

"형님?! 어쩌다 그렇게 다친 거예요?! 어떤 놈 한 짓이죠?!"

"대체 뭐가 나온 거야?! 골렘한테 당한 것치고는 상처가 깊은 것 같네."

어제 사건이 학교 전체에 알려졌는지, 클래스메이트는 그 일에 대해 질문 공세를 펼쳤다.

미궁에서 사건이 일어났고 몇몇 학생들과 우리가 그 일에 휘말렸다는 소문이 퍼져나간 것 같지만, 선혈의 드래곤에 대해서는 아직 공표되지 않은 것 같았다. 학교장이 정식으로 발표할 때까지는 자세한 이야기는 하지 말아달라고 했기에, 나는 제자들에게 그 점을 알려뒀다.

곧 마크가 허둥지둥 교실에 들어오더니 우리를 보고 안도의 한숨을 내쉬었다.

"안녕, 시리우스 군. 학교에 오던 도중에 너희가 사건에 휘말렸다는 이야기를 들었는데…… 무사해서 다행이야."

"안녕, 마크. 이런저런 일이 있기는 했지만, 우리는 보다시피 무사하니까 안심해."

그리고 안심한 마크와 이야기를 나누고 있을 때, 갑자기 교실의 문이 열리더니 클래스메이트들이 술렁거렸다.

마그나 선생님이 오기에는 이른 시간이라고 생각하며 그쪽을 쳐다보니…….

"실례하지."

"실례할게요."

살인귀들로부터 살아남은 귀족 할트와 멜르사가 이 교실에 들어왔다.

두 사람이 어제 사건의 피해자라는 게 소문을 통해 알려졌기에, 그들이 나타나자 교실 안은 찬물을 끼얹은 것처럼 조용해졌다.

하지만 그런 상황에서도 두 사람은 교실 안에 당당히 들어오더니 남매 앞에 서서 일전에 왔을 때와 똑같은 포즈를 취했다.

"레우스 실버리온. 오늘은 너한테 할 말이 있다."

"에밀리아 실버리온. 오늘은 당신에게 할 말이 있어요."

기묘한 긴장감이 감도는 가운데, 귀족인 그 두 사람은………… 남매를 향해 천천히 고개를 숙였다.

"기억이 좀 애매하지만, 너 덕분에 나는 살아남았다. 고맙다."

"에밀리아. 당신의 마법 덕분에 저는 살아남았어요. 감사해요."

""으음…….""

그렇게 콧대가 높던 두 사람은 귀족다운 기품을 유지한 채 그렇게 인사를 했다. 어제와는 분위기가 명백하게 달랐기에 남매는 당황할 수밖에 없었다.

"감사의 뜻을 표했으니 이만 실례하지."

"마법의 위력을 좀 줄여줬다면 더 좋았을 거예요. 그럼 안녕히 계세요."

두 사람은 볼일이 끝났는지 올 때와 마찬가지로 당당한 발걸음으로 교실에서 나갔다.

그리고 여전히 침묵이 교실을 지배하는 가운데, 레우스가 나를 쳐다보면서 중얼거렸다.

"저기…… 형님, 쟤들이 왜 저러는 거지?"

"두 사람이 말한 대로야. 저들은 너희에게 고맙다는 말을 하러왔을 뿐인 거지. 은혜를 받으면 그에 보답하는 귀족인 거야."

"왠지 기분이 복잡해요."

"아무튼, 내가 너희에게 할 말은 하나뿐이야. 너희가 한 일은 틀리지 않았다……는 거지."

내가 그렇게 말하면서 머리를 쓰다듬어주자, 남매는 납득한 것처럼 미소 지었다.

조용해졌던 교실이 다시 시끌벅적해졌을 즈음, 마그나 선생님이 나타났다. 어느새 수업이 시작되는 시간이 된 것 같았다.

"좋은 아침입니다. 여러분에게 알려드려야 할 사항이 있으니, 조용히 해주셨으면 합니다."

마그나 선생님은 교실 전체를 둘러보며 조용해진 것을 확인한 후, 입을 열었다. 도중에 나와 시선이 마주친 것은 우연이 아니리라.

"어제 일어난 사건에 대해서는 여러분도 들었을 겁니다. 오후에 강당에서 그 사건에 대해 자세히 설명할 예정이니, 괜히 소문을 퍼뜨리지 말아주십시오. 그리고 시리우스 군."

"예."

"학교장 님께서 미궁에서 있었던 일에 대해 자세한 이야기를 듣고 싶어 하시니, 지금 바로 학교장실에 가주세요."

내가 느닷없이 지적을 당하고 고개를 갸웃거리고 있을 때, 남매가 자리에서 벌떡 일어나며 이의를 표시했다.

"마그나 선생님! 왜 시리우스 님만 불려가는 거죠?"

"그래! 피해자인 우리한테 물어보라고."

"두, 둘 다 진정해!"

"맞는 말이지만, 두 사람은 시리우스 군의 시종입니다. 그러니 주인인 시리우스 군이 자초지종을 설명하는 게 적절하다고 생각합니다만?"

마그나 선생님의 말도 일리가 있기에 남매는 투덜대면서 다시 자리에 앉았다. 하지만 그들은 버림받은 강아지 같은 눈빛으로 나를 쳐다보았다.

"······왜 그런 눈으로 쳐다보는 거야? 그저 이야기를 나누러 가는 것뿐이잖아."

"그렇지만, 왠지 불길한 느낌이 들어."

"저도 마찬가지예요. 무슨 일 있으면 바로 불러주세요. 수업 중이라도 뛰어갈게요."

"그렇게 당당하게 수업을 거부하겠다는 소리를 하니 좀 난처하군요······."

그런 남매를 보고 쓴웃음을 짓는 마그나 선생님에게 배웅을 받으면서, 나는 홀로 교실을 나섰다.

그리고 학교장실에 가보니······ 학교장의 분위기가 어제와 명백하게 달랐다.

어제도 이 학교의 수장다운 진지한 표정을 짓고 있었지만, 오늘은 왠지 긴장감이 어려 있었다. 마치······ 금방이라도 전투를 벌일 듯한 분위기였다.

"잘 왔어요. 그럼 소파에 앉아주시죠."

"······실례하겠습니다."

내가 소파에 앉자, 학교장도 맞은편에 앉았다.

하지만······ 우리는 대화를 시작하지 않았다. 그저 아무 말 없이 시선을 교환할 뿐이었다.

일촉즉발의 무거운 분위기가 잠시 동안 흐른 후, 학교장이 드디어 입을 열었다.

"······그럼 바로 본론에 들어가죠. 제가 시리우스 군을 부른 건 어제 일을 당신에게 이야기해준 후, 직접 물어볼 게 있기 때문입니다."

"직접 물어볼 게…… 있다고요?"

"그 이야기는 나중에 하기로 하고, 우선 어제 일부터 이야기하기로 할까요. 어제 미궁을 조사한 자들의 이야기에 따르면, 선혈의 드래곤 파티의 멤버로 보이는 세 사람은 시체가 되어 있었지만, 리더이자 용족인 고라온을 확보하는데 성공했습니다."

"즉, 심문한 결과가 나왔다는 거군요."

"그래요. 그 후, 그가 날뛸 가능성을 고려해 학교 투기장으로 옮긴 후, 정보를 얻기 위해 그를 심문했습니다만……."

학교장도 그 심문에 참가했는지 상세하게 내용을 설명해줬다.

고라온을 미궁에서 투기장으로 연행하는 동안, 선생님들과 상급 모험가가 그에게 말을 걸었지만 고라온은 대화에 응하지 않았다고 한다.

왜냐면…….

'죄송해요, 죄송해요, 죄송해요, 죄송해요, 죄송해요, 죄송해요, 죄송해요, 죄송해요…….'

머리를 움켜쥔 채 허공을 쳐다보며 필사적으로 사과하기만 할 뿐, 전혀 반응을 보이지 않았던 것이다.

'이 녀석은 미궁에서 발견됐을 때부터 계속 이런 상태였어요. 어떤 질문을 던져도 대화에 응하지를 앉죠.'

'곤란하군요. 물어볼 게 산더미처럼 있는데 말이죠…….'

'로드벨 님의 마법으로 어떻게 안 될까요?'

'로드……벨?! 당신이 로드벨이야?!'

눈앞에 있는 인물이 로드벨이라는 사실을 안 고라온은 허둥지둥 학교장에게 다가가려 했지만, 온몸을 꽁꽁 묶인 탓에 꼴사납게 바닥을 굴렀다.

'……제가 로드벨입니다만, 왜 그러죠?'

'당신 이외의 사람의 질문에는 대답하지 말라고 그 녀석이…… 아, 아냐! 뭐, 뭐든 다 대답할 테니까, 빨리 물어봐!'

'뭐, 뭐가 어떻게 된 거죠? 로드벨 님의 위광에 굴복한 걸까요?'

'흠…… 뭐가 어떻게 된 건지는 모르겠지만, 질문에 답해준다니 잘 됐군요. 그럼 우선…….'

이상하다는 생각이 들었지만, 질문에는 성실히 대답한 것 같았다.

그레고리와의 유착에서 비롯해, 이 마을에 와서 죽인 사람들의 숫자와 시체의 처리, 그리고 과거의 경력과 자신의 능력까지 전부 털어놓았다.

그리고 물어보지 않았는데도 좋아하는 음식 같은 것까지 자백하기 시작했으며, 자신의 머릿속에 있는 걸 전부 털어놓으려는 것 같았다.

'이제 됐어요. 더는 말하지 않아도 됩니다.'

'물어볼 건 그게 다야?! 정말…… 정말이지?!'

'그, 그렇습니다만, 대체 왜 이렇게 초조해하는 거죠?'

'아아…… 다행이야. 이제 드디어…….'

그리고 고라온은······ 죽었다고 한다.

"······죽었나요?"

"모험가 길드에 넘기기 전이나 넘긴 후에 도망치면 골치 아프니 정당방위로 위장해 처리할 생각이어서 투기장으로 끌고 간 겁니다. 증언은 들었고, 그런 살인귀는 목만 있으면 충분하니까요."

잔인한 이야기처럼 들릴지도 모르지만, 살인귀에 악명 높은 녀석이니 길드에 넘겨봤자 결과는 마찬가지다. 현상금도 필요 없으니, 학교장은 자신의 권한을 이용해 빨리 처리할 생각이었던 것 같았다.

학교장 정도 되려면 그런 악행을 저지를 도량을 지녀야 하는 걸까.

"하지만······ 제가 처리하지는 않았습니다. 그가 말을 마친 순간, 갑자기 머리가 폭발하면서 죽었죠."

"폭발? 학교장 님이 마법으로 공격한 건가요?"

"저는 아무 짓도 하지 않았어요. 그가 고함을 지른 순간, 머리가 폭발하면서 죽어버렸습니다."

"잔인하군요."

내가 미간을 찌푸리자, 학교장은 갑자기 나를 노려보며 살기를 뿜었다.

"단도직입적으로 묻죠. 시리우스 군······ 당신 짓입니까?"

"뭐가······ 말이죠?"

"제 경험과 감에 근거해 말하자면······. 고라온을 비롯해 선혈의 드래곤을 전멸시킨 사람은…… 시리우스 군, 당신이죠?"

……역시 눈치챘나.

나는 어제 리스와 헤어진 후, 다이아장으로 돌아가지 않고 고라온의 반응을 쫓았다.

그리고 고라온이 투기장에서 학교장에게 전부 실토하는 것을 확인한 후…… 나는 한참 떨어진 언덕 위에서 장거리 저격 마법 '스나이프'로 고라온을 지격했다. 학교장과 같은 이유로 처리한 것이지만, 그뿐만 아니라 내 손으로 확실하게 처리해두고 싶기도 했다.

마력의 움직임과 불가사의한 사태 때문에 눈치챈 건지는 모르겠지만, 학교장에서 뿜어져 나오는 살기를 느낀 나는 '멀티태스크'를 발동시켰다.

"……그게 무슨 소리죠?"

우선 시간을 끌었다.

허풍일 가능성이 크지만 만일의 사태에 대비해 '부스트'의 발동 준비를 했다.

그와 동시에 '서치'로 제자들의 위치를 확인했다. ……교실 이외의 장소로 이동한 것 같지는 않았다.

"이 방의 벽은 소리를 흡수하는 특수한 광석으로 만들어졌기에, 작은 소리는 밖으로 새어 나가지 않을 겁니다."

"……즉, 밀담이나 가벼운 전투 정도로는 사람들이 몰려오지 않을 거라는 건가요?"

상대가 영창을 시작한 순간, '라이트'를 사용해 시선을 차단하고 바로 이탈한다.

그리고 '콜'로 제자들에게 연락을 한다.

그 후, 교실로 직행해서 제자들을 확보하면 그대로 학교를 탈출한다.

"그래요. 그럼 묻겠습니다. 당신은 이 학교에 뭘 하러 온 거죠? 혹시 나쁜 목적을 가지고 있다면, 저는 실력행사를 할 수밖에 없습니다."

"지식의 습득과 모험가로서 등록 가능한 연령이 될 때까지 안전히 지내기 위해서입니다. 그리고 제자들을 기르고, 지키기 위해, 저는 이곳에 있는 거죠."

로드벨의 마력이 상승하는 게 느껴졌다. '임팩트'가 통할 상대는 아닐 것 같으니, 비살상 탄환을 이미지한 '매그넘'도 준비했다.

주위에 다른 적은 없다.

최단 탈출 루트 선정…… 완료.

모든 상정(想定)…… 완료.

"그 말은 거짓이 아니겠죠?"

"예."

내가 주저 없이 대답한 후, 우리 둘은 잠시 동안 아무 말 없이 서로를 노려보았다.

시선을 돌려서는 안 된다. 빈틈을 보여서는 안 될 뿐만 아니라, 성의를 다해 응대하는 것이 최선이라는 생각이 들었기 때문이다.

그리고…… 몇 분에 걸친 눈싸움은 학교장에게서 살기가 사라지면서 끝났다.

"역시 당신은 범상치 않아요. 그리고 범인은 당신이 틀림없는 것 같군요."

"…………그래요. 제가 살인귀들을 쓰러뜨렸어요. 그래도 이렇게 진심어린 살기를 뿜으며 저를 시험하다니, 좀 너무하네요."

여러모로 생각해봤지만…… 나는 솔직하게 인정하기로 했다.

더 얼버무리는 것은 힘들 것 같았고 알고 지낸 기간이 그렇게 길지는 않지만, 학교장이라면 적대관계만 되지 않는다면 별문제는 없을 거라고 생각한 것이다. 학교장과 싸우게 된다면 이 학교가 붕괴되어버릴 테니, 나는 '멀티태스크'를 해제하면서 안도의 한숨을 내쉬었다.

게다가…… 2년 동안 지낸 이 학교와 마을에 애착이 생겼기에, 이 마을에서 제자들과 함께 도망쳐야 하는 사태가 벌어지지 않아 정말 다행이라고 생각했다.

"놀라게 한 건 죄송하지만, 이번 기회에 당신의 본심을 들어두고 싶었어요. 그 덕분에 저와 시리우스 군이 다툴 이유가 없다는 걸 알았군요."

"그래도 너무 심하지 않나요? 자칫했으면 전투가 벌어졌을 거예요."

"그렇게 되더라도 어쩔 수 없죠. 이전부터 당신이 강하다는 건 알고 있었지만, 설마 용족과 상급 모험가를 간단히 쓰러뜨릴 정도라고는 생각도 못했거든요. 이번 일로 당신을 위험시하게 되더라도 이상할 게 없어요."

"뭐 확실히 이번에는 좀 심하긴 했죠."

지극히 당연한 이야기다. 제자들이 다친 바람에 분노한 나머지, 뒷일을 생각하지 않으며 사고를 쳤으니 어쩔 수 없다.

"당신은 강대한 힘을 지녔지만 잘못 사용할 것 같지는 않고, 예절 또한 중시하죠. 제 개인적으로는 예전과 다름없이 양호한 관계를 이어가고 싶군요."

"그건 저도 마찬가지예요. 그리고 부탁이 있는데, 제 실력은……."

"예. 그 정도 힘을 지녔다는 게 주위에 알려지면 골치가 아프겠죠. 언젠가는 알려지겠지만, 그때까지는 비밀로 해드리죠."

"왠지 불안한 발언이지만, 잘 부탁드립니다."

"이번 사건은 제 부주의로 발생한 것이기도 하니, 다소 융통성을 발휘해보죠. 그리고…… 시리우스 군과 사이좋게 지내야 케이크를 받을 수 있을 테니까요."

마지막 말이 본심처럼 들리는 건 내 기분 탓일까?

아무튼 선혈의 드래곤을 내가 처치했다는 사실, 그리고 내 진짜 실력을 남들에게 알리지는 않을 것 같으니 일단 안심이 되었다.

아직 할 이야기가 남은 것 같지만, 그렇게 좋은 이야기는 아닌지 꽤 표정이 좋지 않았다.

"유감스럽게도, 이번 일의 흑막인 그레고리를 잡지는 못했습니다."

"도망쳤나요?"

"예. 그레고리의 집에 조사대를 보냈습니다만, 이미 아무도 없더군요. 시리우스 군에게 맡겨달라고 해놓고 이런 사태가 벌어지다니…… 정말 죄송합니다."

"아뇨. 학교장 님께서는 올바르게 대응하셨어요. 아무래도 도망치는 재주가 꽤 뛰어난 녀석 같네요."

"예. 도망 하나는 정말 잘 치죠. 하지만 어제 심문으로 얻은 증언과 집에서 발견한 증거 덕분에 그레고리의 목에 현상금을 걸게 됐습니다. 수배서가 마을 곳곳에 붙었으니, 적어도 엘리시온에서 눈에 띄는 행동을 하지는 못하겠죠."

"그를 따르던 학생들은 어떻게 되죠?"

"학생에게는 죄가 없으니, 다른 선생님이 그레고리가 담당하던 반을 맡을 겁니다. 하지만 그 남자에게 선동이나 세뇌를 당했을지도 모르니 한동안은 주의 깊게 관찰을 해야겠죠."

아무 짓도 하지 않은 학생들이 어른들의 폭주에 휘말린다면 그것만큼 슬픈 일은 없다.

그리고 시종을 잃은 할트와 멜르사도 학교장과 이야기를 나눈 것 같은데, 그 두 사람은 여러모로 반성을 하며 그레고리와 결별하기로 마음먹었다고 한다.

"그건 그렇고 시리우스 군에게 물어볼 게 있습니다. 고라온의 숨통을 끊은 마법…… 그건 대체 뭐죠?"

아마 '스나이프'에 대해 말하는 것이리라.

이 세상에는 초장거리에서 상대의 머리를 꿰뚫는 마법이나 무기가 존재하지 않으니, 로드벨의 의문을 느끼는 것도 무리는 아니다.

"죄송하지만 알려드릴 수 없어요. 하지만 그 살인귀 같은 상대에게만 쓸 테니……."

"하아…… 어쩔 수 없군요. 빚도 졌으니, 시리우스 군의 사람 됨됨이를 믿고 더는 캐묻지 않겠습니다. 하지만 그건 위험한 힘이에요. 시리우스 군도 알고 있겠지만 여러모로 조심해주세요."

학교장은 순순히 물러선 것을 보면 그만큼 나를 신뢰한다는 증거일까?

이야기를 끝내고 교실에 돌아가 보니, 남매가 무사히 돌아온 나를 보고 호들갑을 떤 바람에 마그나 선생님에게 혼나고 말았다.

그날 오후…… 강당에 모든 학생이 모였고, 학교장이 직접 이번 사건에 대해 설명했다.

학교의 미궁에 살인귀가 나타났고 희생된 학생이 있다는 사실을 말했다.

그리고 이 사태를 꾸민 이가 그레고리이며, 모습을 감춘 그가 지명수배를 당했다는 사실을 학교장은 숨기지 않고 공표했다.

학교 측의 불상사를 공표하는 것은 과감한 행동이라는 생각이 들었지만, 위험한 사상과 긍지를 지닌 자가 취한 행동과 말로를 학생들에게 이해시키기 위해 그런 것 같았다.

안전한 줄 알았던 학교 또한, 한 사람의 어리석은 행동 때문에 위험에 처할 수 있다. 아무튼 학생들의 위기감이 부족하니, 더욱 마음을 굳게 먹으라는 충고였다.

그 후, 학교장은 이번 사건을 통해 배워야 할 점을 이야기했다.

『죄가 없는 이는 목숨을 빼앗는 힘이 아니라, 구하는 힘을 여러분이 지니게 되기를 저는 바라고 있습니다. 여러분은 무한한 가능성을 지닌 학생이니까요.』

목숨을 빼앗는 게 아니라, 구하기 위해 힘을 휘둘러라……인가.

전생의 파트너도 나한테 비슷한 이야기를 한 적이 있다.

암살을 생업으로 삼던 나에게는 어울리지 않는 생각일지도 모르지만, 내가 죽인 건 살려뒀다간 수천, 수만 명을 죽이고도 남을 악당들이다.

딱히 살인을 정당화하려는 것은 아니다.

수많은 전장을 경험한 덕분에 이미 나름대로 생각을 정리한데다, 내가 자신의 의지로 선택한 길인 것이다.

에이전트는 대부분 은밀히 활동하여 비밀리에 타깃을 처리하는 게 일상다반사다.

꼭 필요한 경우가 아니라면, 내가 그런 삶을 살아왔다는 사실을 제자들에게 이야기하지는 않을 것이다.

함부로 이야기를 했다가 흉내를 내기라도 하면 큰일이니까 말이다.

게다가 암살을 저질러온 나는 어찌 보면 그 녀석들과 다름없는 살인귀다.

살인을 즐기느냐, 즐기지 않느냐만 다른 것이다.

하지만…… 제자들을 지키기 위해서라면, 나는 태연히 살인을 저지를 것이다.

그 점은 전생(轉生)을 한 지금도 변함이 없다.

스승으로서…… 그리고 한 사람의 에이전트로서 내가 살아가는 방식인 것이다.

흑막이 자취를 감춘 탓에 찜찜하기는 하지만, 이렇게 살인귀 사건은 막을 내렸다.

《페어리스의 비밀》

엘리시온 풍양제(豊穰祭).

그것은 엘리시온에서 몇 년에 한 번 열리는, 풍양을 기원하는
축제다.

풍양제는 며칠에 걸쳐 열리며, 평소 활기 넘치는 엘리시온 전
체가 그야말로 떠들썩해진다.

그리고 풍양제 기간은 학교도 쉬며, 평소에는 학생과 관계자
이외에는 출입이 금지된 학교 시설도 일부가 개방된다고 한다.

드로 전에 쓰이는 투기장에서 소규모 무투대회도 열리며, 학
생들이 선생님에게 허락을 받으면 노점을 열어서 돈을 벌수도
있다.

물론 아무것도 하지 않고 축제 자체를 즐겨도 되기에, 많은 학
생들이 풍양제를 고대하고 있었다.

그 풍양제를 한 달 앞둔 어느 날의 방과 후…… 나는 혼자서
학교장실에 갔다.

"저는 시리우스 군이 만든 케이크 중에서 치즈케이크를 가장
좋아하죠."

"저는 평범한 쇼트케이크가 최고라고 생각합니다."

살인귀 사건 이후로 학교장은 자신의 방에 나를 부를 뿐만 아

니라, 나를 편하게 대했다. 특히 이유가 없더라도 같이 차를 마시자고 했으며, 내 앞에서는 변장을 하지 않는 것이다.

그렇게 홍차를 대접받으면서 잡담을 나누다보니 자연스럽게 풍양제에 대한 이야기를 나누게 되었다.

"축제 때는 일부 학교 시설을 개방하니, 선생님이 돌아다니면서 살펴봐야만 하죠."

"사람이 엄청 몰리니 정말 난리도 아닐 겁니다."

"그래요. 학생들이 폭주하지 않도록 감시하고, 귀족들을 상대해야 하느라 정말 성가시죠. 그런데 시리우스 군은 풍양제 때 뭘 할 거죠?"

"딱히 뭔가를 할 예정은 없어요. 제자들과 함께 축제를 즐길 생각이죠."

"그럼 케이크를 팔아보는 건 어떤가요? 분명 날개 돋친 듯이 팔릴 거예요."

"잘 팔리기야 하겠지만 대량으로 생산을 해야 하니, 두 분에게 드릴 게 없을지도……."

"시리우스 군은 절대 노점을 열지 마세요. 절대 허가해주지 않을 겁니다."

손바닥 뒤집듯이 순식간에 말이 바뀌었다. 정말 수단과 방법을 가리지 않고 방해를 할 것 같은데다, 애초부터 노점을 열 생각이 없었기에 그냥 내버려두기로 했다.

내가 케이크를 가져다주는 것은 학교장이 내놓으라고 성화이기 때문이기도 하지만, 이 두 사람과 개인적으로 친해져서 여러

가지 부탁을 할 수 있기 때문이다.

그러니 오늘은 케이크뿐만 아니라, 일전에 부탁해뒀던 어떤 물건을 받기 위해 이곳에 왔다.

"그런데 일전에 부탁드린 건 어떻게 됐죠?"

"아, 케이크가 너무 맛있어서 깜빡했군요. 자, 받으세요."

학교장이 품에서 꺼내서 나에게 내민 것은 녹색으로 빛나는 돌이었다.

내 새끼손가락의 손톱보다 작지만, 실은 매우 비싼 돌이다.

이 돌은 마력을 지닌 광석이 오랜 시간 동안 결정화되어 만들어진 것이며, 일반적으로 '마석'이라고 불린다.

광석과 달리 마력이 농축되어 있는 돌이라 마도구로 쓸 수 있기에, 전부터 가지고 싶었다. 한 번만 쓸 수 있지만 여기에 마법진을 새겨서 사용하는 것도 가능하다고 한다. 금전적으로 여유가 없다면 꿈도 못 꿀 일이지만 말이다.

"얼마인가요?"

"금화 여덟 닢입니다. 하지만 시리우스 군이 부탁한 것이니, 할부로……."

"금화 여덟 닢……이군요. 여기 있습니다."

내가 품속에서 꺼낸 금화를 책상 위에 놓자, 학교장은 약간 놀라면서 그것을 챙겼다. 바로 지불할 거라고는 생각도 못 한 것이겠지만, 나는 가르간 상회에 몇 번이나 아이디어 상품을 제공해 돈을 벌었기에 이 정도의 여유는 있었다.

마석은 가르간 상회에 부탁할 생각이었지만, 아무래도 길드에서 허가를 받은 자만 취급할 수 있다고 한다. 그렇기 때문에 학교장에게 부탁을 한 것이지만, 가르간 상회의 잭도 곧 허가를 받을 거라고 했으니 곧 그를 통해 구할 수도 있을 것이다.

"정말 당신은 놀라운 사람이군요. 그것보다 그 마석으로 뭘 하려는 거죠?"

"제 오리지널 마법을 마법진으로 그려서 쓸 수 없는지 시험해 볼 생각입니다."

내가 하고 싶은 것은 '콜'에 의한 상호통화다.

일방통화도 편리하지만, 쌍방향으로 연락을 주고받을 수 있다면 더욱 편리할 것이다.

바람을 조작해서 상대에게 목소리를 전하는 바람마법 '에코'가 있지만, 먼 곳까지 전달할 수는 없는데다, 도중에 남이 들을 가능성이 있다.

하지만 내 '콜'은 거의 확실하게 상대에게 전해지며, 전생의 휴대전화처럼 쓸 수 있기에 '콜'의 마법진을 개발하고 싶다. 그래서 이 비싼 마석을 주저 없이 산 것이다.

내 말을 듣고 굳어 있던 학교장은 한손으로 머리를 감싸 쥐며 깊은 한숨을 내쉬었다.

"당신의 오리지널 마법이 어떤 건지는 모르겠지만, 새로운 마법진을 만든다는 것은 엄청난 위업입니다. 바보 같은 귀족이나 마법기술자들이 노릴 가능성이 있으니 남들한테 이야기하지는 마세요."

"예."

어디까지 이걸 이용하는 건 나와 제자들뿐이다.

이 근처는 평화롭지만, 영토 확대를 위해 전쟁을 벌이고 있는 나라도 있으니, '콜'의 존재를 알면 바로 노릴 것이다.

다툼은 인간의 본성이라고 생각하니 전쟁을 하지 말라고는 하지 않겠지만, 전쟁을 격화되게 하거나 내가 휘말리는 것은 사양하고 싶다.

"그러고 보니 시리우스 군은 졸업하고 나면 모험가가 될 거라고 했던가요?"

"예. 저는 이 세계를 둘러보고 싶거든요."

"좋은 생각입니다. 시리우스 군 같은 실력자라면 별문제는 없겠지만, 저로서는 아쉽군요. 제 전속 요리사로 고용하고 싶은데 말이죠…….."

"농담하시는 거죠?"

"아뇨, 진담입니다."

학교장은 아까보다 더 진지한 표정을 지었다. 요리는 내 취미이지만, 그래도 그걸 밥벌이 수단으로 삼을 생각은 없다.

"시리우스 군이 여행을 떠나면 케이크도 먹을 수 없겠군요. 이렇게 맛있는 걸 앞으로 2년밖에 못 먹는다니…….."

"그 점과 관련된 좋은 소식이 있습니다."

실은 케이크 레시피를 가르간 상회에 팔까 생각하고 있었다.

정확하게 말하자면 재료와 만드는 법이 아니라 오븐 대용으로 쓸 수 있는 마도구의 제작법을 팔 생각이다. 케이크를 만드는데 쓰이는 마도구는 내가 독자적으로 만든 것이니, 그 제작방법을 가르간 상회에 파는 것이다.

하지만 마도구 아이디어를 함부로 퍼트리는 것은 그다지 좋은 일이 아니라고 한다. 그러니 마법에 관해 잘 아는 학교장에게 오븐과 유사한 마도구를 시중에 유통시켜도 괜찮을지 물어볼 생각이다.

내가 종이와 펜을 이용해 설명을 해주자, 학교장은 처음 보는 마도구와 내가 없어도 케이크를 먹을 수 있다는 사실 때문에 눈을 반짝이며 내 말에 귀를 기울였다.

"호오…… 밀폐된 상자의 사방에 열 마법진을 배치해서 내용물을 균일하게 굽는 마도구인가요. 현존하는 마법진도 사용하기 나름……이라는 거군요."

"어떤가요? 이걸 가르간 상회에 팔아도 문제없을까요?"

"흠…… 일반적인 마법진을 이용하는 것이니 문제는 없겠죠. 하지만 가르간 상회의 대표와 이야기를 나누고 싶군요."

"이걸 위험한 일에 이용할 만한 인물인지 아닌지 파악하기 위해서인가요?"

"아뇨. 케이크가 양산되면 저에게 우선적으로 보내달라는 교섭을 하기 위해서입니다."

"어이."

나는 완전히 폭주하고 있는 학교장을 향해 반말로 말했다.

서로가 본성을 드러내도 화를 내지 않을 만큼 사이가 좋아진 것은 좋지만, 학교장을 동경하는 이가 이 상황을 보면 그를 경멸할 것만 같았다.

아무튼 낙관적인 반응을 보이는 걸 보면 괜찮을 것 같았다. 괜찮다고 믿고 싶다.

혹시 모르니 케이크를 과다 섭취했을 때 걸리는 병이 얼마나 무서운지 가르쳐준 후, 나는 학교장실을 나섰다.

나는 제자들이 기다리고 있는 훈련장으로 향했다.

학교의 훈련장을 넓으며, 마법을 표적에 맞추는 사격시설과 검술 연습용 허수아비가 줄지어 설치되어 있다. 그리고 레우스는 학생들이 대련을 할 때 이용하는 시합장에서 묵묵히 검을 휘두르고 있었다.

"아, 형님! 이야기는 끝난 거야?"

"그래. 너도…… 끝났나 보구나."

시합장에는 레우스가 쓰러뜨린 수많은 학생이 널브러져 있었다. 다들 숨이 붙어 있는 것 같으니 내버려둬도 괜찮을 것이다.

나를 발견한 레우스는 꼬리를 흔들면서 쓰러진 학생들과 시합장을 둘러싸듯 설치된 울타리를 넘더니, 나를 향해 뛰어왔다.

"응, 컨디션이 끝내준다고!"

자신의 부하이자 도전자인 이들을 일방적으로 해치운 걸 보니 진짜로 컨디션이 좋아보였다.

살인귀 사건 이후로 보름 넘게 지났지만 레우스는 육체적으로도, 정신적으로도 후유증 없이 힘차게 훈련을 하고 있었다.

그리고 훈련용 무거운 목검을 정리하는 레우스를 쳐다보고 있을 때, 다른 두 사람이 보이지 않는다는 걸 눈치챘다.

"그런데…… 에밀리아와 리스는 어디 간 거야?"

"누나는 반 친구들과 함께 달리기를 하러 갔으니까 곧 돌아올 거야. 그리고 리스 누나는 집에서 연락이 왔다며 먼저 돌아갔어."

"집에서……. 에밀리아라면 들은 게 있을지도 모르겠네."

나는 그렇게 생각하며 마침 돌아온 에밀리아 쪽을 쳐다보았다.

많은 학생들이 에밀리아의 뒤를 따르고 있는 걸 보면, 그녀가 학생들을 인솔하며 달리고 있었던 것 같았다.

"시리우스 님~!"

하지만 그녀는 나를 보더니 다른 학생들은 안중에도 없다는 듯이 나를 향해 곧장 뛰어왔다.

그리고 꼬리를 흔들면서 내 앞에서 멈춰서더니, 몸가짐을 단정하게 한 후 입을 열었다.

"수고 많으셨어요. 볼일은 끝나셨나요?"

"나는 끝났지만, 너는 아직 안 끝난 것 같은데?"

인솔자가 냅다 달린 탓에 페이스가 무너진 채 달리고 있는 학생들이 모습이 눈에 들어왔다. 그제야 그 사실을 눈치챈 에밀리아가 허둥지둥 학생들에게 뛰어가더니, 다시 인솔자로서 훈련장까지 그들을 이끌었다.

마지막으로 전원의 몸 상태를 확인하기까지 했으니, 아까 일은 불문에 부치기로 할까.

"기다리게 해서 죄송합니다."

"수고했어. 학생들에게 인솔을 부탁받은 거야?"

"예. 제가 어떤 훈련을 하는지 가르쳐달라고 하기에, 체험을 시켜줄까 해서 같이 달렸지만⋯⋯."

그 결과⋯⋯ 같이 달리던 학생들은 바닥에 쓰러진 채 꼼짝도 못했고, 에밀리아는 멀쩡한 표정으로 꼬리를 흔들고 있었다. 체력 차이가 일목요연하게 드러나고 있었다.

"강해지기 위한 지름길은 없다는 거지. 그런데 리스한테 집에서 연락이 왔다던데, 딱히 들은 건 없어?"

"죄송하지만 저도 아는 게 없어요. 수업이 끝났을 즈음에 시종으로 보이는 사람이 편지를 가지고 왔는데, 리스는 그걸 읽자마자 서둘러 돌아가야겠다고 말했어요."

"표정은 어땠어?"

"좋지 않았어요. 무슨 일 있는 걸까요?"

남매는 그 사건 이후로 평소와 다름없었지만, 리스는 좀 달라졌다. 뭔가 우리에게 할 말이 있지만 하지 못하는 것 같다고나 할까⋯⋯ 아무튼 뭔가를 망설이고 있는 것 같았다.

"돌아오면 이야기를 나눠봐야겠네. 리스는 좀 강하게 리드해주는 편이 나을지도 몰라."

"제가 냄새로 추적해볼까요?"

"에밀리아도 걱정이 되겠지만, 그러지는 마. 적어도 목숨이 위험한 상황은 아닌 것 같거든."

내가 머리를 쓰다듬어주며 그렇게 말하자, 에밀리아는 기분 좋다는 듯이 눈을 감았다.

여담이지만, 늑대귀의 뿌리 부분이 에밀리아에게 있어 기분 좋은 포인트인지, 거기를 중점적으로 쓰다듬어주자 꼬리를 흔드는 속도가 더 빨라졌다.

"형님! 나도 쓰다듬어줘!"

"알았으니까 진정해. 자아……."

"오오……."

레우스는 좀 세게 쓰다듬는 걸 좋아하며, 기분이 좋은지 눈을 가늘게 뜨고 있었다.

이 남매는 여전히 어리광쟁이인걸.

"하아…… 시리우스 님의 손길을 마음껏 즐겼어요. 저기, 죄송하지만 조금만 더 기다려주시겠어요? 학생 여러분에게 시리우스 님의 위대함을 이야기해줄까 하거든요."

"하지 마!"

황홀한 표정으로 학생들에게 무슨 소리를 하려는 거야? 내버려뒀다간 나를 숭상하는 이상한 파벌이 생길지도 모르기에 말려야 할 것 같았다.

결국 학생들이 체력을 회복하고 해산할 때까지, 나는 에밀리아의 머리를 계속 쓰다듬어줘야 했다.

훈련장을 나선 우리는 마을로 향했다.

다이아장의 조미료와 식재료가 다 떨어졌기에, 그것을 살 겸 기분전환을 하러 온 것이다.

그리고 상점가에서 특이한 물건을 발견할 때마다 멈춰서는 나를 본 레우스는 약간 어이없다는 듯한 목소리로 말했다.

"……형님은 다양한 가게와 물건을 보는 걸 좋아하는구나."

"부정하지는 않겠어. 하지만 이런 걸 반복하다 보면 새로운 요리에 쓰일 식재료를 찾아내기도 하거든. 카레도 그 덕분에 만들 수 있었던 거지."

"정말 중요한 일이네!"

레우스가 납득한 것 같아 다행이다.

가게들을 둘러보며 돌아다니던 우리는 마지막으로 가르간 상회에 들렀다. 이곳에서만 손에 넣을 수 있는 물건이 많은데다, 케이크 이야기를 해두기 위해서다.

"나리, 오셨습까. 오늘은 무슨 일로 오신 건가요?"

"식재료와 조미료를 구하고…… 케이크 이야기를 좀 해볼까 해서 말이야."

"드디어 가르쳐주는 겁까?! 그럼 안쪽에 있는 방에서 하시죠!"

"잭 씨. 조리실을 좀 빌릴게요."

"얼마든지 써도 됨다, 에밀리아 양. 자아, 나리는 이쪽으로 오시죠."

나는 잭의 뒤를 따르면서 안쪽에 있는 방…… 지배인실로 향했다. 왠지 내가 이곳의 지배인인 것 같은 느낌이 들었다.

이대로 지배인 의자에 앉아도 별말을 듣지 않을 것 같은 느낌이 들었다.

"여기는 잭 형의 가게인데, 왠지 형님이 더 높은 사람 같아."

"하하하, 틀린 말은 아닙죠. 나는 지배인이 된지 얼마 안 된데다, 나리의 상품이 없었으면 이 자리까지 올라오지도 못했을 검

175

다. 그러니 나리가 이 의자에 앉아도 전혀 상관없어요. 아니, 진짜로 나리가 지배인을 맡는 건 어떻습까?"

"……사양할게."

레우스의 날카로운 감, 그리고 지배인 자리를 나한테 확 넘겨버리려 하는 잭이 무시무시했다.

내가 닮은꼴인 두 사람을 보며 어이없어 하고 있을 때, 조리실에 가서 마실 것을 준비해온 에밀리아가 지배인실에 왔다. 처음에는 이 가게의 직원이 준비했지만, 언제부터인지 에밀리아가 솔선해서 마실 것을 준비하게 되었다.

"드세요. 시리우스 님은 블랙이죠?"

"고마워."

에밀리아가 소리 없이 내려놓은 찻잔에는 검은 액체가 담겨 있으며, 사람들을 차분하게 해주는 그윽한 향기가 방 안에 감돌았다.

이것은 바로 전생에서 내가 자주 마셨던 커피다.

며칠 전, 어떤 부족이 마을에서 노점을 열었는데, 그 가게의 주인이 커피 열매 같은 것을 씹고 있었다.

조사해보니 그것은 틀림없는 커피 열매이며, 그 부족은 열매만이 아니라 씨앗을 구워서 씹어 먹음으로서 전투 의욕을 높이는 습관을 지녔다.

굽는다…… 즉, 로스팅까지는 하지만 그것을 가루로 만들어 마신다는 생각에는 미치지 못한 것이다.

질은 전생의 커피에 비하면 그다지 좋지 않지만, 커피를 마시고 싶었던 나는 그 자리에서 은화를 지불해서 열매를 전부 사들였다.

로스팅을 해서 마셔보니, 약간 독특하기는 했지만 맛과 향기는 커피 그 자체였다. 오래간만에 즐기는 커피의 독특한 쓴맛은 정말 기분 좋았다. 참고로 내 흉내를 내듯 설탕도 넣지 않고 커피를 단숨에 들이켠 레우스는 입안의 액체를 안개처럼 뿜었고, 결국 에밀리아에게 혼났다.

그 후, 나는 가르간 상회에 열매를 가지고 가서 정기적으로 납입을 할 수 없는지 물어봤다.

"잭 씨는 설탕을 조금 넣죠? 그리고 레우스는 설탕과 밀크를 잔뜩 넣으면 되지?"

"고맙습다. 역시 에밀리아 양이 끓이니 향이 다르네요."

"누나, 고마워."

레우스는 카페오레 스타일로 마시지만, 그래도 커피를 싫어하지 않아서 다행이라는 생각이 들었다.

"케이크 이야기를 하기 전에 보고드릴 게 몇 개 있습다. 나리가 만든 카레 스파이스의 양산화가 순조롭고, 이 커피콩을 취급하는 부족과 거래에 성공했으니 나리에게 안정적으로 공급할 수 있을 것 같습다."

"항상 고마워. 자아, 본론인 케이크 말인데……."

처음으로 잭에게 케이크를 대접했을 때, 상인인 그는 이 레시피를 가르쳐달라고 나에게 부탁했다. 하지만 나는 마도구를 이용해야 하는 점과 학교장과의 원만한 관계의 유지를 위해 거절했었다. 그래도 언젠가 이 마을을 떠나야 한다는 점을 생각해 만드는 법을 알려주기로 결심했다는 사실을 잭에게 밝혔다.

그리고 학교장이 잭과 만나고 싶어 한다는 사실도 전했다.

"예에에에엣?! 로, 로드벨 님이 저를 만나고 싶다고요?! 마, 말도 안됩다!"

"왜 그러는 거야. 케이크를 좋아하는 엘프에 지나지 않는다고."

"그렇게 생각하는 사람은 나리뿐일 겁다! 누구나 아는 유명인일 뿐만 아니라, 왕족과도 사이가 좋은 분이에요. 심기를 건드렸다간 제 목이 날아갈지도 모릅다!"

확실히 엄청 강하고 대단한 인물이지만, 마그나 선생님과 나란히 앉아 케이크를 맛있게 먹는 모습을 계속 봐왔더니 위엄 같은 건 눈곱만큼도 느껴지지 않았다.

케이크를 너무 많이 먹어서 병에 걸려도 곤란하니, 요즘은 케이크에 넣는 설탕의 양을 조절하고 있다고. 왜 내가 그렇게까지 해줘야 하는 걸까.

"그렇게 중요한 이야기는 아닌 것 같으니까, 내가 대신 거절해줄 수도 있어."

"큭…… 이대로 겁먹었다간 저희가 더 성장하는 건 무리일 테니, 각오를 다지겠습닷!"

"그럼 다음에 만났을 때 잭 이야기를 해둘게. 적의가 없는 이에게는 예의를 다하는 사람이니까, 나를 대하듯 편하게 대하면 돼. 참, 언제 시간이 나는지 가르쳐줄래?"

"잘 부탁드립다. 그리고 학교장 님에게는 언제든 찾아와도 된다고 전해주십쇼. 솔직히 말해 이것보다 더 중요한 일은 없을 것 같거든요."

"알았어. 그렇게 전해둘게. 그리고 이걸 부탁해."

내가 잭에게 건넨 것은 가르간 상회만이 취급하는 식재료와 조미료가 적혀 있는 종이다. 잭은 그것을 훑어보더니 종업원으로 보이는 여성을 불러서 그 종이를 건넸다.

"알았습다. 내일까지 다이아장에 보내겠습다."

"그리고 이 고기와 조미료는 지금 가지고 갈 테니까 좀 싸주지 않을래?"

"오늘은 같이 식사하지 않을 겁까?"

우리는 가르간 상회에 들리면 잭과 함께 외식을 하고는 했다. 하지만 오늘은 리스도 없는데다, 어쩌면 다이아장에서 우리를 기다리고 있을지도 모르니, 일찌감치 돌아가고 싶었다.

"리스를 왕따시키는 것도 좀 그렇거든. 미안하지만 오늘은 관둘래."

"그것도 그렇습죠. 그럼 준비에 조금 시간이 걸릴 테니 잠시만 기다려주십쇼."

용건을 마친 우리는 잭과 잡담을 나눴다. 그리고 잡담의 내용은 곧 열리는 풍양제에 관해서였다.

"저희는 풍양제 때 나리가 가르쳐준 크레이프 가게를 차릴 겁다. 그때까지 케이크를 만들 수 있게 되면 좋겠지만, 좀 무리일 것 같으니까요."

"학교장은 케이크에 대해서는 엄청 엄격하니까, 타협하면 안 돼."

"저, 정말임까?! 그래도 힘내겠슴다! 그것보다 나리는 국왕 폐하의 외동딸이신 리펠 공주님께서 곧 결혼하신다는 걸 알고 있슴까?"

그 이야기는 마을뿐만 아니라 학교 안에서도 파다하게 퍼지고 있었다.

엘리시온의 현 국왕인 카디어스 발드펠드에게는 여러 자식이 있지만, 딸은 딱 한 명뿐이다.

외동딸인 리펠 공주는 매우 아름다우며, 지력뿐만 아니라 정치적 수완도 뛰어난 분이다. 하지만 아직 결혼 상대를 찾지 못해 국왕님이 초조해 하고 있다는 것 같았다.

하지만 최근 들어 겨우 후보를 찾았으며, 그 이야기가 풍양제를 앞둔 이 나라를 한층 더 축제 분위기로 만들고 있었다.

"알고 있는데, 그게 왜?"

"리펠 공주님께 결혼 축하 선물로 나리에게 배운 케이크를 바치면 가르간 상회가 더 유명해지지 않을까요?"

"상인 정신이 활활 타오르고 있네. 뭐, 케이크를 축하 선물로 보내는 건 좋은 생각이야."

"나리가 그렇게 말해주시니 좋은 생각인 것 같슴다. 이 기회에 저희 상회를 더욱 성장시킬 검다!"

그리고 잭과 한동안 잡담을 나눈 후, 우리는 주문한 물건을 챙겨들고 가르간 상회를 나섰다.

그리고 학교에 돌아가 다이아장으로 이어지는 산길을 걷고 있을 때, 에밀리아는 나눠든 식재료를 쳐다보면서 기분 좋은 듯한 목소리로 나에게 물었다.

"맛있어 보이는 고기를 얻었네요. 오늘 저녁은 뭐로 할까요?"

"글쎄……. 또 로스트비프라도 만들까?"

"고기! 그럼 나는 통째로 먹고 싶어!"

"리스가 돌아올지도 모르니까 너무 많이 먹지는 마."

"아, 맞아. 리스 누나도 로스트비프를 좋아하니까, 우리가 다 먹은 걸 알면 울지도 몰라."

울지는 않을 것 같으니 부정할까도 했지만, 리스는 먹는 걸 좋아하기에 딱 잘라 부정할 수도 없었다.

내가 마음속으로 리스에게 사과하고 있을 때, 앞장서서 걷고 있던 레우스가 진지한 표정으로 나를 돌아보았다.

"레우스, 무슨 일 있어?"

"저기, 형님. 리스 누나는…… 학교를 졸업하고 나면 어쩔 생각인 걸까?"

"그러고 보니 저도 물어본 적이 없어요."

우리는 학교를 졸업하고 나면 이 세계를 여행할 예정이다.

이미 우리는 돌아갈 집이 없기에 거리낌 없이 모험가로서 여행을 다닐 수 있지만, 리스에게는 가족과 돌아갈 집이 있다. 그런 리스는 학교를 졸업하고 나면 어떻게 할 생각인 걸까?

그 점과 그녀의 비밀에 대해서는 우리도 아는 바가 없었다.

"리스 누나도 우리와 같이 여행을 하면 좋을 텐데……."

"그래. 나도 같이 여행을 하고 싶지만, 강요는 하지 않을 거야."

"형님은 어떻게 생각해?"

리스를 어떻게 생각하느냐……라.

나에게 있어서는 귀여운 제자지만, 솔직하게 말해 한 명의 여자로서도 그녀를 좋아한다.

노력가이며, 종족의 차이를 신경 쓰지 않을 만큼 마음씨가 상냥하며, 남들의 마음을 온화하게 만드는 불가사의한 매력 또한 지니고 있다.

리스는 요즘 들어 나를 스승이 아니라 아버지처럼 여기고 있으며, 나 또한 귀여운 딸이 생긴 듯한 기분으로 그녀의 성장을 지켜보고 있었다.

"너희와 마찬가지로, 나 또한 리스와 함께 여행을 할 수 있으면 좋겠다고 생각해. 하지만 최종적으로 결론을 내릴 사람은 리스 본인이야."

"아직 먼 이야기지만, 언젠가 리스와도 이야기를 해봐야겠군요."

"만약 리스가 같이 가고 싶어 하더라도, 그녀는 귀족이니까 가문에서 반대하겠지. 만약 그렇게 되면…… 리스를 납치해서 도망칠까? 뭐, 그랬다간 범죄자 취급을 당하게 되겠지만 말이야."

"설령 범죄자가 되더라도, 저는 항상 시리우스 님과 함께하겠어요."

"나도 그럴 거야!"

"농담이야. 그런 짓을 하면 리스가 곤란할 거잖아."

남매에게는 이렇게 말했지만, 만약 그녀의 가문에 문제가 있거나, 그녀가 가족에게 멸시를 당하고 있다면 진짜로 납치할 생각이다.

리스는 내 제자이자 남매에게 있어서는 가족이나 다름없는 존재이기에, 곤란할 때는 도와주는 게 당연했다.

우리가 저녁을 다 먹었을 즈음에도 리스는 다이아장은 물론이고 학교 기숙사에도 돌아오지 않았다.

리스는…… 이틀 후에 돌아왔다.

그날은 학교가 쉬는 날이며, 우리가 다이아장에서 점심 식사를 마치고 훈련을 하고 있을 때, 학교로 이어지는 산길을 따라 뭔가가 다가오는 게 느껴졌다.

"……형님! 뭔가가 이쪽으로 오고 있어."

"나도 느꼈어. 이 소리는…… 마차인가?"

"가르간 상회에서 온 걸까요? 하지만 주문한 물건은 어제 도착했잖아요."

이런 장소에 마차를 보낼 곳은 가르간 상회뿐이다.

'서치'를 발동시켜보니 딱히 위험한 존재는 아닌 것 같지만, 막차가 급하게 달려오고 있다는 점이 신경 쓰였다.

혹시나 싶어 몸을 긴장시키고 있을 때, 산길에서 귀족이 탈법한 고급스러운 마차가 나타났다. 그리고 우리 앞에 선 그 마차의 문이 열리더니 안에서 리스가 뛰쳐나왔다.

서민적인 리스가 의외로 화려하게 등장했는걸.

"다행이야. 여기에 있었구나……."

나를 본 리스는 안도한 듯한 표정을 짓더니, 곧 진지한 얼굴로 나를 향해 깊이 고개를 숙였다.

"시리우스 씨, 느닷없이 이런 소리를 해서 미안한데, 마차를 타고 나와 함께 가주면 안 될까?"

"리스, 대체 무슨 일이죠? 느닷없이 돌아와서 한다는 소리가……."

"그게…… 우리 집에서……."

"……좋아, 가자. 딱히 필요한 건 없는 거야?"

리스가 초조한 표정을 지으며 말끝을 흐리는 걸 보니 귀찮은 일에 휘말린 게 틀림없어 보이지만, 그녀는 나에게 의지하려 하고 있었다. 설명을 듣지는 못했지만, 그녀가 난처한 상황에 처했다면 나는 도와줄 심산이었기에 바로 같이 가겠다고 말했다.

"고마워! 시리우스 씨가 같이 가준다면 분명 괜찮을 거야."

"리스, 제가 따라가도 될까요?"

"나도 가면 안 돼?"

"……두 사람도 같이 가줬으면 해. 너희에게 내 정체를…… 알려주고 싶어."

다 같이 가기로 결정한 우리는 리스가 교복을 입는 편이 좋을 거라고 말했기에 서둘러 옷을 갈아입고 마차에 탔다.

그렇게 큰 마차는 아니지만 네 명이 편하게 탈 수 있을 만큼 넓으며 내 옆에는 레우스가, 그리고 맞은편에는 에밀리아와 리스가 앉았다.

그리고 리스가 마부에게 말을 걸자, 마차는 상당한 속도로 내달리기 시작했는지 순식간에 학교를 빠져나갔다.

우리는 처음으로 타본 고급 마차를 즐기면서 창 너머로 보이는 경치를 응시했다.

"형님, 의자가 정말 폭신해. 여기서 자면 정말 즐거울 것 같아."

"레우스, 좀 가만히 있으렴."

"괜찮아. 나도 처음 이 마차에 탔을 때 저랬어."

아까만 해도 긴장한 표정으로 고개를 숙이고 있던 리스는 남매가 평소와 다름없는 모습을 보이자 마음이 진정됐는지 평소와 다름없는 표정을 지었다.

하지만 그 표정의 깊숙한 곳에는 피로가 존재했으며, 마력 고갈에 의한 노곤함과 정신적인 피로가 묻어났다.

아무튼 어떤 상황인지 알아야 뭐라도 할 수 있을 것 같았기에, 나는 설명을 요구하듯 리스를 쳐다보았다.

"대체 무슨 일이 일어난 건지 설명해줬으면 좋겠는데 말이야."

"알았어. 하지만 이제부터 내가 하는 이야기를 들으면 위험한 일에 휘말리게 될지도 몰라. 하지만 나는 너희에게 의지할 수밖에……."

"이 마차에 탄 순간부터 이미 그런 건 각오했어. 그리고 나는 네 스승이자 동료잖아. 사양하지 말고 말해봐."

"제가 할 수 있는 일이 있을지는 알 수 없지만, 리스를 위해 최선을 다할게요."

"나도 마찬가지야, 리스 누나!"

"······고마워."

우리의 말을 듣고 눈물을 훌쩍인 리스는 곧 자세를 고치더니, 나를 쳐다보며 입을 열었다.

"전에 내가 어떤 귀족의 서자라고 설명했었지? 하지만 그건 사실이 아냐. 내 진짜 이름은 페어리스 발드펠드야."

"발드펠드? 잠깐만요, 리스. 설마······."

"응. 에밀리아의 생각이 맞아. 내 아버님은······ 엘리시온의 임금님이셔."

그렇구나······. 이게 학교장이 말했던 복잡한 사정이라는 건가. 아마 몇 안 되는 관계자, 그리고 로드벨 같은 거물급만 알고 있는 비밀이리라.

그리고 자신이 왕족의 딸이라는 사실을 밝힌 리스는 눈을 꼭 감은 채 뭔가를 참는 듯한 표정으로 우리의 대답을 기다렸다.

"······저는 이제부터 리스를 뭐라고 부르면 되죠?"

"뭐? 으음, 그냥 리스라고 불러주면 좋겠는데······."

"이제는 리스 누나에게 존댓말을 쓰는 편이 좋을까?"

"그, 그럴 필요 없어. 평소처럼 대해줬으면 해."

"그럼 우리는 이제까지처럼 리스를 대하도록 할게."

"······놀라지 않는구나."

남매가 놀라지 않는 것은 지금까지 왕족과 얽힌 적이 없기 때문이기에, 귀족과 별반 차이가 없다고 생각하고 있는 것이리라. 우리가 자란 저택은 격리되어 있는 세계나 다름없었기에 그곳에서 자란 남매는 세상물정에 어두웠다.

"나는 임금님보다 형님이 더 대단하다고 생각하거든."

"리스에게는 미안하지만, 저도 레우스와 마찬가지예요."

리스는 그 말을 듣고 한숨을 내쉬었지만, 그런 그녀의 얼굴은 나쁜 무언가를 떨쳐낸 것처럼 밝았다.

"정말…… 나는 바보 같아……. 괜한 걱정만 했었던 거잖아."

"그건 리스에게서 왕족다운 분위기가 전혀 느껴지지 않기 때문이에요."

"맞아. 리스 누나는 예쁜 드레스 차림으로 성에 있는 것보다, 형님이 만든 밥을 맛있게 먹는 모습이 가장 어울려."

"너무하네. 하지만…… 기뻐. 고마워."

리스는 감정이 북받친 듯한 표정을 지으며 남매의 두 손을 꼭 끌어안았고, 남매는 약간 멋쩍어하면서 웃음을 흘렸다.

"우리는 리스가 누구든 상관없어. 그리고 리스에게 아직 가르쳐 줘야 할 것도 많으니까, 내 제자를 관두지 않았으면 좋겠는걸."

"응! 앞으로도 잘 부탁해."

"그래."

우리가 웃자, 리스도 덩달아 웃었다.

리스의 정체를 알고 놀라지 않은 것은 어느 정도 예상을 하고 있었던 데다, 내 제자라면 귀족이든 왕족이든 상관없다고 생각하기 때문이다.

즉, 신분이 뭐든 간에 제자는 평등하게 대할 것이다. 설령 왕이 참견을 하더라도, 나는 이 방침을 바꿀 생각이 없다.

그런 생각을 하며 창문을 통해 마차 밖을 쳐다보니, 커다란 건물이 줄지어 존재했다. 친구인 마크의 집에 찾아가며 몇 번 지났던 이곳은 엘리시온 안에서 귀족거리라고 불리는 곳이다. 원래 나나 남매 같은 평민이 함부로 들어가면 안 되는 곳이다.

"리스의 정체도 알았으니, 이제 그만 나를 왜 찾아온 건지 가르쳐주지 않겠어?"

"실은 시리우스 씨가 내 언니를…… 리펠 님을 진찰해줬으면 해……."

리펠…… 그 사람은 차기 여왕이라 불리고 있으며, 약혼 발표로 항간을 떠들썩하게 한 인물이다. 왕족인 리스는 나를 그런 거물에게 데려가려는 것이다.

"좀 신경 쓰이는 데가 있지만, 진찰해달라는 건 리펠 님이 병에 걸렸다는 거야?"

"잘 모르겠어. 언니는 이틀 전부터 몸 상태가 나빠지더니, 날이 갈수록 증상이 심해지고 있어……."

"치료마법은 효과가 없는 거야?"

"내 치료마법으로 증상을 완화시킬 수는 있지만, 시간이 좀 지나면 또 고통이 밀려오나 봐……."

"그리고 또 마법을 써야 하고, 마법을 멈추면 괴로워한다……는 건가."

리스가 피곤해 보이는 것은 가족에게 치료마법을 계속 쓴 탓에 마력이 고갈된 데다, 정신적으로 지쳤기 때문이리라. 이렇게 필사적인 걸 보면, 그녀는 한계에 도달할 때까지 마법을 썼으리라.

"어머님이 돌아가시고, 고용인에게서 내가 왕족이라는 말을 느닷없이 들었을 때는 꿈이라도 꾸는 줄 알았어. 평민이었던 나는 성에서 살게 되었고, 앞으로 어떻게 될지 몰라 불안할 때…… 언니가 나를 구해줬어."

성에 간 리스는 왕인 아버지와 처음으로 만났지만 그는 리스에게 차가운 시선만 보낼 뿐, 지금까지 제대로 대화 한 번 나누지 않았다고 한다.

그런 부모의 무뚝뚝한 태도 때문에 눈물이 날 것 같았던 리스의 앞에 언니인 리펠 공주가 나타났다. 그리고 그녀는 리스를 위로해줬을 뿐만 아니라, 성에서 생활하는 법도 가르쳐줬다.

얼마 전까지 평민이었던지라 아무것도 모르는 리스가 왕족의 정책에 휘말리는 것은 좋지 않다고 생각하여 신분을 숨긴 채 학교에 다니라는 제안을 하고, 아버지를 설득한 사람 또한 리펠 공주라고 한다.

"언니 덕분에 나는 학교에 다닐 수 있게 됐고, 에밀리아…… 그리고 시리우스 씨와 레우스와도 만났어. 그런 은인이 괴로워하는데, 나는 보고 있을 수밖에 없어. 그러니까 부탁할게! 제발…… 언니를 구해줘!"

무력감에 사로잡힌 리스는 몸을 떨면서 필사적으로 눈물을 참았다. 에밀리아는 그런 리스를 꼭 끌어안더니, 그녀의 등을 쓰다듬어줬다.

"그런 멋진 분과 꼭 만나보고 싶어요. 저를 언니 분에게 소개해주지 않겠어요?"

"나도 만나고 싶어!"

"에밀리아. 레우스…… 응. 내 친구로서 소개해줄게."

"당연히 나도 인사를 하고 싶은걸. 리스를 가르치고 있는 사람입니다…… 하고 말이야. 연하인 내가 그렇게 말한다고 믿어줄지는 모르지만 말이야."

나는 리스보다 한 살 어리고 겉모습은 완전 어린애이니, 스승이라고 말해봤자 농담으로 여길 것이다.

"리스, 나는 네 언니가 어떤 상황인지 몰라. 그러니 네가 알고 있는 걸 전부 말해주지 않겠어?"

반드시 고쳐주겠다고 말하고 싶지만, 어떤 병인지 모르기에 단언은 할 수 없다. 자세한 것은 본인을 만나서 조사해보기로 하고, 지금 이 시간을 낭비하는 것도 그렇다는 생각이 든 나는 정보를 모으기 위해 리스에게 질문을 던졌다.

그리고 곧 도착한 장소는 귀족거리의 중심에서 조금 벗어난 곳에 있는 호화 저택 앞이다.

크기와 화려함은 이곳으로 오면서 봤던 건물이 더 대단하지만, 안목이 있는 이라면 눈앞에 있는 건물이 다른 건물과 격이 다르다는 것을 바로 눈치챌 것이다.

쓸데없는 장식이 없고 정성들여 손질을 한 듯한 정원, 그리고 기능미 넘치는 건물은 그야말로 왕족에게 걸맞았다.

마차에서 내린 내가 몰래 감탄하고 있을 때, 옆에 서 있던 리스가 설명을 했다.

"원래 언니는 성에서 살지만, 지금은 이 별채에서 요양을 하고 있어."

"병에 걸렸다는 게 알려지지 않은 걸 보면 함구령이 내려진 것 같네."

"응. 언니는 약혼 발표도 했으니까, 병에 걸렸다는 게 알려지는 걸 피해야 하거든."

우리를 내려준 마차가 사라진 후, 저택에서 몇 사람이 우리 쪽을 향해 걸어왔다. 다들 메이드복이나 집사가 입을 법한 턱시도를 입고 있었다. 아마 그들은 이 저택의 고용인이리라.

그리고 우리 앞에 선 고용인들 중에서 대표로 보이는 한 여성이 앞으로 나서며 리스에게 고개를 숙였다.

"리스 님, 다녀오셨습니까."

"다녀왔어, 세니아."

세니아라고 불린 여성은 머리에 토끼 귀가 달리고, 엉덩이에 동그란 꼬리가 달린 토끼족 수인이었다.

미인이라는 말에 걸맞은 아름다운 여성이지만, 그녀의 눈빛 깊은 곳은 칼날처럼 날카로웠다. 아마 상당한 실력자일 것이다. 고용인일 뿐만 아니라 호위도 겸하고 있으리라.

만약 내가 리스에게 해를 끼치려고 한다면, 이 여성은 주저 없이 내 목숨을 빼앗을 것이다.

"갑자기 외출하신 바람에 리펠 님께서 걱정하고 계십니다. 그런데 이분들은 누구시죠?"

세니아를 비롯한 다른 고용인들이 미심쩍은 눈길로 우리를 쳐다보자, 리스는 허둥지둥 세니아의 앞에 섰다.

"전에 세니아에게도 말했지? 내 학교 친구……."

"페어리스 님! 어디 가셨던 겁니까!"

하지만 리스의 말은 뒤늦게 이 자리에 나타난 청년에게 막혔다.

키가 크고 청색을 띤 경장 갑옷을 걸친 인간족 청년이었다. 화려한 장식이 달린 검을 허리에 차고 있었다. 이미지적으로는 왕을 섬기는 근위기사 같았다.

상당한 미남이지만, 우리를 쳐다보는 눈매가 매우 날카로웠다.

"이런 정체도 모르는 자들을 데리고 오다니요. 당신은 공주님이 어떤 상태인지 알고 계신 겁니까?!"

"닥치세요, 멜트."

"뭐?!"

"당신은 자신이 지금 무슨 짓을 하고 있는지 알고 있는 겁니까? 리펠 님의 여동생이신 리스 님의 말씀을 당신이 방해했어요! 꼴사나운 모습 보이지 말고 물러서세요."

"큭……."

아무래도 세니아가 상사인지 멜트라고 불린 청년은 정곡을 찔린 것처럼 투덜대면서 물러섰다.

미묘한 분위기가 사라지자, 세니아는 리스에게 말을 계속 해보라는 듯이 손을 내밀었다.

"으음…… 이 사람은 내 학교 친구인 시리우스 씨이고, 이쪽이 에밀리아와 레우스야."

"만나서 반갑습니다. 시리우스라고 합니다."

"시리우스 님의 시종인 에밀리아라고 해요."

"시리우스 님을 섬기고 있는 레우스입니다."

첫 인상이라는 건 언제나 중요하다.

미심쩍은 눈길로 쳐다보는 고용인들 앞에서 내가 정중하게 인사를 하자, 그들은 감탄한 것처럼 고개를 끄덕이며 경계심을 누그러뜨렸다.

"이렇게 정중하게 인사를 해주시니, 저희도 가만히 있을 수야 없죠. 처음 뵙겠습니다. 저는 리펠 님의 전속 시종인 세니아라고 합니다. 리스 님의 학우인 여러분을 진심으로 환영합니다."

세니아가 우리와는 격이 다를 정도로 격식 있게 인사를 건네자, 뒤편에 있던 고용인들도 일제히 고개를 숙였다. 멜트만이 고개를 퉁명한 표정을 지으며 멀뚱히 서 있었지만, 그냥 무시해도 될 것이다.

"세니아. 미안하지만 빨리 언니에게 내 친구들을 소개하고 싶어."

"하지만 리스 님. 리펠 님은 면회사절……."

"무슨 소리를 하는 겁니까!"

멜트는 더 이상 못 참겠다는 듯이 고함을 지르며 우리 사이에 끼어들었다.

그는 금방이라도 검을 뽑아들 것처럼 살기를 풀풀 풍겼다. 나이에 비해 반응이 너무 격한 것 같았다. 신경이 곤두서 있는 것 같았다.

"이런 자들과 만났다가 공주님의 병이 더 악화되기라도 하면 어쩌려는 겁니까! 설령 병에 걸리시지 않았더라도, 공주님의 근위기사인 제가 허락할 수 없습니다!"

"멜트 씨, 그런 소리 하지 마! 어쩌면 언니를 고칠 수 있을지도 몰라."

"그, 그래도 안 됩니다!"

이 청년은 꽤나 고지식한 것 같지만 하는 말에는 일리가 있었다. 리스가 데려왔다고 해도, 처음 보는 평민이 느닷없이 이 나라의 왕녀와 만난다는 건 말도 안 되는 일이니까 말이다.

하지만 리스는 포기하지 않았다. 그녀는 애원하듯 세니아의 손을 꼭 움켜잡으며 말했다.

"부탁이야, 세니아! 시리우스 씨라면 분명…… 아니, 반드시 언니를 구해줄 수 있을 거야……."

"리스 님……."

세니아는 멜트의 날카로운 시선을 받으며 천천히 눈을 감더니 생각에 잠겼다.

곧 눈을 든 그녀는 부드러운 미소를 지으면서 우리를 환영한다는 듯이 옆으로 비켜섰다.

"……안으로 드시죠. 여러분을 리펠 님께 안내하겠습니다."

"뭐…… 네 녀석, 지금 무슨 소리를 하는 것이냐?! 제정신이냐?!"

"예. 물론이죠. 리펠 님은 리스 님의 학우가 어떤 분인지 전부터 궁금해 하셨습니다. 그렇게 걱정된다면 당신도 따라 오시면 되지 않습니까. 그리고 그들이 리펠 님에게 적대행동을 취한다면 근위기사로서의 소임을 다하세요."

"……그래. 수상한 행동을 하면 바로 쫓아내주지."

"죄송합니다만, 멜트 님의 주장도 틀린 말은 아니니 그의 동행을 양해해주십시오."

"응. 고마워…… 세니아."

리스가 기뻐하면서 세니아를 끌어안자, 그녀는 자애에 찬 표정을 지었다. 왠지 엄마를 방불케 하는 미소였기에 나와 남매는 잠시 동안 감상에 빠지며 눈을 가늘게 떴다.

그리고 간단한 소지품 검사를 해서 위험한 물건이 없다고 판단되자, 우리는 저택 안으로 안내되었다.

저택 안으로 안내된 후, 나는 호화롭게 꾸며진 내부를 구경하며 세니아의 뒤를 따랐다. 하지만 남매는 몇 번이나 가장 뒤편에서 따라오고 있는 멜트를 신경 썼다.

뭐, 그러는 것도 무리는 아닐지도 모른다. 저택에 들어온 후부터, 멜트는 우리의 일거수일투족을 놓치지 않겠다는 듯이 살기를 뿜어대고 있었던 것이다.

"멜트. 살기를 억누르세요."

"쓸데없는 짓을 못하도록 견제하는 것뿐이다."

"당신이 초조해하는 것도 이해는 되지만, 저희는 곧 리펠 님의 침실에 도착합니다. 근위기사라는 사람이 그렇게 살기를 뿜으면서 주인을 뵐 생각인 건가요?"

"……그것도 그렇군."

멜트의 살기가 잦아들었을 즈음, 우리는 다른 문에 비해 호화로운 문 앞에 도착했다.

이제부터 우리가 만날 상대는 차기 여황이기에, 가볍게 몸가짐을 살폈다. 그 후, 세니아가 문에 노크를 하며 입을 열었다.

"리펠 님. 리스 님이 학우 분들을 데리고 오셨습니다만, 어떻게 하시겠습니까?"

"리스의 친구들이 온 거야?! 드디어 데리고 왔구나. 빨리 안으로 들여."

"허락이 떨어졌으니, 들어가십시오."

방 안에서 흥분한 듯한 목소리가 들려온 후, 세니아가 문을 열었다. 그러자 리스가 가장 먼저 안으로 뛰어 들어갔고, 우리는 그런 그녀의 뒤를 따랐다.

리펠 공주의 방은 넓었다. 그리고 화려한 장식과 책장으로 가득 차 있어서 그런지 마치 도서관 같았다.

이렇게 책에 둘러싸인 방의 구석에는 천장이 달린 커다란 침대가 있었다. 그리고 붉은 머리카락을 지닌 여성이 그 침대에서 상반신을 일으키더니 우리를 쳐다보았다.

"언니, 방금 돌아왔어요."

"어서 오렴, 리스. 갑자기 외출하나 했더니, 친구들을 부르러 갔던 거구나."

리펠 공주는 한 나라의 공주답게 정말 아름다운 여성이었다. 가만히 있는데도 사람들을 끌어들이는 듯한 불가사의한 매력이 느껴졌다.

병 때문에 좀 여윈 것 같기는 하지만, 루비처럼 반짝이는 눈동자에는 강렬한 빛이 어려 있기에 환자가 아니라는 착각마저 들었다.

"언니, 몸은 좀 어떤가요? 마력이 조금 회복됐으니, 몸이 아프시다면 마법을 걸어드릴게요."

"괜찮아. 네가 몇 번이나 쓰러질 뻔했었는지 벌써 잊은 거야?"

"언니의 고통에 비하면 마력 고갈 따위는 아무것도 아니에요!"

"하지만 네 마법으로는 고통이 일시적으로 가라앉기만 할 뿐이야. 그것보다 뒤쪽에 있는 아이들을 소개해줬으면 좋겠어. 언니로서 동생이 자랑하던 친구들, 그리고 신경 쓰는 남자애와 인사를 나누고 싶거든."

"신경 쓰는 남자애……인가요. 리스는 시리우스 님을 어떻게 설명한 거죠?"

"따, 딱히 이상한 소리를 하지 않았거든?! 언니, 이상한 소리를 하지 마세요!"

리스가 부끄러워하듯 양손을 내젓자, 그제야 그녀가 평소 모습으로 돌아온 듯한 느낌이 들었다.

리스는 숨을 고르더니, 가볍게 헛기침을 하면서 우리를 소개하기 시작했다.

"우선 친구들을 소개할게요. 이 애는 에밀리아. 학교에서 처음으로 사귄 친구예요."

"처음 뵙겠습니다, 리펠 님. 제 이름은 에밀리아라고 합니다. 리스 님에게 신세 많이 지고 있답니다."

"후후. 만나서 반가워. 리스가 말했던 예의바른 애구나. 세니아와 닮았다는 게 정말인걸."

"어, 언니!"

"에밀리아는 모르지? 이 애는 엘리시온에 온 다음부터 세니아에게 어리광만 부려대서, 수인에게 정말 물러. 그러니 너와 처음 친구가 되었을 때, 세니아 같은 여자애와 친구가 됐다며 정말 기뻐했지."

"으, 으으……."

지혜와 수완이 뛰어난 왕녀라는 이야기는 들었지만, 정숙함은 눈곱만큼도 느껴지지 않는 시원시원한 여성이다. 여동생 앞에서만 저런 표정을 짓는 걸지도 모르지만, 나는 그녀가 싫지 않았다.

"그러고 보니 나를 소개하지 않았네. 이미 알고 있겠지만, 나는 리펠이야. 그런데…… 에밀리아의 은발은 정말 예쁘네. 만져봐도될까?"

"예. 원하신다면 얼마든지 만져봐도 됩니다."

"공주님, 안 됩니다! 병에 걸리셨으면서 알지도 못하는 상대를 만지다니요!"

"여동생의 친구니까 알지도 못하는 상대는 아냐. 나도 신경을 쓰고 있지만, 에밀리아보다는 머릿결이 좋지 않거든. 좀 확인해볼게."

이 방의 구석에 있던 멜트가 그렇게 외쳤지만, 리펠 공주는 전혀 개의치 않으면서 에밀리아의 머리카락을 만져보더니 깜짝 놀랐다.

"와아…… 대단하네. 머리카락이 손가락에 걸리지를 않아. 대체 어떻게 하면 이런 머릿결을 유지할 수 있는 거야?"

"제 주인이신 시리우스 님 덕분이에요. 효율적으로 몸을 가꾸는 법만이 아니라, 균형 잡힌 식사도 준비해주시죠. 그 덕분에 저는 머리카락뿐만 아니라 몸도 건강하답니다."

"리스의 머릿결이 좋아진 것도 그래서구나. 자세하게 말해봐."

공주는 눈을 반짝이며 계속 폭주했으며, 세니아에게 메모를 하라고 지시를 하며 질문을 계속했다.

그런 광경을 어이없다는 듯이 쳐다보던 리스는 아직 소개를 안 한 사람이 있다고 말하며 끼어들었다.

"언니, 질문은 나중에 하세요. 그것보다, 이 남자애가 레우스 예요. 에밀리아의 동생이죠."

"처, 처음 뵙겠습니다! 리스 누나……가 아니라, 리스 님에게 신세를 많이 지고 있습니다."

"응. 잘 부탁해, 레우스. 그건 그렇고…… 태도가 딱딱하네. 리스의 동생 격이면 내 동생이나 마찬가지니까, 좀 더 편하게…… 그래. 나도 누나라고 불러도 돼."

"공주님! 아무리 페어리스 님의 학우라고 해도, 그런 걸 허락해선 안 됩니다! 당신은 왕족이지 않습니까!"

"여기는 공적인 자리가 아니고, 내가 허락한다면 문제될 게 없어. 직무에 충실한 건 좋지만, 주인의 기분을 살피는 것도 당신의 임무일 텐데?"

"큭…… 아, 알았습니다."

투덜거리면서 물러선 멜트는 여전히 우리를 주시하고 있었지만, 그런 그의 태도에는 약간의 안도가 어려 있었다.

"미안해. 멜트는 내가 쓰러진 다음부터 신경이 곤두섰어. 그러니 레우스도 편하게 이야기해도 돼."

"그럼 리펠 누나……라고 불러도 돼?"

"물론이지. 그리고 레우스는 목숨을 걸고 살인귀들로부터 리스를 지켜줬다면서? 한번 만나서 고맙다는 말을 하고 싶었어."

"그렇지 않습…… 않아. 나는 누나와 리스 누나를 끝까지 지키지 못하고 당해버렸는걸. 형님이 우리 모두를 구해줬다고."

"하지만 네가 방패가 되지 않았다면, 리스는 지금 이 자리에 없을지도 모르잖아? 그러니까 고맙다는 말을 하는 게 마땅하고, 네가 고맙다는 말을 듣는 것 또한 당연한 일이라고 생각해."

"그래? ……알았어."

"후후, 솔직한 애네."

리펠 공주가 머리를 쓰다듬어주자, 레우스는 멋쩍은 듯이 볼을 긁적였다.

레우스, 잘 됐구나. 한 나라의 공주가 남의 머리를 쓰다듬어주는 건 그렇게 흔한 일이 아니라고.

그리고 마지막으로 나를 쳐다본 리펠 공주는 남매들을 쳐다볼 때와 달리 약간 날카로웠다.

"그리고 이쪽이 예의 그 애지?"

"예! 제 스승이자, 지금도 저에게 많은 걸 가르쳐주고 있는 시리우스 씨예요."

"그렇구나. 네가 시리우스 씨……구나. 실례를 무릅쓰고 묻는 건데, 네 나이를 가르쳐주지 않겠어?"

리펠 공주는 날카로운 눈길로 내 머리끝부터 발끝까지 훑어보더니 나이를 물었다.

그녀는 열여덟 살이라고 들었지만, 저 날카로운 눈빛은 웬만한 어른은 상대도 되지 않을 만큼 날카로웠다. 두 오빠를 제치고 차기 여왕이라 불리는 인물이니, 얕봤다가 호된 꼴을 당할 것만 같았다.

뭐, 상대가 누구든 간에 리스가 신뢰하는 가족이다. 나는 그녀의 소중한 여동생을 맡고 있으니, 예의를 지키는 편이 좋으리라.

"올해로 열세 살입니다."

"리스에게 듣기는 했지만, 진짜로 그녀보다 어리네……."

"역시 저 같은 어린애가 리스 님을 지도하는 게 건방지다고 생각하시는 겁니까?"

"그렇지 않아. 누구에게 지도를 받든 그건 이 애의 자유이고, 리스는 너를 만나고 정말 강해졌어. 살인귀로부터 지켜준 것을 비롯해, 나는 시리우스 군에게 진심으로 감사하고 있어."

"어, 언니!"

한 나라의 공주가 평민인 나에게 고개를 숙이자, 솔직히 놀랐다.

공적인 장소가 아니기도 하지만, 왕족이 평민에게 고개를 숙이는 게 쉬운 일일 리가 없다. 그녀에게 있어 리스는 그 정도로 소중한 존재인 것이리라.

옆을 바라보니, 세니아도 고개를 숙이고 있었다. 그리고 그렇게 위압감을 뿜어대던 멜트 또한 고개를 깊이 숙이고 있었다. 곧 근위기사다운 표정을 지었지만, 멜트 또한 자신이 주인이 고개를 숙였기에 따라 숙인 것이 아니라 리스를 신경 쓰고 있는 것 같았다.

이건 내 견해지만, 그는 리펠 공주와 다르게 정신적으로 젊으며, 감정을 제대로 숨기지 못하는 남자일지도 모른다. 전생의 제자 중에 그런 녀석이 있었기에, 갑자기 친근감이 느껴졌다.

멜트가 좀 신경 쓰이기는 하지만, 우선 리펠 공주가 오해하고 있는 점을 말해줘야 할 것 같았다.

"방금 말씀은 황송하게 받아들이겠습니다. 하지만 정정할 부분이 있습니다. 리스 님께서 성장하신 것은 본인이 포기하지 않고 노력했기 때문이며, 저는 어디까지나 옆에서 조금 도와줬을 뿐입니다."

"그, 그렇지 않아! 시리우스 씨가 지켜봐줬기 대문에, 나는…… 우리는 노력할 수 있었던 거야!"

"흐음…… 그래. 네가 했던 커다란 등이라는 말의 의미…… 잘 알았어. 동경할 만하네."

"언니!"

"어머, 방금 그건 비밀이었지. 미안해, 리스."

리펠 공주가 시치미를 떼며 그렇게 말하자, 리스는 얼굴을 새빨갛게 붉히면서 언니의 어깨를 가볍게 때렸다. 절로 미소를 머금게 되는 광경을 쳐다보고 있을 때, 리펠 공주가 가볍게 손뼉을 치면서 나를 쳐다보았다.

"맞아. 시리우스 군도 그렇게 딱딱한 태도를 취할 필요 없어. 이 애 대신 말하는 건데, 리스를 평소처럼 대해도 돼. 아까부터 네가 리스 님이라고 말할 때마다 한숨을 쉬고 있었단 말이야."

"어, 언니⋯⋯."

"자아, 그런 표정 짓지 마. 자신의 의지를 솔직하게 밝히라고 내가 항상 말했잖니."

리펠 공주는 리스에게 설교를 하면서도 왠지 표정이 즐거워보였다.

사이좋은 자매의 대화가 얼추 끝난 후, 리펠 공주는 약간 진지한 표정을 지으면서 우리를 쳐다보았다.

"하지만⋯⋯ 정말 잘 됐어. 내 곁을 떠나고도 잘 지낼 수 있을지 걱정됐는데, 이제 친구뿐만 아니라 존경할 만한 스승까지 생겼잖아. 정말 즐거워 보이네. 학교에 입학시키길 정말 잘한 것 같아."

"리스를 학교에 보내자는 건 리펠 님의 생각이었군요?"

"그래. 아버지가 명령을 했지만, 리스를 학교에 입학시키자는 의견을 내놓은 사람은 나야. 리스는 왕족다운 위엄이 전혀 없잖아?"

"아, 나도 그렇게 생각해!"

"저도 동감해요."

"으으…… 나도 같은 생각이지만, 이렇게 남한테 들으니 기분이 복잡해……."

나도 동감이지만, 리스는 이미 풀이 죽은 것 같기에 말하지는 않았다.

이유가 어찌되었든 간에, 우리가 리스와 만난 것은 리펠 공주 덕분이다. 상황이 정리되면 다시 감사 인사를 해야겠다고 나는 생각했다.

"자아, 너무 삐지지 마. 참, 너희는 급한 볼일 같은 건 없지? 괜찮다면 나와 이야기를 나눠줬으면 좋겠어. 요즘 계속 자기만 했더니 심심해."

"자기만…… 아?! 맞아요, 언니! 언니는 병에 걸렸잖아요!"

나는 리펠 공주와 초면이기에 우선 신뢰를 얻기 위해 대화에 집중했지만, 우리를 이곳에 데려온 본인까지 깜빡하면 어쩌냐는 생각이 들었다.

뭐…… 우리가 보기에도 리펠 공주는 환자처럼 보이지 않으니 무리도 아니지만 말이다.

"병 걱정은 하지 마. 내일 새로운 약이 올 거니까, 그걸 마시면 분명 나을 거야."

"언니가 이 나라에서 제일이라고 말한 제 치료마법으로도 낫지 않는데, 그 약을 먹는다고 정말 나을까요?"

"마법이나 마력과 상성이 나쁜 병일지도 모르잖아. 그리고 약이 통하지 않더라도 다른 방법이 얼마든지 있으니 그렇게 걱정할 필요는 없어."

"그럼…… 시리우스 씨가 진찰을 해봐도 될까요?"

"시리우스 군이?"

"예! 시리우스 씨는 신체 구조에 대해 잘 아는데, 저도 그걸 배워서 치료마법 실력이 늘었어요. 그러니 시리우스 씨가 진찰을 해보면 언니가 이렇게 아픈 원인을 찾아낼 수 있을 거라고 생각하는데…… 해도 될까요?"

"진찰을 한다는 건, 시리우스 군이 내 몸에 손을 댄다는 거지?"

"그래요. 무슨 문제라도 있나요?"

리스가 내 등을 밀려고 하자, 리펠 공주의 표정이 명백하게 변했다. 아까까지만 해도 상냥한 언니 같던 그녀는 현재 날카로운 눈빛으로 우리를 꿰뚫듯이 쳐다보고 있었다. 그런 그녀는 왕의 딸, 리펠 발드펠드다.

"리스……. 너는 자신의 입장을 이해하고 있긴 한 거야? 설령 여동생의 부탁이라도 들어줄 수 없는 게 있어."

"하지만! 저는 언니가 걱정되어서……."

"응. 네가 얼마나 상냥한지는 잘 알아. 하지만 내가 한 나라의 공주라는 사실을 잊어선 안 돼. 그리고 시리우스 군."

"……예."

"진짜로 나를 진찰할 거야? 시집도 안 간 공주의 몸을 함부로 만지는 건 큰 죄야. 그리고 진찰을 해서 아무것도 찾아내지 못한다면, 나 또한 그에 걸맞은 행동을 취할 수밖에 없어."

"하지만 언니는 방금 여기가 공적인 장소가 아니라고…….'

"나는 시리우스 군에게 묻는 거야. 자아, 당신은 각오가 되어 있는 거야?"

리펠 공주는 아까 레우스의 머리를 쓰다듬어줬다. 즉, 그녀가 다른 남자를 만지는 것은 괜찮은 것이다.

그리고 리펠 공주는 내 각오를 묻는 듯한 시선을 보냈지만…… 내 대답은 이미 정해져 있다.

"저는 친구인 리스의 부탁으로, 그녀의 가족인 당신을 구하려 는 것뿐입니다. 그리고 진찰을 하기에 앞서, 몇 가지 조건을 제 시할까 해요."

"흐음…… 놀랍네. 오히려 나한테 조건을 제시할 줄은 몰랐 어. 그럼 일단 들어나 볼까?"

"저는 타인에게 알려지고 싶지 않은 특수한 마법을 사용합니다. 그 사실을 공공연하게 퍼뜨리지 않겠다고 맹세해주셨으면 합니 다."

"이익…… 더는 못 참겠다! 공주님에게 이딴 태도를 취하는 놈을 가만히 둘 수야 없지!"

"멜트, 물러나. 나는 지금 그와 이야기를 나누고 있어. 그런 데…… 그 조건을 지키지 않으면 어떻게 할 건데?"

"지켜주시지 않는다면, 리스를 납치해서 엘리시온을 나가겠 습니다."

"뭐?!"

즉, 도피행을 하겠다는 것이다.

남매는 주저 없이 나를 따라올 테고, 애초에 나는 안전한 환경에서 나이를 먹기 위해 학교에 입학한 것이다. 그러니 제자들이 함께 해준다면 이제 이 마을에 얽매일 필요가 없다. 그러니 주저하지 않고 리스를 납치해서 도망칠 생각이다.

리스는 내 말을 듣고 동요했고, 리펠 공주는 살기를 뿜기 시작했다.

"……내가 용납할 것 같아? 추격자를 보내서 반드시 잡아주겠어."

"그럼 다른 대륙으로 도망치죠. 바다를 건너면 간섭하기도 힘들어질 테고, 저희는 인적이 드문 산속에서 지내는데도 익숙하니까요."

"그게 가능할 것 같아? 나는 항구를 봉쇄할 수 있거든?"

"가능합니다. 저에게는 독자적인 루트가 있거든요."

일단 지금 살고 있는 저택 근처까지 도망친 후, 그 다음에는 라이오르 할아버지의 오두막에 가듯 한 명씩 안아 들고 하늘을 날면 된다. 배를 이용하지 않으니 항구를 봉쇄해봤자 소용없고, 라이오르 할아버지의 오두막에서 상황이 잠잠해질 때까지 틀어박혀 있는 것도 한 방법이다.

납치 당사자는 얼굴을 새빨갛게 붉힌 채 난처한 표정을 짓고 있었지만, 딱히 거부하는 것 같지는 않으니 내버려두자.

"왜 리스에게 집착하는 거야?"

"이유는 여러 가지지만…… 그녀가 저의 제자이기 때문입니다. 고생을 시키겠지만, 여기서 당신의 비호 하에 있는 것보다 저희와 함께 있는 편이 강하게, 그리고 그녀답게 살 수 있을 테니까요."

"그렇구나………… 합격이야!"

그 말이 정답인지는 알 수 없지만, 리펠 공주는 내 말을 듣더니 개운한 표정을 지으며 세니아와 함께 기뻐했다.

"세니아, 들었어? 시리우스 군은 내 눈을 피하는 정도가 아니라 납치해서 내빼겠대."

"예. 수단은 좀 그렇지만, 리스 님을 진지하게 생각해주고 있는 것은 틀림없는 것 같군요."

"납치해서 도망친다, 라. 저 애가 좋아하는 이야기에 나오는 왕자님 같네. 나도 저렇게 정열적인 사랑을 받아보고 싶어. 멜트…… 어때?"

"고, 공주님! 기대에 찬 눈으로 저를 쳐다보시면 곤란합니다."

"어…… 어라? 언니…… 화났던 거 아니에요?"

"리스. 네 언니는 화가 났던 게 아니라, 나를 시험해본 거야."

소중한 여동생을 맡길 상대인 내가 진심인지 아닌지, 언니로서 시험해보고 싶었던 것이리라. 학교장도 그렇고 리펠 공주도 그렇고, 이 세계의 높으신 분들은 남에게 살기를 뿜는 걸 좋아하는 걸까?

세니아와 함께 웃고 있던 리펠 공주는 만족한 듯한 표정으로 나를 쳐다보며 손을 내밀었다.

"하지만 나한테 허락을 받지 않고 만졌다면 벌을 내렸을 거야. 그럼 이제 내 몸에 손을 대는 걸 허락해줄 테니까, 진찰을 해줘. 손만 만지면 되는 거야? 아, 어린애라도 가슴을 만지는 건 절대 안 돼."

"……손이면 충분합니다."

유감스럽게도 리펠 공주의 가슴은 동생에 비해…… 아니, 관두자. 여성은 이런 쪽으로 감이 좋으니까 말이다.

허락을 받고 리펠 공주의 손을 쥐어보니, 그녀의 손은 매끈하고 감촉이 좋았다. 하지만 몸이 좋지 않은 탓에 체온이 좀 높은 것 같았다.

내가 그녀의 손에 '스캔'을 사용해 진찰을 하자 리펠 공주는 고개를 갸웃거렸다.

"……아무 일도 일어나지 않는 군요. 정말 진찰을 하고 있는 건가요?"

"이건 시리우스 님의 오리지널 마법인데, 마력으로 몸에 이상이 없는지 조사하죠. 저와 레우스는 몇 번이나 이 마법을 받은 적이 있는데, 단 한 번도 이상한 느낌을 받은 적이 없답니다."

"이상…… 즉, 병을 찾아낸다는 거구나. 확실히 알려지면 좋지 않을 듯한 마법이네."

"이 마법이 알려지면 수많은 사람들을 구할 수 있을 텐데……."

"그래. 많은 사람들을 구할 수 있을지도 모르지만, 이 마법을 해석하기 위해 시리우스 군을 노리는 사람도 있을 거야. 두 사람 다 지금 이 자리에 있었던 일은 전부 비밀로 해줘. 공주로서 내리는 명령이야."

"알았습니다."

"예!"

시종과 근위기사가 우아하게 고개를 숙였다. 하지만 멜트는 금세 고개를 들더니 나와 리펠 공주의 손을 지그시 응시했다.

공주를 지키는 근위기사인 그의 눈길에서는 질투가 어려 있는 것 같았다.

그 후, '스캔'으로 세세하게 조사해본 결과…… 그녀가 걸린 게 병이 아니라는 게 판명됐다. 나는 리펠 공주에게서 손을 뗀 후, 다른 사람들에게 결과를 말했다.

"원인은 판명됐습니다. 아무래도 리펠 님의 몸에 이물질이 존재하는 것 같군요."

"이물질? 딱히 그런 느낌은 없고, 그렇게 박힌 기억도 없는데?"

"위화감이 느껴지지 않을 만큼 크기가 작습니다. 이물질이 있는 장소는…… 여기군요."

나는 리펠 공주의 팔꿈치와 손목의 중간 언저리를 가리켰다. '스캔'으로 조사해보니, 이 근처에 이물질 반응과 묘한 마력 반응이 존재했다.

"혹시 최근에 팔에 큰 부상을 입은 적이 있습니까?"

"……있어. 말을 타다 낙마했는데, 떨어진 자리에 있던 돌에 피부가 찢어졌어."

낙마…… 기운이 넘치는 공주님이군.

하지만 피부가 찢어졌는데도 상처나 흉터가 전혀 보이지 않았다.

"그때는 정말 당황했어요. 리스 님께서 치료마법을 걸어주시지 않았다면, 리펠 님의 팔에는 흉터가 남았겠죠."

"나는 마지막 처치를 했을 뿐이야. 그리고 언니가 좀 얌전히 행동해줬으면 좋겠어요."

"으…… 그 일에 대해서는 몇 번이나 사과했잖니? 그것보다 리스의 치료마법은 정말 대단해. 흉터가 남았다면 공주로서의 체면이 손상됐을지도 몰라."

"그것도 시리우스 씨의 가르침 덕분이에요."

"아니, 그건 리스가 열심히 노력한 결과야. 내가 가르쳐준 걸 잘 살리고 있다는 게 증거지."

"형님의 말이 맞아. 리스 누나는 내 상처도 항상 깨끗하게 고쳐주잖아!"

레우스는 나와 모의전을 하다 자주 다치기에, 치료마법을 연습할 기회라면 얼마든지 있었다.

그리고 치료를 해주다보니 리스와 레우스의 사이도 좋아졌고, 지금은 종족이 다르지만 진짜 남매 같은 사이가 되었다. 에밀리아와 마찬가지로 엄격한 상하관계가 형성됐다……고 할 수 있을지도 모르지만 말이다.

"아무튼 팔에 상처가 생겼던 건 틀림없군요……. 혹시 몸 상태가 나빠지기 전날에 다치지 않나요?"

"응. 맞아. 하지만 이 상처가 수상하다고 생각해서 마법으로 치료도 했고, 유명한 약사를 불러서 진찰도 받았어. 그리고 몸 전체의 마력이 흐트러진 탓이라는 게 판명됐기 때문에, 지금은 그걸 고칠 방법을 찾고 있어."

"제 진단에 따르면, 마력이 흐트러지는 건 팔에 들어 있는 이 물질 때문이라고 생각합니다. 가능한 한 빨리 제거하는 편이 좋을 것 같습니다만……."

그 이물질에서는 리펠 공주와 명백하게 다른 성질을 지닌 마력이 흘러나오고 있었다. 그게 독처럼 몸을 좀먹으면서 그녀를 괴롭히고 있는 것이다.

리스의 치료마법은 그 이질적인 마력을 일시적으로 고치기만 할 뿐이다. 원흉인 이물질을 어떻게 하지 않는 한 고통이 계속 이어지리라.

하지만 멜트는 그 설명을 듣고 바로 반응했다.

"잠깐. 이미 상처가 완치됐단 말이다. 설마 네놈은 공주님의 몸에 다시 상처를 내겠다는 것이냐?"

"좀 깊은 곳에 박혀 있으니 상처를 내지 않고 적출하는 건 무리일 겁니다."

"나는 근위기사로서 공주님이 상처 입는 것을 좌시할 수는 없다! 그리고 몸 안에 있는 이물질을 조사하는 마법 같은 건 들어본 적도 없다. 진짜로 이물질이 존재한다는 증거는 있는 것이냐?"

이 세상에는 수술이라는 개념이 없다고 해도 과언이 아니다.

대부분의 상처나 병은 마법이나 약으로 고칠 수 있기에, 전투 이외의 상황에서 사람의 피부를 찢을 필요가 없는 것이다.

만약 화살이나 칼처럼 몸에 박혀 있는 게 뻔히 보이는 물질이라면 몰라도, 이건 나 이외에는 아무도 확신을 할 수 없는 이물질을 꺼내기 위해 팔을 자르겠다는 소리다.

그러니 멜트가 저런 반응을 보이는 것도 당연하지만, 그의 주인인 리펠 공주는 냉정했다.

"진정해, 멜트. 그가 거짓말을 해봤자 득이 될 게 없고, 시리우스 군을 의심한다는 건 리스를 의심한다는 거나 다름없잖아. 남들의 위에 서는 자가 이래서는 안 될지도 모르지만, 그래도 나는 동생을 믿고 싶어."

"언니……."

"하지만 멜트의 주장도 맞는 말이니 이 질문은 던져야겠어. 시리우스 군, 내 팔에 이물질이 들어 있다는 게 사실이야?"

"유감이지만, 실물을 보여드리는 것 이외에는 증명할 방법이 없습니다."

겉보기에는 멀쩡하니, 적출해서 실물을 보여주는 수밖에 없다.

이렇게 되면 믿어달라고 하는 것 이외에는 방법이 없지만, 초면인 나를 믿는 것도 쉽지 않을 것이다.

"공주님. 아직 시험해보지 않은 약도 있으니, 지금 바로 결단을 내릴 필요는……."

"저로서는 한시라도 빨리 꺼내는 걸 권합니다. 방치해둘수록 리펠 님에게 계속 해를 끼칠 테니까요."

"시리우스 씨, 그럼 언니는……."

"지금 바로 죽음에 이르지는 않겠지만, 이게 몸속에 있는 한 계속 괴롭겠지. 지금도 꽤 고통을 느끼고 있을 거야."

"맞아. 솔직하게 말하자면 온몸이 비명을 지르는 것 같아. 그 탓에 잠을 못자서, 어제는 슬립 플라이 가루를 썼을 정도야."

슬립 플라이 가루라는 것은 같은 이름을 지닌 마물에게서 채취할 수 있는 가루이며, 수면제와 같은 효과를 지닌다.

그것을 쓰지 않으면 잘 수 없는 상황인데도, 리펠은 리스를 걱정시키지 않기 위해 멀쩡한 척 하고 있는 것이다.

내가 무심코 탄복할 정도의 정신력을 지닌 공주님을 위해, 나도 각오를 해야만 할 것 같았다.

"그럼 공주님이 제 말을 믿을 수 있도록 제안 하나를 하겠습니다.

"……일단 들어볼게."

"만약 이물질을 찾아내지 못한다면…… 제 목을 내놓죠."

"뭐?"

리펠 공주는 내 말을 듣고 놀랐지만, 나는 이물질이 존재한다는 것을 알기에 딱히 아무렇지도 않았다. 좀 억지스러운 방법이기는 하지만, 리스를 안심시키기 위해서라도 한시라도 빨리 리펠 공주를 치료해주고 싶었다.

"시리우스 님께서 목을 내놓으신다면, 저도 같이 내놓겠어요."

"나도 목을 내놓을게!"

그리고 남매 또한 앞으로 나서며 그렇게 말했다. 고마운 말이기는 하지만…… 스승으로서, 그리고 부모 대신으로서는 좀 마음이 복잡했다.

"저, 저도 내놓을게요!"

"리스?! 무슨 소리를 하는 거니?!"

"시리우스 씨가 저렇게까지 말하는 걸 보면 틀림없이 있을 거예요. 그리고 언니가 한시라도 빨리 낫는다면……."

난처하게도 리스까지 나섰다.

그런 여동생을 본 리펠 공주는 땅이 꺼져라 한숨을 내쉬더니 상냥한 미소를 머금었다.

"정말…… 잠시 못 본 사이에 강해졌구나. 세니아도 그렇게 생각하지?"

"예. 리스 님은 많이 성장하셨습니다. 좋은 친구와 만난 덕분이겠죠."

"나는 언니를 구하고 싶을 뿐이야. 딱히 성장한 건……."

"그렇지 않아. 예전의 너라면 이런 소리를 하지 않았을 테지. 하지만 지금의 너는 자신의 결정을 주저 없이 말했어. 아직 솔직하지 못한 것 같지만, 이렇게 마음이 강해진 건 사랑을 한 덕분이려나?"

"사, 사랑?! 아, 아니에요! 시리우스 씨에게는 에밀리아가 있단 말이에요!"

"어머, 사랑이란 쟁취하는 것이기도 해. 싸워보기도 전에 포기하는 건 내 동생답지 않은걸."

무슨 말을 하든 딱히 참견할 생각은 없지만, 멜트의 시선이 무시무시하니 이제 슬슬 이야기나 계속 했으면 좋겠다.

"그럼 저한테 맡겨 주시겠습니까?"

"목은 필요 없지만, 여동생이 이렇게까지 말하니 싫다고 말할 수가 없겠네. 게다가 거절했다간 내 그릇이 작다고 말하는 거나 다름없잖아. 그러니 시리우스 군을 믿어보겠어."

"좀 더 차분하게 생각해보시죠. 공주님을 진찰한 이들은 팔에 이상이 없다고 했지 않습니까."

"하지만 다들 내 마력이 흐트러졌다면서, 결국은 원인을 모른다고 말했잖아. 그런 와중에 시리우스 군만은 답을 내놓았어. 그리고 이 자리에는 리스도 있으니 여차할 때는 바로 치료할 수 있을 거야."

"큭…… 그, 그럼 하다못해 국왕 폐하의 허락을…… 윽?!"

멜트가 밖으로 나가기 위해 돌아선 순간, 세니아가 자연스럽게 그에게 접근하더니 조그마한 침을 그의 목에 놓았다.

그러자 멜트는 무너지듯 쓰러졌고, 그대로 방구석으로 옮겨졌다. 여러모로 할 말은 많지만, 근위기사를 너무 막 대하는 것 같았다.

"슬립 플라이 가루를 바른 침입니다. 이제 한동안은 눈을 뜨지 못하겠죠."

"세니아, 수고했어. 그럼 시리우스 군. 잘 부탁해."

"……저 사람은 내버려둬도 되나요?"

"이런 일은 전에도 있었으니까 신경 쓰지 마. 근위기사로서는 우수하지만, 나를 지나치게 걱정한 나머지 폭주하는 일이 자주 있어. 뭐, 개인적으로는 그래줘서 기쁠 때도 있긴 해."

"이해합니다. 제 시종도 툭하면 폭주하거든요."

"어머, 동료가 생겼네."

남매를 힐끔 쳐다본 리펠 공주는 전부 이해했다는 듯이 고개를 끄덕였고, 우리는 자연스럽게 악수를 나눴다. 멜트가 자고 있지 않았다면 또 시끄러웠으리라.

리펠 공주에게 허락을 받은 후, 바로 적출 수술 준비를 시작했다.

커다란 통과 핀셋 같은 도구를 준비해달라고 한 다음, 세니아에게 뜨거운 물을 부탁했다. 그리고 나는 리펠 공주의 팔을 만져보면서 이물질의 위치를 확인하며 수술 과정을 설명했다.

"이제부터 이곳을 나이프로 찢어서 이물질을 꺼낼 겁니다. 피가 나는 건 각오해주세요."

"각오는 이미 했어. 온몸에서 느껴지는 고통에 비하면 그 정도 아픔은 아무것도 아니야."

"아, 깜빡했군요. 고통은 신경 쓰지 않아도 됩니다. 이제부터 통각을 없애는 처치를 할 거니까요."

"그게 무슨…… 어머?"

내가 설명을 하면서 마력으로 마취 처치를 했으니, 한동안 이 팔은 아무런 감각도 느끼지 못할 것이다.

위화감을 눈치챈 리펠 공주는 깜짝 놀라면서 반대 손을 만져보거나, 실제로 손을 움직여봤다.

"흐음…… 불가사의하네. 고통뿐만 아니라, 만져도 아무 느낌이 안 나."

"특수한 방법으로 마력을 팔에 흘려 넣어 감각을 마비시켰습니다. 이제 피부를 찢어도 통증을 느끼지 않을 겁니다."

"이것도 시리우스 군이 고안한 방법이야? 아…… 지금은 치료가 우선이네. 잘 부탁해."

나는 눈을 가릴 것을 권했지만, 리펠 공주는 흥미가 동하는지 지켜보고 싶다며 거부했다. 그리고 이 자리에 있는 이들의 시선이 나에게 집중됐다.

통을 팔 밑에 배치한 나는 조수로서 옆에 서 있는 에밀리아, 그리고 치료요원으로서 반대편에 서 있는 리스와 시선을 마주한 후, 수술을 시작했다.

수술이라고는 해도 중요한 기관이나 장기에 처치를 하는 게 아닌데, 전생과 달리 마법이 있기 때문에 여러모로 간단했다.

칼로 피부를 자르고 이물질을 꺼낸 다음 상처를 치료하기만 하면 된다. 위생면만 신경 쓰면 별문제는 없을 것이다. 하지만 피는 날 테니, 신중하면서도 신속하게 끝내야만 한다. 이쪽 세계에서는 수혈이 불가능한 것이다.

"출혈을 조금이라도 억누르기 위해 '스트링'으로 팔을 묶겠습니다."

"응. ……그런데 '스트링'으로 그런 게 가능해?"

그리고 끓인 물로 소독을 마친 나이프로 리펠 공주의 팔에 상처를 내자, 피가 통에 떨어졌다.

누군가가 그 광경을 보며 숨을 삼키는 가운데, 나는 재빨리 상처를 벌리고 핀셋을 집어넣었다.

"어, 언니…… 괜찮으세요?"

"나보다 리스가 낯빛이 안 좋네. 그건 그렇고…… 불가사의한 느낌이야. 고통이 전혀 느껴지지 않는 건 좋지만, 원래대로 돌아가긴 하는 거야?"

"반나절 정도면 괜찮아질 거예요. 시리우스 님이 이물질을 곧 제거할 테니, 편한 마음으로 기다려주세요."

"그를 신뢰하는구나."

"예. 제 모든 것을 이미 시리우스 님에게 바쳤을 정도로요."

"어머, 강적이네. 리스도 저렇게 적극적이어야 승산이 있을 거야."

"언니, 지금은 그런 이야기를 할 때가……."

아무리 통각이 없다고 해도, 이런 상황에서 저렇게 잡담을 나눌 수 있다는 건 정말 대단했다. 뭐, 저렇게 느긋한 편이 나로서도 좋으니 빨리 끝내야겠다.

혈관에 상처가 나지 않도록 신중하게 적출한 이물질을 에밀리아가 내민 쟁반에 놓는 것으로 수술은 끝났다. 이렇게 간단히 끝난 것은 리펠 공주가 꼼짝도 하지 않았기 때문이다.

"적출 완료……. 리스, 뒷일을 부탁해."

"응! 바로 치료할게."

치료는 리스에게 맡겨두면 괜찮을 것이다.

리스의 치료마법에 의해 상처가 아물자, '스트링'을 없애면서 리펠 공주에게 이제 끝났다고 말한 나는 방금 적출한 이물질을 조사했다.

이물질은 피에 물들어 있었기에, 세니아가 건네준 수건으로 닦아보니, 그것은 녹색으로 빛나는 조그마한 돌이었다.

새끼손가락의 손톱만한 돌이지만, 나는 이것을 본 적이 있었다.

"설마 리펠 님의 팔에 이런 게······."

"으음····· 진짜로 내 팔에서 저런 게 나오니 놀랍네."

"저기, 형님. 그 예쁜 돌은 대체 뭐야?"

"이건····· 마석이야. 그리고 내가 산 것보다 순도가 뛰어난걸."

작지만 방대한 마력이 담겨 있기에, 이 마석에서 흘러나온 마력이 리펠 공주를 괴롭힌 것이다.

이렇게 귀중한 마석이 낙마한 장소에 떨어져 있었을 리가 없다. 음모 냄새가 나는걸.

내가 어떻게 설명할지 고민하는 사이에 치료는 끝났고, 리펠 공주의 팔은 깨끗하게 나았다.

"공주님. 몸은 어떠신가요?"

"으음····· 몸이 좀 노곤하기는 하지만, 지긋지긋한 고통이 사라졌어."

세니아가 건네준 젖은 수건으로 땀과 피를 닦은 리펠 공주가 자신의 몸 상태를 확인해보더니 만족스러운 표정을 지으며 고개를 끄덕였다.

"지금은 지친 데다 피까지 흘렸으니 방심하지 않는 편이 좋겠지만, 며칠 안정을 취하면 체력도 회복될 겁니다."

"여러모로 신경 쓰이는 일이 많지만, 일단 감사 인사부터 해야겠네. 고마워, 시리우스 군."

"저도 감사드립니다. 리펠 님을 구해주셔서 정말 고맙습니다."

한 나라의 공주와 시종에게 고맙다는 말을 들으니 황송하지만, 기분이 나쁘지는 않았다.

고개를 돌려보니, 남매가 미소를 지은 채 고개를 끄덕이고 있었고 리스는 감격했는지 내 팔을 감싸 쥐듯 양손으로 움켜잡고 있었다.

"언니를 구해줘서 고마워. 너를 만나서 정말…… 다행이야."

"좋아! 리스, 지금이 기회야! 확 안겨버려!"

"어, 언니, 적당히 좀 해요! 시리우스 씨는, 저기…… 어디까지나 스승으로서 존경하고 있을 뿐이란 말이에요."

"그럼 왜 등이 크다고 한 거야? 그리고 스승을 쳐다볼 때 그런 눈빛을 띠지는 않을 것 같은데 말이야."

"어디까지나 믿음직한 등이라는 의미에서…… 어, 언니, 무슨 소리를 하는 거예요?!"

"네가 멋대로 자폭한 것 같은데?"

곧 멜트가 깨어나면서 가벼운 소동이 일어났지만, 리펠 공주의 몸에서 나온 마석을 보고 납득했는지 순순히 나를 향해 고개를 숙였다.

처음 만났을 때부터 인상이 좋지는 않았지만, 그는 근위기사로서, 그리고 리펠 공주를 순수하게 걱정하는 마음 때문에 이런 행동을 취했다는 것을 알기에 딱히 화가 나지는 않았다.

리스가 몰래 귓속말로 알려준 정보에 따르면, 리펠 공주와 멜트는 소꿉친구이며 서로를 좋아하는 것 같지만, 신분 차이 때문에 복잡한 관계인 것 같았다.

멜트는 낮은 신분의 하급 귀족이지만, 지금은 공주의 근위기사 자리까지 올라왔다. 그것은 리펠 공주를 사랑하기에 여기까지 올라올 수 있었던 것이리라.

몸이 어린애인 내가 할 말은 아니지만, 젊음이란 정말 좋은 것이라는 생각이 들었다.

이렇게 리스의 근심거리는 사라진 후, 우리는 세니아가 끓여준 홍차를 마셨다. 비공식적이라고는 해도 자신을 구해준 답례를 하고 싶다고 리펠 공주는 말했지만, 나는 사양했다.

"리스가 신세를 지고 있으니, 답례를 하지 않으면 내 직성이 풀리지 않을 것 같아. 뭐든 괜찮으니 원하는 게 있으면 말해봐."

"지금은 딱히 필요한 게 없군요. 그것보다, 리스에 관해서 좀 물어볼 게 있습니다."

"뭐? 그런 건 리스 본인에게 물어보면 되잖아."

"내용이 내용인지라, 가족인 리펠 님 앞에서 물어보고 싶습니다. 무례라는 걸 알면서 묻겠습니다만, 어째서 리스의 존재가 은폐되고 있는 거죠?"

세간에는 왕에게 딸이라고는 리펠 공주 한 명밖에 없는 것으로 알려져 있다.

하지만 본인을 비롯해 리펠 공주도 인정하는 또 한 명의 딸이 존재하는 것이다.

원래 리스가 누구든 개의치 않을 작정이었지만, 왕족이라면 마법 이외에도 가르쳐두고 싶은 게 있다.

아무튼 앞으로의 교육방침을 고려해 그녀의 주변 사정에 대해 자세히 알아두고 싶었다.

하지만 내 질문은 리펠 공주뿐만 아니라 세니아와 멜트의 표정도 굳혔으며, 방금까지만 해도 온화하던 분위기가 순식간에 긴장으로 가득 찼다. 남매는 내 등 뒤를 지키려는 것처럼 이동했지만, 리스는 난처한 표정으로 우왕좌왕했다.

그런 팽팽한 긴장감은 한동안 지속되었으며, 이 균형을 무너뜨린 이는 바로 리펠 공주였다.

"세니아. 멜트. 경계심을 풀어."

"예."

"공주님, 그래도 괜찮을까요?"

"리스가 이렇게까지 마음을 허락한 아이들이잖아. 언젠가 이야기해버릴지도 모르는데다, 이 애들에게는 알려줘도 괜찮을 거라고 생각해."

"언니, 저도 더는 숨기고 싶지 않아요."

"들었지? 다른 사람에게 이야기하지 않겠다고 약속해준다면 가르쳐줄게."

"약속하죠. 저는 리스에 대해 알고 싶을 뿐이니까요."

솔직하게 말해, 왕족과는 가능하면 얽히고 싶지 않지만, 그 왕족이 리스의 가족이라면 이야기가 달라진다. 그건 그렇고 학교를 졸업하면 리스에게 같이 여행을 다니자고 제안할 생각이었는데, 왕족이라면 어려울 것 같았다.

그럼 하다못해 우리가 사라지기 전에 자신의 몸을 지킬 수 있도록 공격 및 위협용 마법과 호신술 등을 가르쳐두는 편이 좋으리라.

"리스가 공표되지 않은 것은 서자의 자식이라는 이유 이외에도, 어리석은 자들의 간섭을 막기 위해서야. 만약 리스라는 딸이 있다는 게 알려지면, 이 애와 결혼해서 왕족이 되려고 하는 귀족들이 끝도 없이 몰려들 테니까 말이야."

확실히 왕족이 되려 하는 귀족은 많을 것 같았다. 그리고 리스는⋯⋯.

"나는 그런 녀석들을 떨쳐낼 수 있지만, 리스는 속을 가능성이 커. 얼마 전까지 평민으로서 살아왔던 데다, 이렇게 순수하고 상냥한 애니까 어쩔 수 없겠지."

"그래요. 리스는 맛있는 음식에 너무 몰두해서 주위를 살피지 못하곤 하니까요."

"형님의 케이크로 낚으면 바로 따라갈 것 같기는 해."

"으으⋯⋯ 부정을 못하겠어. 하지만 그런 레우스도 마찬가지 아냐?"

"나는 형님이 만든 케이크를 준다면 주저 없이 따라갈 거야!"

"읔?!"

리스가 여러모로 정신적 충격을 받은 것 같았다.

뭐⋯⋯ 리펠 공주의 말대로 리스는 순진해서 잘 속을 것 같기는 하지만, 그 점이 매력적이라고 생각한다.

"아무튼 그런 이유로 리스가 딸이라는 사실을 숨기자고 아버지에게 내가 제안했어. 그리고 리스가 학교를 졸업하면 어떻게 할지 선택하게 하자고 한 거야."

즉, 왕의 딸로서 살 것인지, 아니면 다른 길을 선택해 평민으로서 살 것인지는 리스의 자유라는 건가. 서자도 왕족이니, 정치적으로 이용할 수 있을 텐데…… 리펠 공주는 리스를 진심으로 아끼는 것 같았다.

"형님. 리스 누나를 설득하면, 우리와 같이 가주지 않을까?"

"글쎄."

이 마을에는 리스를 이렇게나 사랑해주는 가족이 있다. 같이 가자고 말해도 바로 결정을 하지는 못할 것이다.

아무튼 그녀의 비밀이 판명됐으니, 겸사겸사 또 하나의 비밀에 대해서도 물어보기로 마음먹었다.

"리스에게는 왕위계승권이 있습니까?"

"있긴 한데…… 내 오빠와 남동생이 있으니까, 로드벨 아저씨가 성에 극대마법이라도 날려서 우리를 몰살시키지 않는 한 리스의 차례는 오지 않을 거야."

"공주님, 농담이라고 해도 그런 불온한 발언은 자제해주십시오."

"아무튼 리스가 왕이 되는 일은 없다고 해도 과언이 아냐. 리스, 너도 그 편이 낫지?"

"아, 예. 원래 흥미가 없었고, 애초에 제가 여왕이 되는 건 절대 무리니까요."

"저도 왕족에게는 흥미가 없으니, 앞으로도 변함없이 리스와 어울릴 수 있을 것 같군요. 잘 부탁해, 리스."

"……응!"

리스는 볼을 붉히면서도 기쁜지 만면에 미소를 지었다.

그리고 홍차를 한 잔 더 마시면서 담소를 나누다보니, 어느새 저녁이 되었기에 우리는 다이아장으로 돌아가기로 했다.

리스는 언니가 걱정되어 남으려 했지만, 리펠 공주가 그녀에게 돌아가라고 했기에 결국 투덜대면서 우리와 함께 마차에 탔다.

"이런 말을 해도 되는 건지 모르겠지만, 이번 일을 통해 리스에 대해 더 알게 되고, 가족 분들과 인사도 나눠서 기뻐요."

"맞아. 하지만 마석이 팔에 박히다니, 리펠 누나도 운이 없네."

이 세상에는 상처가 나면 치료마법을 바로 거는 게 상식이기 때문에, 상처 부위의 위생 상태를 잘 살피지 않는다. 그리고 부상의 원인이 낙마인데다, 돌이나 흙 같은 게 있는 지면에 떨어진다면 이물질이 몸에 들어가는 것도 무리는 아니다.

그러니 레우스의 말대로 운이 없었던…… 거라고 생각하고 싶지만, 마석은 광산 깊숙한 곳이나 땅속 깊은 지층에만 존재한다. 그러니 낙마한 지점에 그게 우연히 굴러다닐 리가 없다.

듣자하니 위생의 중요성을 아는 리스는 도중부터 마법을 사용했다고 한다. 그러니 가장 먼저 리펠 공주에게 치료마법을 건 누군가가 의도적으로 마석을 집어넣어 그녀를 암살하려 했다……고 생각해야 할 것이다.

당연히 리펠 공주도 그 점에 생각이 미쳤으며, 리스에게 자신의 어두운 면을 보여주고 싶지 않기에 돌아가라고 말한 것이리라. 차기 여왕도 고생이 많은 것 같았다.

하지만 걱정할 필요는 없으리라. 오늘 처음 만났지만, 그녀는 소문대로 매우 뛰어난 인물이라는 걸 나는 이해했다. 아마 금방 범인을 찾아내서 제재를 가할 것이다.

"그런데 저녁은 어떻게 할까? 오늘은 일전에 리스가 못 먹었던 로스트비프를 만들까?"

"……정말이야?"

약간 삐친 듯한 표정으로 창밖을 쳐다보던 리스가 로스트비프라는 말에 반응했다. 정말 먹는 것 앞에서는 솔직한 애다.

"하지만 다른 사람은 얼마 전에 먹었잖아? 시리우스 씨가 만드는 건 뭐든 다 맛있으니까, 다른 요리도 괜찮아."

"그 고기는 정말 맛있었으니까, 리스만 먹지 못하는 건 좀 그래요."

"나도 또 먹고 싶다고."

"그럼 스튜도 만들도록 할까. 채소를 잔뜩 넣어서 푹 삶는 거야."

""""찬성!""""

호화로운 마차를 타고 가르간 상회에 돌격해 잭을 놀라게 한 후, 우리는 다이아장으로 돌아가서 저녁을 먹었다.

왕족인 리펠 공주의 저택에서 먹는 식사에 비해 검소하지만, 리스는 양쪽 다 맛있다고 말했다.

"응……. 언니와 같이 밥 먹는 것도 좋지만, 너희와 함께 밥을 먹으니 마음이 차분해져. 언젠가 다 같이 식사를 할 수 있으면 좋겠네……."

"그래. 다 같이 식사를 하면 즐거울 거야. 다음에 언니에게 한 번 이야기해봐."

"나도 그렇게 생각해! 형님, 더 줘!"

"시리우스 님, 저도 더 주세요."

"아, 나도 더 먹을래!"

"직접 퍼먹으라고!"

잘은 모르겠지만, 내가 퍼주면 기뻐하는 것 같았다.

그리고 리스는 남매와 함께 웃고 있는 모습이 잘 어울렸다.

이런저런 일이 있기는 했지만, 우리는 왕족의 골치 아픈 일에 휘말리지 않고 일상으로 돌아왔다. 내일은 어떤 훈련을 할지 고민하면서, 나는 제자들의 접시에 스튜를 담았다.

하지만 이틀 후…… 어찌된 영문인지 나는 리펠 공주를 또 찾아가게 되었다.

리펠 공주가 나한테 볼일이 있는지, 오늘은 나와 리스만 저택에 오라고 한 것이다. 참고로 남매는 지금쯤 다이아장에서 분통을 터뜨리며 개인 훈련을 하고 있으리라.

그리고 현재…… 소파에 앉아 있는 내 맞은편에는 미소를 머금은 리펠 공주가 앉아 있었다.

"시리우스 군, 어서 와. 볼일이 있는 건 난데, 이렇게 와달라고 해서 미안해."

"아뇨. 지위를 생각하면 찾아오기는 힘들 테고, 리펠 님의 경과도 신경 쓰이던 참이니 개의치 마세요. 보아하니 건강해지신 것 같군요. 다행입니다."

예전에는 새파랗게 질려 있던 얼굴에도 혈색이 돌고 있었고, 몸가짐도 단정히 하고 있는 지금 모습은 그야말로 어엿한 공주님이었다.

"응. 덕분에 건강해졌어. 그런데 시리우스 군을 부른 이유 말인데…… 저기, 리스는 잠시 자리를 비워주지 않을래?"

"언니, 수상해요. 대체 무슨 이야기를 하려는 거죠?"

"그런 표정 짓지 마. 좀 어려운 이야기를 하려는 거지, 너한테서 시리우스 군을 빼앗으려는 건 아냐. 자아, 옆방에서 세니아와 과자라도 먹으렴."

"저를 너무 애 취급 하는 것 아닌가요?! 정말…… 언니가 그렇게까지 말하니 자리를 비우기는 하겠지만, 시리우스 군에게 무슨 일이 생기면 화낼 거예요."

"걱정하지 마세요, 리스 님. 그것보다 이틀 전에 에밀리아가 가르쳐준 과자를 만들어봤으니, 리스 님께서도 맛을 봐주셨으면 해요."

"으음…… 어, 어쩔 수 없네."

리스가 침을 삼키면서 세니아와 함께 방을 나가자, 이 방에는 나와 리펠 공주만이 남게 되었고…… 그 순간, 뭔가가 부족하다는 생각이 들었다.

맞다. 왠지 조용하다 했더니, 오늘은 멜트가 없었다.

"그런데…… 근위기사인 멜트 씨는 어디 계신 거죠?"

"멜트는 볼일이 있어서 성에 돌아갔어. 시리우스 군이 있으면 그가 하도 야단법석을 떠니까, 차라리 없는 편이 낫지 않아?"

"그는 근위기사죠? 그럼 지금은 리펠 님을 호위하는 사람이 없는 것 아닌가요?"

"세니아가 있어. 그녀는 내 시종이자 호위이기도 하거든."

"그게 아니라 지금 이 방에는…… 저밖에 없지 않습니까."

그녀는 나에게 암살당할 위험성을 전혀 고려하지 않는 것일까?

딱히 암살을 할 생각은 눈곱만큼도 없지만, 전생의 영향으로 자연스럽게 그런 생각을 하고 말았다. 리펠 공주는 내가 하고 싶은 말이 뭔지 눈치챈 것 같지만, 그녀는 여유로운 미소를 지으며 입을 열었다.

"어머, 시리우스 군은 나를 암살할 생각이야?"

"그런 짓을 하면 리스가 울 것 같으니 하고 싶지 않군요."

"그럼 됐네. 응, 시리우스 군은 정말 뛰어난 인재야. 더 손에 넣고 싶어지는걸."

리펠 공주는 사냥감을 보는 듯한 눈빛을 머금은 순간, 나는 오늘 초대받은 이유를 눈치챘다.

하지만 이제 와서 도망치는 것은 불가능할 것 같으니, 나는 시선을 피하면서 말을 이었다.

"그런데, 저를 부른 이유는 뭐죠?"

"그게 말이지……. 우선 내 몸에서 나온 마석에 대한 이야기부터 할까? 예상대로 나를 암살하기 위해 의도적으로 그걸 내 몸에 집어넣었다는 게 판명됐어."

리펠 공주는 이번 사건의 진상을 담담하게 이야기했다.

마석을 집어넣은 것은 리펠 공주가 낙마한 직후에 치료마법을 건 남자라고 한다. 이것은 내 예상대로였다.

그 남자는 마석에 관해 잘 알지 못했으며, 그저 상사가 환부에 마석을 넣으면 치료가 촉진된다는 이야기를 하며 준 마석을 가지고 있었다고 한다. 그리고 리펠 공주가 부상을 당하자, 그는 상사의 말을 믿고 마석을 환부에 집어넣었다.

본인은 올바른 일을 했다고 생각하고 있었기에 주위 사람들에게 의심을 받지도 않았다.

그리고 그 마석을 건네준 상사는 성에서 마법연구자들을 관리 감독하는 남자였으며, 마석은 매우 고가이기 때문에 돈의 움직임을 쫓다보니 그를 찾아낼 수 있었다.

하지만 체내에서 그게 적출될 거라고는 생각하지 못했는지, 실물을 보여주자 바로 죄를 실토했다.

"내 몸에 마석을 집어넣은 남자는 병에 걸려 면회사절 상태였어. 그리고 조사해보니 상사가 그를 처리했다는 게 판명됐지. 그가 자수할까 싶어 내가 몸 상태가 나빠지기 전에 처분한 것 같아."

"즉, 만악의 근원은 그 상사…… 아니, 차기계승자인 리펠 님을 노린 걸 보면 그의 윗선에 있는 인물이겠군요."

"머리가 좋네. 맞아. 진범은 내 오빠인 디라프 오빠를 섬기는 귀족이었어. 나를 죽이고 다루기 쉬운 디라프 오빠를 왕으로 만들 생각이었던 것 같아."

그리고 그 귀족은 여성을 가볍게 여기는 남자이며 여왕이 엘리시온의 정점에 서는 것은 말이 안 된다며 폭주한 결과, 이런 일을 벌였다고 한다.

"······어린애군요."

"응. 맞아. 그리고 그 남자의 저택을 조사해보니 증거가 잔뜩 나왔거든? 그래서 바로 잡아서 유폐시켰어. 극형을 면하기는 힘들겠지만, 그래도 일단 귀족이니 병사(病死)로 위장해 몰래 처리당하겠지."

암살을 꾸민 자가 도리어 암살을 당한다. 이런 걸 두고 인과응보라고 할 것이다.

이야기를 끝낸 리펠 공주는 잘난 체 하는 미소를 짓고 있었다.

······나 보라고 저런 미소를 짓는 걸까?

확실히 이틀 만에 진범을 찾아내 문제를 해결한 능력은 대단했다.

"저기······ 질문이 하나 있습니다. 왜 저에게 이런 이야기를 해주는 거죠? 제가 리펠 님을 치료하기는 했지만, 저는 이 일과 아무런 상관이 없습니다만······."

"시리우스 군 덕분에 진상이 밝혀졌으니 너도 알 권리가 있어. 그리고 이제부터 하는 이야기가 본론인데······."

······이럴 줄 알았다.

자신의 능력을 드러내고 왕족의 비밀을 공유함으로서 도망칠 구멍을 막기에, 리펠 공주가 뭘 노리는지는 이미 이해했다.

내가 마음속으로 한숨을 내쉬며 그녀의 말을 기다리자, 리펠 공주는 나를 향해 손을 내밀면서 말했다.

"시리우스 군…… 아니, 시리우스. 당신을 부른 건 권유를 하기 위해서야. 학교를 졸업하고 나면 내 밑에 일하지 않을래?"

예상대로다.

독자적인 마법을 지녔을 뿐만 아니라, 리스를 지금 수준으로 단련시킨 나를 높게 평가한 것이리라.

리스를 통해 계속 친분을 다지다 보면 언젠가는 이런 날이 올 거라고 생각했지만, 설마 한 번 만났을 뿐인데 나를 자신의 편으로 끌어들인다는 결단을 내렸을 줄은 몰랐다. 그릇이 크다고 할까, 두려움을 모른다고 할까…….

"……제 입으로 이런 말을 하는 것도 좀 그렇습니다만, 저는 평민일 뿐만 아니라 매우 수상한 존재예요. 그런 자를 곁에 둬도 괜찮겠습니까?"

"확실히 당신의 능력은 어린애 같지 않을 정도로 뛰어나고, 무척 수상쩍어. 하지만 리스와 두 시종을 보면 당신의 사람됨을 알 수 있어. 그 세 사람이 순수하게 신뢰하는 당신이 악인일 리가 없다……고 생각해."

"제자들에게 있어서만 그런 겁니다. 솔직하게 말해, 저는 적에게 인정사정 봐주지 않는다고요."

"내가 원하는 게 바로 그런 인재야. 상냥하기만 해서는 소중한 이를 지킬 수 없고, 강한 힘이라는 건 무슨 일이 있어도 필요하게 되지. 당신은 그 점을 이해하고 있기 때문에, 나도 곁에 두고 싶은 거야."

리펠 공주는 내가 어린애라고 얕보고 있지 않았다. 한 명의 남자로서 높게 사고 있는 것 같았다. 그래서 나에 대한 호칭을 바꾼 것이리라.

하지만 나는 이 세상을 돌아다니면서 다양한 것들을 보고 싶기에, 지금은 누구도 섬길 생각이 없다.

"저 같은 평민에게는 과분한 이야기입니다만, 저는 졸업하면 여행을 할 생각입니다. 그리고 저에게는 에밀리아와 레우스가 있죠."

"어머, 에밀리아와 레우스도 내 곁에 둘 거야. 세니아도 인정할 정도의 기술을 지닌 것 같으니까 말이야. 원한다면 리스를 당신한테 줄 수도 있어."

"여동생을 덤이라는 듯이 다른 사람한테 주지 마세요. 그리고 저는 평민인데다, 본인의 의지를 무시하는 건 좀⋯⋯."

"과연 그럴까? 그 애는 당신한테 마음이 있는 것 같고, 당신이라면 그 애를 행복하게 해줄 거라고 생각해."

"매우 매력적인 이야기군요. 하지만 사양하겠습니다."

내가 뜻을 꺾지 않자, 리펠 공주는 체념하듯 작게 한숨을 내쉬었다.

설마 여동생까지 주겠다는 소리를 할 줄은 몰랐지만, 본인의 뜻을 확인해보고 그런 소리를 했으면 좋겠다.

"하아⋯⋯ 당신 같은 인재를 놓치고 싶지는 않아. 이번에는 포기하겠지만, 나는 한 번 노린 사냥감을 쉽게 포기하지 않아. 이 세상을 여행한 다음에라도 또 권유할 거니까 각오해둬."

"몇 년 후일지 모르는데요?"

"상관없어. 그리고 나는 언젠가 이 나라의 여왕이 되어서, 엘리시온을 더욱 크게 만들 거야. 어쩌면 당신이 나한테 고용해달라고 사정할 정도로 말이야."

포기는 고사하고 오히려 투지를 불태우고 있었다.

알게 된지 며칠 되지는 않았지만, 선한 면과 악한 면을 겸비한 유연한 사고력을 지녔고, 남들의 위에 설 자질 또한 겸비한 사람이다. 방금 말한 것처럼 엘리시온을 더욱 발전시킬 수도 있을 것 같았다.

전생에는 뒷 세계의 일을 많이 했고, 조직 안에서는 파트너의 부하라는 직함을 가지고 있었기에, 누군가의 밑에 들어가는 것을 싫어하지는 않는다.

그래…… 장래에는 그녀의 밑에서 일해보는 것도 나쁘지 않을 것 같았다.

하지만 그것은 나중의 일이다. 일단 지금은 어디까지나 리스의 언니로서 평범하게 우호를 다져두면 될 것이다.

내가 들고 온 나무 상자를 꺼내서 테이블 위에 두자, 리펠 공주는 흥미롭다는 듯이 그것을 쳐다보았다.

"전에는 빈손으로 왔지만, 이번에는 병문안을 겸해서 온 것인지라 먹을 것을 가져왔습니다."

"어머, 그럴 필요는 없는데 말이야. 하지만 네가 준비해온 거라니 기대가 되네."

"리스에게서 별 무리 없이 식사를 하실 수 있다고 들었기에,

케이크를 만들어왔습니다."

"케이크?!"

학교에서 배운 냉각 마법진이 그려진 나무 상자에는 치즈 케이크가 들어 있었다. 리펠 공주는 그것을 보더니 눈을 반짝였다.

과거에 리스에게 가족과 나눠먹으라면서 케이크를 준 적이 있으니, 리펠 공주는 내 케이크를 먹는 게 이번이 처음은 아니다.

"이렇게 크다니…… 꿈만 같아. 처음 보는 케이크인데, 어떤 맛이야?"

"이걸 처음 보나요?"

"쇼트케이크라는 건 먹어본 적이 있지만, 이 케이크는 처음 봐."

"리스에게 가족과 나눠먹으라면서 이 케이크를 준 적이 몇 번이나 있습니다만……."

리스는 식탐이 심하다. 특히 치즈 케이크는 리스가 가장 좋아하는 음식이니, 혼자서 몰래 다 먹었을 가능성은 충분히 있었다.

나와 같은 생각을 하고 있는 듯한 리펠 공주의 몸에서 정체불명의 마력이 뿜어져 나왔다. 이건 분노군.

"그렇구나……. 그 애와 이야기를 나눠볼 필요가 있을 것 같네."

……먹을 것에서 비롯된 원한은 무시무시하다. 특히 여자는 달콤한 음식에 더 집착하는 것이다.

이번에는 리스의 자업자득이기에, 나는 조용히 명복을 빌어줬다.

리펠 공주는 나에게 더는 볼일이 없는 것 같았다.

그리고 리스가 꾸중 받을 순간이 시시각각 다가오는 가운데…… 그 일은 느닷없이 일어났다.

"리펠 님, 큰일 났습니다!"

내가 케이크를 자르려던 순간, 세니아가 허둥지둥 방에 뛰어 들어왔다. 뛰어난 시종인 그녀가 주인의 방에 노크도 하지 않고 뛰어 들어온 걸 보면, 비상사태가 발생한 것 같았다.

케이크를 보며 황홀한 표정을 짓고 있던 리펠 공주는 세니아의 반응을 보더니 진지한 표정을 지었다.

"무슨 일이야?"

"잠시 귀 좀 빌리겠습니다. 실은 리스 님께서……."

세니아는 제대로 사죄도 하지 않은 채 리펠 공주의 귓가에 입을 댔다.

외부인인 나는 계속 케이크를 자르고 있었지만, 리스라는 단어가 들리자 청력을 강화해서 이야기를 엿들었다.

그리고…… 내용을 들은 순간, 나는 '서치'를 발동시켰다.

"뭐?! 가짜일 가능성은 없는 거야?"

"왕의 표식이 새겨져 있으니 진짜일 겁니다. 그러니 위험하지는 않겠지만……."

갑자기 표정을 굳힌 리펠 공주는 내가 이 방에 있다는 사실을 눈치챘는지, 표정을 풀면서 고개를 들었다.

"시리우스. 미안하지만 급한 볼일이 생겼으니, 오늘은 이만 돌아가……."

"그건 리스가 이 저택을 나간 것과 연관이 있습니까?"

그렇다. ……리스의 반응이 이 저택에서 느껴지지 않았다.

리펠 공주는 애 말을 듣고 놀라더니, 곧 진지한 표정을 지으며 날카로운 눈길로 나를 쳐다보았다.

"이건 왕족의 문제야. 평민인 당신이 함부로 끼어들어도 되는 문제가 아냐."

"리스가 저택을 나간 건 리펠 님이 당황할 정도의 상대…… 즉, 오라버니나 아버님…… 왕 때문일 가능성이 큰 것 같군요."

아까부터 '서치'로 계속 쫓고 있지만, 저택을 나간 리스는 성 쪽으로 향하고 있는 것 같았다.

그리고 리펠 공주가 아무 말도 하지 않는 것을 보면, 내 예상 은 틀리지 않은 것 같았다.

"……나도 감싸주는 데는 한도가 있어. 그러니 더 관여했다간 원래 생활로 돌아가지 못할 거야."

"그래도 가만히 있을 수는 없습니다. 리스는 저의 제자니까요."

"당신은 평민이며, 사제 관계 또한 결국 구두약속으로 맺은 거잖아? 왕족을 적으로 돌릴 셈이야?"

"리스가 진심으로 납득을 한 거라면 몰라도, 그렇지 않다면 그 누구를 적으로 돌리는 한이 있더라도 저는 리스의 편에 설 겁니다."

"그건 사제관계라고 할 수 없을 것 같네. 실은 그 애를 사랑…… 하는 거 아냐?"

"판단은 리펠 님에게 맡기죠. 아무튼 저는 리스의 스승으로서, 그리고 한 명의 남자로서 지키기로 마음먹은 여성을 지키고 싶은 뿐입니다."

전생의 기억을 통해 효율적으로 단련한 나는 나이에 비해 상당히 강하다. 그러니 그만큼 이상과 목표를 높게 가지고 싶다.

좀 비겁한 발언일지도 모르지만, 내가 주저 없이 한 말을 들은 리펠 공주가 쓴웃음을 지었다.

"리스를 사랑하기 때문에 이러는 거라고 말해줬으면 좋겠지만…… 당신의 각오는 이해했어."

"리펠 님에게 전해졌다니 다행이군요. 하지만 리펠 님도 각오를 하신 것 같습니다만?"

"당연하잖아. 남자 가족 투성이인 나에게 겨우 생긴 여동생이란 말이야. 솔직하고 귀여운 애지……. 여왕이 되면 내 전속 주치의로 삼아서 곁에 둘 생각이었어. 뭐, 그건 리스가 당신을 만나기 전의 이야기지만 말이야."

리스는 나와 만나기 전까지 자신감을 가지지 못한 채 남들에게 휘둘리기만 하는 여자애였다. 하지만 물을 이용한 치료마법이 뛰어났기에, 리펠 공주는 여동생을 그런 식으로 지킬 생각이었으리라.

과거를 회상하는 듯한 눈빛을 띄며 그렇게 말한 리펠 공주는 각오를 다진 것처럼 나를 쳐다보았다.

"하지만 이번에는 당신이 도울 수 있는 일이 없을 거야. 하지만 이 말만으로는 납득하지 못할 테니 상황은 설명해줄게."

"감사합니다. 조금이라도 정보를 손에 넣을 수 있다면 충분하니까요."

"리펠 님, 정말 괜찮겠습니까?"

"이렇게라도 안 하면 시리우스는 돌아가지 않을 테고, 아무 설명 없이 멋대로 행동을 취하게 하는 것도 곤란하잖아. 무엇보다, 내가 시리우스의 입장이었다면 내 멱살을 잡아서라도 자초지종을 알아내려고 했을 거야."

"그건…… 동감입니다. 이런 상황이 아니었다면 저도 리스 님을 쫓아 성에 돌격했을 테죠."

"그럼 가르쳐줄게. 이번에 리스를 데려간 사람은 당신의 예상대로 엘리시온의 왕인 카디어스야."

"리스의 아버지군요. 하지만 리펠 님이 이렇게 초조해 하는 걸 보면 리스에게 위험이 닥쳐오고 있는 건가요?"

"목숨은 위험하지 않아. 하지만 리스는…… 착하고 감정을 제어하지 못하는 그 애에게 있어서는 잔혹한 일이 벌어지고 있어."

아무래도 리펠 공주도 예상하지 못한 일이 벌어진 것 같았다.

리펠 공주는 한껏 인상을 찡그리면서 이야기를 시작했다.

"그 애가 성에 간 건 어느 귀족과 결혼하기 위해서야."

리펠 공주에게서 자초지종을 들은 후, 다이아장으로 돌아간 나는 남매에게 리스 일을 이야기했다.

"리스 누나가 결혼을 한다고?! 형님, 그게 무슨 소리야?!"

그리고 결혼이라는 말을 들은 레우스가 믿기지 않는다는 듯이 테이블을 내려치며 분노를 터뜨렸다. 에밀리아의 표정 또한 딱딱하게 굳어 있었지만, 그녀는 차분히 레우스의 어깨를 두드리며 달랬다.

"레우스, 진정해. 아직 시리우스 님의 설명이 끝나지 않았잖니."

"아…… 혀, 형님. 미안해."

"괜찮아. 그런데 왜 그렇게까지 화를 내는 거야?"

"그야 정략결혼 같은 거잖아? 리스 누나가 그런 걸 하게 둘 수 없어! 리펠 누나도 왜 말리지 않은 거야?!"

"진정하라고 말했잖니. 리펠 님이 리스가 그러는 걸 허락했을 리가 없어. 아마 그분도 몰랐을 거야."

"아무튼, 리스는 귀족과 결혼을 하기 위해 성에 갔어. 거친 짓을 당하지는 않겠지만, 결혼이 끝날 때까지 성 밖으로 나오지 못하는 것 같아."

'서치'로 조사해보니, 리스는 성 상층부에 있었다. 성 내부이니 그녀의 안전은 확보된 것이라고 해도 과언이 아니다.

"시리우스 님, 왜 이런 일이 벌어진 건가요? 그리고 아무리 왕족이라고 해도 리스는 결혼을 하기에 너무 어리잖아요."

"리스의 나이에는 혼전의식이라는 걸 하는 것 같아. 약혼자와 장래를 약속한 자들, 그리고 친척을 모아서 치르는 의식이지. 이건 나이와 상관없이 할 수 있는 것 같아."

꽤 본격적인 의식이며, 이 의식을 치르면 결혼이 확정된 것이나 마찬가지라고 한다. 본인이 어떻게 생각하든 간에 주위가 그렇게 여기는 것이다.

전생에 비유하면 혼인 신고서에 도장을 찍는 것이나 마찬가지이며, 크면 본격적인 결혼식을 올리는 것이다. 나중에 따로 결혼식을 올릴 거라면 딱히 할 필요가 없다는 생각이 들지만, 귀족들이 친목을 다지는 교류회로서의 의미도 지니는 것 같았다. 하지만 귀족이 아닌 우리에게 있어서는 귀찮은 짓에 불과했다.

"원래 이 의식은 리펠 공주가 올릴 예정이었는데, 이야기를 들은 리스가 자기가 하겠다고 나선 것 같아."

세니아의 이야기에 따르면, 나와 리펠 공주가 이야기를 나누고 있을 때 왕이 절대적으로 신뢰하는 측근이 저택을 찾아왔다고 한다.

리펠 공주가 나와 이야기 중이라 세니아가 그를 상대하고 있을 때, 두 사람의 대화를 몰래 들은 리스가 끼어들어서 언니 대신 자신이 결혼하겠다고 말했다고 한다. 그리고 리스와 측근은 함께 성으로 간 것이다.

"리스……."

가족을 소중하게 여기는 은랑족이기에, 리스의 마음이 이해되는 것이리라. 에밀리아는 매우 복잡한 표정을 지었다.

그리고 리스가 결혼을 하기로 한 상대는 엘리시온에서 꽤 유명한 귀족이라고 한다.

리펠 공주의 말에 따르면 권력이 강한 귀족과 왕족의 관계를 돈독하게 하기 위한, 정략결혼의 표본 같은 것이라고 한다.

항간에 돌고 있는 결혼 이야기는 바로 이것이며, 상대방에게 좋은 인상을 가지고 있지 않은 리펠 공주는 이 혼담을 박살내기 위해 손을 쓰고 있었다고 한다. 하지만 마석 때문에 몸이 나빠진 사이에 혼담이 진행된 것이다.

아직 만회할 기회는 있지만, 리스가 이 이야기를 듣고 끼어들고 만 것이다.

이런 일이 벌어지지 않게 하기 위해 학교에 보낸 것인데……하고 리펠 공주는 말했다. 여동생이 말려들게 한 것을 진심으로 후회하고 있는 것 같았다.

'내가 반드시 저지할 테니까, 시리우스는 리스가 돌아오기만 기다리면 돼.'

설명을 들어보니, 이건 어디까지나 왕족의 문제이기에 내가 관여하지 않았으면 하는 눈치였다. 그리고 리스의 진의도 물어볼 테니, 지금은 가만히 있어달라면서 리펠 공주가 고개까지 숙이며 말하니, 나도 순순히 물러설 수밖에 없었다.

그 후, 리펠 공주는 서둘러 준비를 하고 저택을 나섰으니 아마 지금쯤 성에서 리스와 왕을 설득하고 있으리라. 내가 설명을 마치자, 남매는 완전히 납득하지는 않았지만 다소 진정하기는 한 것 같았다.

"리펠 님이 나서셨으니 별문제는 없겠지만……."

"형님, 우리가 할 수 있는 일은 없을까? 그냥 기다리기만 하는 건 싫어."

"……준비가 필요할 것 같네."

"오오! 형님은 리스 누나를 구할 생각이구나!"

"아니, 약간 달라. 나는 그저 리스의 본심이 듣고 싶은 것뿐이야."

언니를 위해 자신을 희생하려 하는 그 마음은 아름답다고 생각한다.

하지만 리스는 소중한 사람을 위해 앞뒤 가리지 않고 행동할 때가 있다. 실제로 미궁에서 살인귀와 마주쳤을 때도 그런 경향을 보였다고 들었다.

어쩌면 이제 와서 후회하고 있는 건 아닐까…… 하는 생각이 들었다.

나에게 있어서 중요한 것은 리스가 진심으로 그것을 원하느냐, 다.

그래서 그걸 직접 물어보기 위해 리스를 만나러 갈 생각이다. 리펠 공주는 나에게 아무것도 하지 말라고 했지만, 역시 나는 직접 물어보고 싶다.

"성의 경비는 엄중할 테니…… 역시 내일 의식 때 숨어드는 게 좋겠지."

리스가 지금은 자신의 본심을 필사적으로 숨길 가능성이 있으며, 남매가 곁에 있으면 쉽게 본심을 털어놓을지도 모른다. 하지만 남매는 잠입에 익숙하지 않으니 같이 성에 숨어드는 것을 힘들 것이다.

게다가 우리도 준비해야 할 것이 있으며, 리스가 결혼이라는 현실에 직면했을 때 본심을 털어놓을지도 모르니, 내일을 노리기로 했다.

"시리우스 님, 저도 같이 가겠어요."

"나도 갈래! 리스 누나가 어떤 심정인지 알아야만 직성이 풀릴 것 같아!"

"결정됐군……. 일단 말해두겠는데, 결과에 따라서는 왕족의 분노를 사서 쫓기는 처지가 될지도 몰라. 그래도 같이 가겠어?"

"상관없습니다. 설령 임금님과 대립하게 되더라도, 저는 리스의 편에 설 거예요."

"리스 누나는 우리나, 리펠 누나와 같이 웃을 때가 제일 행복해 보인다고!"

두 사람은 힘찬 목소리로 그렇게 말했다. 남매가 친구를 소중히 여기는 상냥한 아이로 자라줘서 정말 기뻤다.

방침을 결정한 후, 우리는 준비를 위해 가르간 상회로 향했다.

《나의 왕자님》

—— 리스 ——

어릴 적…… 어머님이 몇 번이나 읽어준 어떤 책의 이야기를 나는 정말 좋아했다.

'어머님. 이 책을 읽어주세요.'

'리스는 여전히 이 이야기를 좋아하는구나. 먼 옛날…… 어느 나라에 아름다운 공주님과 전설의 검에 선택받은 왕자님이 있었습니다.'

타이틀은 '용의 왕자님'.

어릴 적에 몇 번이나 들은, 흔하디흔한 이야기다.

한 나라의 공주님의 나쁜 용의 저주 때문에 잠에서 깨어나지 못하자, 약혼자인 왕자님은 공주님을 깨우기 위해 전설의 검을 들고 용을 쓰러뜨리러 떠났습니다.

힘든 여행 끝에, 왕자님은 전설의 검으로 용을 퇴치했습니다.

하지만 용을 퇴치해서 공주님의 저주를 풀었지만, 옆 나라의 나쁜 왕자님이 공주님을 납치해서 억지로 결혼을 하려 했습니다.

원치 않는 결혼을 하게 된 공주님이 슬퍼하고 있을 때, 약혼자인 왕자님이 용의 등에 타고 공주님을 구하러 왔습니다.

왕자님에게 지고 마음을 고쳐먹은 용이 왕자님의 동료가 된 거예요.

왕자님은 무사히 공주님을 구했고, 두 사람은 용을 타고 원래 나라로 돌아갔습니다.

그리고 두 사람은 결혼해서 행복하게 살았답니다.

……그런 어린애들이 좋아할 법한 내용이지만, 나는 지금도 이 이야기를 좋아한다.

이 이야기를 들을 때마다, 나한테도 언젠가 용의 등에 타고, 전설의 검을 든 왕자님이 나타나지 않을까…… 하고 생각했다.

하지만…… 그것은 책 속의 이야기에 불과하다.

그걸 이해하게 된 지금도, 나는…….

철이 들었을 즈음, 나에게는 아버님이 없었다.

어머님은 아버님이 먼 곳에 갔다고 했지만, 어쩌면 아버님은 이 세상을 떠난 게 아닐까 하고 나는 생각했다.

하지만 나는 어머님만 있으면 충분했다.

전직 모험가이며, 여자 혼자서 나를 키운 어머님. 그런 어머님의 사랑을 아낌없이 받았기에, 아버님이 없는데도 그다지 쓸쓸하지 않았다.

그리고 내가 열 살이 되었을 때…… 어머님이 병으로 돌아가셨다.

슬픔에 빠져 하루하루를 살다, 그 슬픔이 아물었을 즈음……

한 남성이 나를 찾아왔다.

그 사람은 한 통의 편지를 나에게 건넸다.

그 편지는 엘리시온의 국왕인 카디어스라는 사람이 보낸 것이며, 그 사람이 바로 나의 아버지라고 한다.

어머님이 죽기 전에 보낸 편지로 내 존재를 안 아버님이 나를 가족으로 맞이하고 싶다는 내용이 그 편지에 적혀 있었다.

남은 돈이 얼마 안 되는데다, 어머님이 편지를 보낸 것을 보면 나를 아버님에게 보낼 생각이었다고 여긴 나는 아버님에게 가기로 결심했다.

그 남성의 안내를 받으며 엘리시온에 온 나는 성으로 안내되었고, 처음으로 아버님과 만났다.

하지만 처음 만난 아버님의 인상은…… 차갑기 그지없었다.

담담하게 내 상황을 이야기한 후, 나는 서자라서 왕위계승권이 없는 것이나 마찬가지며, 이 성에서 지낼 거라면 눈에 띄는 행동을 하지 말라고 이야기했다. 마치 지면에 굴러다니는 돌멩이를 보듯 전혀 흥미가 없는 눈길로 나를 계속 쳐다보면서 말이다.

아버님은 매우 용감하고, 믿음직한 등을 가진 사람이라고 어머님이 돌아가시기 전에 가르쳐줬지만…… 이 순간, 믿음직한 아버님이라는 환상은 산산조각 났다.

주위에는 모르는 사람만 잔뜩 있으며, 왕족과 귀족의 예법을 모르는 나는 그저 어찌할 바를 몰랐다.

가족인 아버님은 차갑고, 내 형제라는 사람들은 당혹스러운 눈길로 나를 쳐다보기만 했다.

이 성에서 지내는 게 싫어진 나는 가난한 생활을 해도 좋으니 고향으로 돌아가야겠다는 생각을 하게 됐다.

느닷없이 왕족이 되고 만 나는 이제부터 뭘 어쩌면 좋을까…… 하고 생각하며 방에서 홀로 울고 있을 때, 노크 소리가 들리더니 한 여성이 내 방안으로 들어왔다.

'만나서 반가워. 네가 페어리스지? 나는 리펠이라고 해. 네 언니란다.'

그게…… 나와 언니의 첫 만남이다.

나를 감싸주는 듯한 상냥한 미소를 지은 언니에게 나는 무심코 마음속에 존재하던 불안과 속내를 전부 털어놓았다.

이 성에서 처음으로 의지할 수 있는 사람을 만나, 포옹을 나누며 온기를 느낀 바람에 큰 소리로 울음을 터뜨린 것은 나에게 있어 부끄러운 추억이다.

그리고 우리가 가까워졌을 즈음, 언니는 방 밖에서 대기하고 있던 두 사람을 나에게 소개해줬다.

'처음 뵙겠습니다, 페어리스 님. 저는 리펠 님의 시종인 세니아라고 합니다. 세니아라고 불러주십시오.'

'공주님의 전속 근위기사인 멜트라고 합니다.'

상냥한 토끼 수인인 세니아, 그리고 좀 무서울 때가 있지만 언니를 항상 지켜온 인간족 멜트 씨. 그런 두 사람과 언니에게 보호를 받으면서, 나는 이 성에서의 생활에 익숙해졌다.

하지만 나는 평민 출신인지라, 왕족의 예법과 테이블 매너를 배우느라 고생했다.

언니와 세니아의 도움으로 어찌어찌 익히기는 했지만, 내 마음은 점점 지쳐가기 시작했다. 그런 나를 보다 못한 언니가 어떤 제안을 했다.

'학교에 다녀보지 않을래?'

학교에는 귀족이 있으니 예법을 배울 수 있고, 평민도 있으니 친구가 생길지도 모른다……는 말을 듣고, 나는 입학을 하기로 결심했다.

그리고 언니는 아버님에게 자신의 생각을 전했고, 신분을 숨긴다는 조건으로 아버님에게서 허락을 받아줬다. 그때, 나는 언니에게 정령이 보인다는 이야기를 했다. 어머님 이외의 사람에게 그 사실을 말한 건 처음이었다. 하지만 언니는 못들은 것으로 하겠다면서 계속 숨기라고 말해줬다.

'그리고 정령 같은 건 아무 상관없어. 너는 내 동생…… 그걸로 충분해. 이렇게 중요한 사실을 나에게 말해줘서 정말 고마워.'

그 말을 듣고 감동한 나머지 언니를 꼭 끌어안은 것도 좋은 추억이다.

'학교에서 많은 것을 배우렴. 좀 힘들지도 모르지만, 친구가 생기면 나한테도 소개해주렴.'

그리고 학교에 입학하게 된 나는 룸메이트가 어떤 사람일지 상상하며 지정된 기숙사 방에 가보니…… 아무도 없었다.

저녁 시간이 지난 후에도 룸메이트가 나타나지 않았기에 뭐가 어떻게 된 건지 생각하고 있을 때, 아름다운 은발을 지닌 늑대 수인이 방에 들어왔다.

"만나서 반가워요. 당신이 제 룸메이트인가요?"

"아…… 그, 그래. 나는 페…… 리스라고 해. 너는 이름이 뭐야?"

"제 이름은 에밀리아에요. 보다시피 늑대 수인이죠."

나는 무심코 본명을 입에 담을 뻔했지만, 일단 언니와 함께 짜 뒀던 설정을 이야기했다.

나는 어떤 귀족의 딸이며, 이 학교에는 수행을 하기 위해 입학 했다…… 고 이야기한 것이다. 에밀리아의 아름다운 은발에 마 음이 빼앗긴 나머지, 그녀가 물어보지도 않았는데도 말이다.

아무런 각오도 없이 왕족이 되어 고생만 하고 있는 나와 달리, 에밀리아야야말로 의젓하고 어엿한 귀족 가문 아가씨인 것 같 다는 생각이 들었다.

"그렇다면 제 주인인 시리우스 님과 마찬가지군요."

어? 주인이라는 말은…… 이렇게 예쁘고 예의가 바른 여자애 가 시종인 거야?

내가 놀란 가운데, 에밀리아는 자신의 주인인 시리우스라는 사람이 얼마나 대단한지 계속 이야기했다.

분명 에밀리아는 진심으로 주인을 존경과 신뢰하고 있는 것이 다. 왠지 언니를 섬기는 세니아와 비슷한 것 같았다.

덕분에 나도 이야기를 편하게 할 수 있었고, 어느새 밤늦은 시 간까지 이야기를 나눌 정도로 우리는 친해졌다.

친구가 생겼으니 언니가 안심할 거라고 생각하고 있을 때, 입 학식 당일에 아버님이 나를 성으로 불렀다.

아버님은 여전히 나를 차가운 눈길로 쳐다보며 담담하게 이야기를 계속했다. 아버님이 나를 부른 이유는 내 신분을 숨기라는 말을 해두기 위해서였다.

제대로 시선을 마주치지 않은 채 이야기를 끝내고 내가 돌아가려고 한 순간, 아버님은 나에게 학교생활을 잘할 수 있겠는지 물었다. 그리고 나는 친구가 생겼다고 대답하며 방을 나섰다.

'그러하냐……'

등 뒤에서 들려온 아버님의 목소리가 평소와 다른 것 같은 느낌이 들었다. 하지만 아버님의 차가운 눈길이 싫었기에 빨리 돌아가자는 생각만 했다.

이 나라의 왕인 아버님은 대단한 사람이지만, 왜 나를 저렇게 차가운 눈길로 보는 걸까?

나는…… 태어나지 않는 편이 좋았던 걸까?

그런 생각을 하며 기숙사에 돌아와 보니, 에밀리아도 방에 있었다. 그녀는 나를 걱정하며 입학식 내용을 설명해줬다.

응…… 가라앉아 있을 때가 아냐. 언니 이외에도 이렇게 나를 걱정해주는 사람이 있잖아.

앞으로 학교에서 열심히 생활하자. 그렇게 생각했지만…… 생각만큼 잘 풀리지는 않았다.

왜냐면 내가 들어간 반인 아이온의 학생은 네 속성의 초급마법을 다 쓸 수 있어야만 하는 것이다.

물속성은 특기지만, 불속성은 꽝인 나를 클래스메이트들이 바보 취급했다. 내 험담을 하는 건 참을 수 있지만, 어머님을 바보

취급하는 것은 참을 수 없었다.

날이 갈수록 폭언이 심해졌고, 아무리 열심히 연습을 해도 불 속성의 마법을 쓸 수가 없었다. 언니가 보내준 학교에서 벽에 부딪친 나는 남들 몰래 몇 번이나 울었다.

그리고 결국 에밀리아가 내가 우는 모습을 보고 말았다. 에밀 리아가 나를 걱정하며 무슨 일인지 묻기에 결국 사실대로 털어 놓자, 에밀리아는 고개를 끄덕이면서 이런 제안을 했다.

"그럼 시리우스 님과 상의해보는 건 어떨까요? 그분이라면 좋 은 아이디어를 제시해주실 거예요."

그리고 며칠 후…… 나는 운명의 사람과 만났다.

괴롭기 그지없는 수업이 끝나고, 에밀리아의 안내로 도서관에 간 나는…… 시리우스 군과 만났다.

에밀리아는 항상 대단한 사람이라고 말했지만, 겉보기에는 평 범한 남자애 같아 보였다.

하지만 차분한 분위기와 태도는 공주로서 자신의 소임을 다 하고 있는 언니와 비슷했기에, 도저히 나와 같은 애처럼 보이 지는 않았다.

하지만 그가 진지한 표정으로 읽고 있던 책은 '세계의 요리 대 전집'이었다. 그래서 시리우스 군에 대한 첫 인상은 잘 알 수 없 는 사람이었다.

그리고 에밀리아의 남동생인 레우스 군이 자기소개를 했다. 왠지 장난이 심해 보이는 애지만, 에밀리아와 시리우스 군 앞에 서는 매우 솔직하고 귀여운 아이였다. 나를 누나라고 불러주는 이 애와도 빨리 친해질 수 있을 것 같았다.

그런 식으로 자기소개를 마친 후, 나는 다이아장이라는 이름이 붙은 조그마한 기숙사에 초대되었다.

그곳에서 시리우스 군이 만들었다는 케이크를 맛본 순간……
나는 하늘을 날아다니는 듯한 기분을 맛봤다. 그런 생각이 들 정도로 맛있는 디저트를 먹어본 것은 처음이었다.

이미 만족스러운 기분이 들었지만, 내가 이곳에 온 것은 이 케이크를 먹기 위해서가 아니다.

내가 자초지종을 설명한 다음에 마법을 선보이자, 시리우스 군은 내가 정령을 볼 수 있다는 것을 간단히 간파했다.

알려졌다간 무서운 사람들에게 납치당할 테니 정령이 보인다는 것은 진정으로 믿을 수 있는 사람들에게만 알려줘야 한다……
어머님이 그렇게 말했기에, 나는 쭉 비밀로 해왔다.

그래서 어머님과 언니에게만 가르쳐줬는데…… 이렇게 간단히 간파할 줄이야.

하지만 시리우스 군은 겁먹은 나를 달래줬을 뿐만 아니라, 정령을 다루는 법도 조언해줬다. 그 덕분에 나는 불속성 초급마법을 쓸 수 있게 되었다.

이제 내 문제는 해결됐지만, 원천적인 문제는 내가 소속된 반에 있으니 그쪽도 해결하자고 시리우스 군은 말했다.

시리우스 군은 오늘 처음 만난 나를 향해 이렇게까지 해주는 걸까?

"귀족이나 정령 같은 건 상관없어. 리스는 에밀리아의 친구이고, 우리의 지인이 되었으니까 도와주려는 것뿐이야."

시리우스 군은 언니와 같은 말을 했다.

이 사람은 성에서 봤던 돈이나 명예에 집착하는 이들과 다르다.

에밀리아와 레우스 군이 진심으로 신뢰할 만큼 상냥한 사람이다.

달콤한 말을 하는 상대는 의심하는 편이 좋다고 언니가 말했지만, 시리우스 군은 믿어도 괜찮을 것 같다고…… 나는 무의식적으로 생각했다.

그리고 보통은 시종인 에밀리아와 레우스 군이 시리우스 군의 돌봐야 하지만, 불가사의하게도 시리우스 군은 직접 요리를 해서 두 사람에게 대접했다. 나도 먹어본 적이 있는데, 시리우스 군이 만든 요리는 고향이나 성에서 본 적도 없는 것들이었다.

하지만 전골이라 불리는 요리는 정말 맛있어서, 이러면 안 된다고 생각하면서도 몇 그릇이나 먹었다. 시리우스 군은 그 외에도 다양한 요리를 만들 줄 아는 것 같아, 이런 걸 매일 먹을 수 있는 남매가 좀 부럽다고 생각한 것은 비밀이다.

그리고 교섭 끝에, 나 때문에 드로라고 불리는 시합이 치러지게 됐다.

3대6으로 치러진 시합은 시리우스 군 일행이 압도적으로 불리했지만, 그들은 간단히 승리를 거뒀다.

에밀리아와 레우스 군을 단련시킨 사람이 시리우스 군이라는 이야기는 들었지만, 이렇게 대단할 줄은 몰랐다.

평민인데도 귀족 상대로 한 걸음도 물러서지 않았으며, 그 어떤 난관도 헤쳐 나가는 힘을 지닌 그를 나는 동경했다.

내가 강해지면 언니도 안심할 수 있을 테고…… 나를 도와준 이들을 내가 도와줄 수도 있을 것이다.

그날 저녁, 나는 에밀리아와 레우스 군과 함께 마을에 장을 보러 가다, 두 사람에게 물어봤다.

"저기…… 두 사람은 왜 시리우스 군의 제자가 된 거야?"

"시리우스 님의 제자가 된 이유 말인가요? 으음…… 처음에는 유일한 가족인 레우스를 지키기 위해서였어요. 하지만 지금은 시리우스 님의 곁에 있기 위해서죠."

"나도 누나를 지키기 위해서 시종이 된 거야. 하지만 지금은 형님과 나란히 설 수 있을 만큼 강해지고 싶거든!"

"그렇구나. 그럼 나는 무리……겠네."

"리스 누나는 형님의 제자가 되고 싶은 거야?"

"응. 너희처럼…… 누군가를 도와줄 수 있을 만큼 강해지고 싶어. 하지만 나는 그저 강해지고 싶기만 할 뿐, 두 사람처럼 명확한 이유가 있지는 않으니까……."

"그렇지 않아요."

"하, 하지만 내 이유는 막연한데다, 그저 자기만족일 뿐인데……."

"이유 같은 건 사람마다 다 달라요. 시리우스 님은 누군가의 강한 마음에 부응해주시는 분이세요."

"강한 마음……."

나는 강해지고 싶다. 하지만 정말 그게 다일까?

오랫동안 알고 지낸 것은 아니지만, 에밀리아와 레우스 군은 항상 즐거워보였고, 시리우스 군이 두 사람을 따뜻하게 지켜보는 광경은 보기 좋았다.

그 광경을 떠올린 순간, 나는 진짜 이유가 생각났다.

나는…… 동료가 되고 싶은 것이다.

두 사람과 함께 시리우스 군 밑에서 수련하며, 다 같이 웃고 싶다. 그것은 분명 멋진 광경이리라.

그 사실을 눈치챈 나는 시리우스 군의 제자가 되기로 결심했다.

그리고 뒤풀이가 끝난 후에 그 이야기를 꺼냈고, 나는 시리우스 군…… 아니, 시리우스 씨의 제자가 되었다.

시리우스 씨의 제자가 된 후로는 하루하루가 바쁘고 힘들었다.

괴롭고 힘든 일이 많았지만, 충실한 하루하루를 보낸지라 후회는 하지 않았다.

우선 체력을 다지기 위해 달리기를 시작했는데, 아침부터 근처 산을 한 바퀴 돌아야 된다는 이야기를 들었을 때는 정신이 아득해질 것만 같았다.

솔직히 말해 몇 번이나 포기할 뻔했지만, 에밀리아와 레우스가 격려해줬고 시리우스 씨도 절대 강요는 하지 않았기 때문에, 나는 조금씩 익숙해질 수 있었다.

내가 달리다 넘어지면, 시리우스 씨는 부축해주기 보다는 내가 혼자 일어설 때까지 조용히 기다려줬다. 남들이 보기에는 혹독하고 엄격한 사람 같겠지만, 그것은 자신의 힘으로 일어서는 것이 중요하다는 것을 가르쳐주기 위한 행동이며 우리를 생각해서 일부러 저런다는 것도 자연스럽게 이해했다.

과제를 해내면 칭찬을 해줬고, 훈련이 끝나면 우리 몸을 성심성의를 다해 살펴봐줬으며 부상을 입으면 바로 치료해줬다.

내가 시리우스 씨를 동경하고, 아버지처럼 생각하게 된 것도 바로 이때부터일 것이다.

엄격하지만 상냥하게 지켜봐주고, 따뜻하고 맛있는 음식을 준비해주며, 충분한 지식으로 학교에서 가르쳐주지 않는 것들을 가르쳐줬다.

내가 생각하는 이상적인 아버지가 바로…… 시리우스 씨였다.

처음 훈련을 마쳤을 때, 나보다 어린 시리우스 씨가 머리를 쓰다듬어주자 정말 기뻤다.

동경하는 그의 등을 쫓는 나날은 앞으로도 계속…… 계속…….

……바로 그때, 나는 눈을 떴다.

잠시 눈을 붙였을 뿐인데 이런 꿈을 꾸고 말았다.

역시 미련이 남아 있는 걸까?

하지만…… 이게 현실이다. 눈앞에 있는 거울에는 긴 머리카락을 단정하게 묶고, 아름다운 흰색 드레스 차림인 내가 비치고 있었다.

"정신이 드셨습니까? 피곤해 보이시지만, 곧 의식이 시작될 겁니다."

"괘, 괜찮아요. 좀 긴장해서 잠을 못 잤을 뿐이니까요."

거울을 멍하니 쳐다보고 있는 나에게 말을 건 사람은 쿨러 님이다. 그는 나와 마찬가지로 이번 의식의 주역이자, 미래의 내 결혼 상대다.

나는 오늘…… 이 쿨러 님과 혼전의식을 치른다.

어제…… 언니가 불러서 시리우스 씨와 함께 언니의 저택에 갔더니, 언니는 시리우스 씨와 단둘이서 할 이야기가 있다면서 나를 방에서 쫓아냈다.

두 사람이 신경 쓰였지만, 옆방에서 세니아와 과자를 먹으면서 기다리고 있을 때, 성에서 온 사신이 저택에 도착했다.

"리스 님, 잠시만 기다려주십시오."

뭔가 중요한 이야기가 있는지, 세니아와 그 사신은 다른 방으로 이동했는데…… 나는 세니아의 태도에서 위화감을 느꼈다.

게다가 그 사신은 나를 데리러 고향에 왔던 사람이었기에, 왠지 불길한 느낌이 들었다. 그래서 나는 두 사람의 대화를 엿듣기 위해 방을 나섰다.

복도에서는 실내에서 나누는 이야기를 들을 수 없지만, 벽에 댄 컵에 귀를 맞대니 이야기가 들렸다. 시리우스 씨가 장난삼아 가르쳐줬던 방법이 이렇게 쓰일 거라고는 생각도 못 했다.

나쁜 짓을 한다고 생각하면서 이야기를 듣다보니, 내 마음은 크게 흔들렸다.

"그 이야기는 보류했을 텐데요. 왜 리펠 님에게 확인도 해보지 않고 강행하려 하는 거죠?!"

"이건 이미 결정된 일이며, 서류에는 폐하의 도장이 찍혀 있습니다. 내일, 공주님과 쿨러 님의 결혼식이 열리니, 성으로 와 주십시오."

언니가…… 결혼?

그것은 언니가 중지하기 위해 손을 써서 막았을 텐데…… 어째서?

언니에게는 소꿉친구인 멜트 씨가 있다. 언니에게 매번 휘둘리면서도, 누구보다 언니를 사모하며 근위기사 자리까지 올라온 멜트 씨가 있는 것이다.

나는 잘 어울리는 두 사람을 지켜보는 게 즐거웠다. 언젠가 두 사람이 맺어져서 행복한 가정을 꾸릴 거라고 생각했다.

그러니…….

"잠깐만요!"

정신차려보니…… 나는 방 안에 뛰어 들어가서 언니를 대신해 자신이 결혼하겠다고 말했다.

세니아가 말렸지만, 나를 설득하는 건 무리라고 판단했는지 언니를 부르러 갔다. ……미안해.

언니와 상의하지도 않은데다 기다려달라며 애원하던 세니아를 두고 가려니 가슴이 아팠지만, 나는 사신에게 부탁해서 그대로 성으로 향했다.

처음 이 성에 왔을 때 주어졌던 방에서 기다리고 있으니, 곧 아버님이 나타났다. 아버님은 평소와 마찬가지로 차가운 눈빛을 띠고 있었지만, 왠지 표정이 당황스러워 보이는 건…… 기분 탓일까?

"이야기는 들었다. 왜 나선 거지?"

"아버님이야말로, 언니의 동의도 없이 이런 일을 벌였다면서요?"

"이건 꼭 필요한 일이며, 나라를 위한 일이기 때문이다. 그것보다 너야말로 학교는 어떻게 할 거냐. 결혼을 한다면 더는 학교에 다닐 수 없을 거다."

그건 친구들과 더는 만날 수 없다는 것을 뜻하지만, 그래도 나는…….

"언니를 위해서예요. 저를 구해준 언니가, 행복해졌으면 해요……."

"…………멋대로 하거라."

아버님은 복잡한 표정을 지으면서 방에서 나갔다. 그리고 밖이 어둑어둑해졌을 즈음, 멜트 씨가 방에 와서 상황을 이야기해줬다.

그러고 보니 멜트 씨는 아침부터 이 성에 있었다. 원래는 다른 사람이 할 일이지만, 멜트 씨가 억지를 써서 이렇게 나를 찾아온 것 같았다.

"……페어리스 님. 내일 일정에 대해 보고 드리겠습니다."

멜트 씨는 항상 진지한 표정으로 나를 엄격하게 대하지만, 그는 나에게 있어서 상냥한 오빠 같은 사람이다. 하지만 지금은 괴로운 표정을 지은 채, 뭔가를 참으면서 담담하게 이야기를 했다.

원래는 결혼식을 올릴 예정이었지만, 나는 결혼을 하기에는 너무 어리기 때문에 혼전의식을 치른다고 한다.

그리고 결혼식 전날에 신부가 바뀌는데도 신랑 측은 순순히 받아들였으며, 의식은 예정대로 내일 치러지게 된 것 같았다.

그들은 상대가 왕족이기만 하면 되는 걸지도 모른다. 얼마 전까지 평민이었다고는 해도, 나는 엄연히 아버님의 딸이니까 말이다.

나를 절망에서 구해준 언니에게 도움이 될 수 있다면…… 나는 그걸로 충분하다고 생각한다.

그리고 언니가 혼전의식을 중지시키기 위해 이 성에 왔지만, 아버지와 다투고 성에서 좀 떨어진 곳에 있는 요양소에 억지로 보내졌다고 한다.

심한 짓일지도 모르지만, 언니는 몸이 나은지 얼마 안 된 데다 이제 나를 도와줄 사람이 없다는 게 확정되었기에 각오를 다질 수 있었다.

언니…… 마음만으로도 충분해요. 언니만이라도 좋아하는 사람과 맺어지세요.

보고를 끝낸 멜트 씨는 방을 나서려다, 나를 돌아보며 말했다.

"근위기사로서 이런 말을 하면 안 될지도 모르지만…… 이 말만은 드려야겠습니다. 공주님께서는 결코 이런 일을 원하시지 않을 겁니다. 재고해주실 수는 없으신지요."

"죄송해요, 멜트 씨. 이미 결심했어요. 그리고…… 이제 와서 돌이킬 수는 없어요."

"……알았습니다."

멜트 씨도 돌이킬 수 없다는 걸 알고 있으면서도, 이 말을 할 수밖에 없었던 걸지도 모른다.

"그래도 고마워요, 멜트 씨. 언젠가 당신을 형부라고 부를 수 있도록, 언니와 행복해지세요."

밤이 깊었는데도…… 나는 잠을 잘 수가 없었다.

커다란 침대에 누운 채, 나는 창 너머에 존재하는 달을 응시했다.

이 상황은 처음 성에 왔을 때와 같다. 그때는 언니가 와줬지만, 이번에는 올 수 있을 리가 없다.

하지만 그때와 달리 나는 성장했으니 참을 수 있다.

그렇다……. 나만 참으면 된다.

학교에는 못 가겠지만, 친구들과 두 번 다시 못 만나게 된 것은 아니다.

그러니…… 괜찮다.

그렇게 되뇌지만 졸음은 몰려오지 않았다. 나는 그저 멍하니 달을 바라보기만 했다.

그리고 나는 지금 이곳에 있다.

지금 나는 에밀리아가 말했던 웨딩드레스 같은 것을 입고 있었다.

노엘 씨라는 사람이 이 의상을 입었을 때는 정말 행복해보였다던데, 나는 전혀 기쁘지 않다.

"그럼 페어리스 님, 가시죠."

"예."

쿨러 님은 올해로 열여덟 살이며, 여성에게 매우 사랑받을 듯한 외모를 지닌 사람이다. 능력이 뛰어날 뿐만 아니라, 쿨러 님의 아버지는 엘리시온에 크게 공헌해온 유력 귀족 중 한 명이라고 한다.

쿨러 님과는 오늘 처음 만났지만 성실하게 상냥해 보이는 사람이다.

하지만 시리우스 씨와 레우스의 눈빛을 봐온 나는 알 수 있다.

그의 눈동자 깊은 곳에 망설임이 존재하고, 인형처럼 딱딱한 미소를 짓고 있었다. 그래서 나는 쿨러 님과 거의 눈을 맞추지 않았다. 하지만 곧 식이 시작되니, 나는 쿨러 님에게 이끌려 식장으로 이동했다.

"이 의식의 주역인 쿨러 님과 폐하의 따님인 페어리스 님께서 입장하십니다."

화려하게 꾸며진 식장에 들어선 순간, 엄청난 박수 소리와 수많은 시선이 날아온 탓에 나는 몸을 부르르 떨었다. 아무래도 내 정체는 사전에 알려졌는지, 딱히 불만을 표하는 이는 없었다.

그런 모르는 사람들 사이에 아버님이 앉아 있었지만, 아버님의 시선은 여전히 차가웠다.

오십 명이 넘는 이들이 모인 이 식장 안에 들어선 나와 쿨러 님은 단상에 설치된 의자에 착석했다. 그리고 풍채가 좋은 아저씨가 앞에 나서서 이 자리에 있는 이들 전원에게 들릴 듯한 목소리로 연설을 시작했다.

"저희 일족과 왕족이 맺어지는 이 의식에 많은 분들이 모여주셔서……."

그리고 많은 이들이 앞으로 나서서 연설을 했지만, 나는 그들의 말에 귀를 기울이지 않은 채 멍하니 식장 전체를 둘러보기만 했다.

이 세상이 색깔을 잃은 것처럼, 마치 나만 회색을 띤 세계에 있는 듯한 기분이 들었다.

풍채가 좋은 사람들과 테이블 위에 놓인 형형색색의 요리.

그리고 급사로 보이는 이들이 식장 안을 바쁘게 돌아다니고 있었다.

그런 와중에, 나는 키가 작고 검은 머리카락을 지닌 급사에게 자연스럽게 시선이 향했다. 다른 사람들에 비해 키가 작기도 했지만, 그 움직임이 왠지 눈에 익었…….

"……에밀리아?"

머리카락이 검고, 헤드 드레스로 귀를 감추기는 했지만, 저 급사는 에밀리아가 틀림없다.

내 시선을 눈치챈 그녀는 웃으면서 나를 향해 손을 흔들었다.

"와줬……구나."

변장을 하면서까지 와주다니…… 정말 기쁘다.

회색으로 물들었던 세계가 갑자기 빛나기 시작했다.

에밀리아가 이곳에 있다는 것은 시리우스 씨와 레우스도 근처에 있다는 것이니까 말이다. 나는 식장을 둘러보면서 그 두 사람을 찾았다.

그리고 곧 변장을 한 레우스도 발견했다. 레우스는 키가 크기 때문에 어른 사이에 섞여 있어도 위화감이 없었다. 에밀리아와 마찬가지로 머리카락을 물들인 그는 와인 잔이 놓인 쟁반을 한 손에 든 채 돌아다니고 있었다.

항상 활발하던 레우스가 저러고 있으니 왠지 웃기다는 생각이 들었다.

마음이 편해진 내가 무심코 입가에 미소를 머금자, 옆에 앉아 있던 쿨러 님이 자리에서 일어나며 식장에 있는 이들에게 말을 건넸다.

"여러분, 제가 에버리티 가문의 차기 당주인 쿨러입니다. 저는 오늘 밤, 옆에 계신 페어리스 님과 맺어지며 엘리시온을……."

큰 목소리로 연설을 하는 쿨러 님이 보면서, 나는 현실을 떠올렸다.

분명 저 세 사람을 나를 구하러 온 것이다. 그건 기쁘지만, 나는 그들의 도움을 바라지 않는다.

게다가 나를 구했다간, 저 세 사람은 죄인이 되어 아버님과 귀족들에게 쫓기게 된다.

시리우스 씨가 나를 위해 쫓기는 몸이 되어도 상관없다고 말해줬을 때는 기뻤지만, 내 탓에 그가 그렇게 되는 것은 역시 싫다.

그러니 부탁이다. 더는…… 내 결의를 흐트러뜨리지 말아줬으면 좋겠다.

"이 자리에 계신 여러분, 이것을 봐주십시오."

쿨러 님의 연설이 끝나자, 천이 덮여 있던 커다란 무언가에 사람들의 시선이 쏠렸다. 그리고 천이 걷어지자, 내 키만 한 케이크가 모습을 드러냈다.

"이것은 현재 다양한 분야에서 활약 중인 가르간 상회에서 보내온 축하 선물입니다. 맛뿐만 아니라 이 멋진 장식은 오늘 이 자리에 어울린다고 생각합니다."

멋지다……. 평소 보는 케이크보다 몇 배는 크고, 크림이 아름답게 케이크를 꾸미고 있었다.

나는 알 수 있다. 이것은 귀족이 준비한 화려하기만 하고 맛이 없는 케이크가 아니라, 시리우스 씨가 정성들여 만든 케이크라는 사실을 말이다. 애초에 이렇게 멋진 케이크를 만들 수 있는 사람은 시리우스 씨뿐이다. 나를 위해 만들어준 걸까?

이틀 전의 나라면 진심으로 기뻐했겠지만 지금은 공허했다.

그리고 나는 이렇게 큰 케이크를 원치 않는다.

조그마한 케이크를 넷이서 나누고, 누구 몫이 더 큰지를 가지고 다투며, 보다 못한 시리우스 씨가 자기 몫을 우리에게 나눠준다. 그리고 다 같이 사이좋게 먹을 때가…… 가장 기쁘니까 말이다.

아아…… 무리다.

열심히 참았는데, 표정에 드러내면 안 되는데, 내 눈에서 눈물이 흘러내렸다.

그 순간, 몸에서 힘이 빠지더니, 의자에서 미끄러지면서 그대로 바닥에 주저앉았다.

일어서야 해……. 그렇게 생각하면서도 몸에 힘이 들어가지 않았고, 눈물이…… 쉴 새 없이 흘러나왔다.

왜냐면…… 왜냐면…….

이 의식이 끝나면, 그 즐거웠던 나날이 두 번 다시…… 돌아오지 않을 것이다.

"…………싫어……."

『알았어. 뒷일은 나한테 맡겨.』

갑자기 머릿속에서 그런 소리가 울려 퍼졌기에, 내가 눈물을 닦는 것도 깜빡하며 고개를 들어보니…… 식장의 분위기가 순식간에 변했다.

"뭐, 뭐야?!"

"어이, 뭐가 어떻게 된 거냐?!"

"병사를 불러라! 비상사태다!"

넓은 식장은 어느새 안개로 뒤덮여서 시야가 완전히 가려졌다. 마법으로 만들어낸 마법 같은데, 나는 마법을 쓴 적이 없다.

물의 정령에게 부탁해서 내 시야를 확보하자, 식장 중심에 떨어져 있는 무언가가 안개를 발생시키는 광경이 눈에 보였다.

저건…… 돌? 이런 안개를 만들어내는 걸 보면, '아쿠아 미스

트'의 마법진이 저 돌에 새겨진 것 같았다.

"페어리스 님! 저한테서 떨어지지 마십시오!"

바로 그때, 쿨러 님이 나를 향해 손을 뻗었기에, 나는 반사적으로 몸을 움츠리며 그 손을 피했다.

"왜, 왜 그러십니까? 접니다. 당신의 결혼 상대인 쿨러예요."

"죄송해요! 하지만 저는……."

"역시 당신도 불안한 거군요. 하지만 잘 생각해보십시오. 이건 제 아버님과 폐하께서 결정한 일이며, 이건 전부 엘리시온을 위해……."

"그럼! 쿨러 님은 왜 그런 눈빛을 띠고 있는 거죠?"

나는 더 이상 참을 수가 없었다.

방금 들린 목소리와 이 소동에 감화된 건지, 나는 본심을 숨길 수가 없었다. 지금은 그저 인형 같은 쿨러 님의 눈이 무서웠다.

"저, 저는 엘리시온을 더욱 풍족하게 만들고 싶을 뿐……."

"거짓말로 덧칠된 말로 여성을 유혹하다니, 실망인걸."

그 느닷없는 목소리를 듣고 등 뒤를 돌아보니, 흰색 가면과 로브를 착용한 사람이 서 있었다.

"누, 누구냐?!"

"……이 애를 납치하러 온 자다."

얼굴은 보이지 않지만, 누구인지 금방 눈치챘다.

나를 따뜻하게 지켜봐주던 그 상냥한 사람의 목소리를 잘못 들을 리가 없는 것이다.

"즉, 이 소동도 당신의 짓인 거군요. 신성한 의식을 방해한 걸로 모자라, 그녀를 납치해서 뭘 하려는 거죠?!"

"억지로 하는 정략결혼이 진짜로 신성하다고 생각하는 거야?"

"뭐?!"

"충고를 해주지. 쿨러 에버리티……. 너는 정말로 괜찮은 것
이냐? 너를 누구보다 생각해주고, 사랑해주는 여성을 두고 이런
곳에서 뭘 하고 있는 거지?"

"닥쳐라! 내가 에버리티 가문의 차기 당주로서, 어떤 각오로
이 자리에……."

"부모의 명령대로 움직일 줄만 아는 남자가 함부로 각오라는
말을 들먹이지 마라. 잘 들어라. 너는 결코 부모의 인형이 아니
다. 한 여성을 사랑하는 평범한 남자에 지나지 않아."

"아, 아무 상관없는 녀석이 잘난 척하듯 그딴 소리를 지껄이
지 마라! 나는…… 나는…… 인형이 아냐!"

"자기 의견을 말할 줄 아는 구나. 다음에는 부모 앞에서 그 말
을 해라."

"다음…… 커억?!"

가면을 쓴 자는 동요한 틈을 이용해 순식간에 접근하더니, 쿨
러 님의 복부에 주먹을 꽂아서 기절시켰다.

그리고 쿨러 님을 천천히 바닥에 눕힌 후, 망연자실한 나를 돌
아보며 손을 내밀었다.

"페어리스 공주님. 마중 왔습니다."

"시리…… 으읍."

"그 이름은 나중에 입에 담아 주시길."

내가 무심코 이름을 말하려 하자, 시리우스가 손으로 내 입을 막았다.

의식을 엉망진창이 됐지만, 나는 이 상황이 너무 즐거웠다.

하지만…… 역시 안 된다.

"……와줘서 정말 기뻐. 하지만 내가 남아서 식을 치르지 않으면, 결국 나 대신 언니가……."

"그 언니가 너를 납치해달라고 부탁했어. 물론 의뢰를 받지 않았더라도 왔을 거지만 말이야."

언니의…… 의뢰?

하지만 언니는 성에서 좀 떨어진 곳에 있는 요양소로 보내졌는데, 대체 어떻게 의뢰를 한 거지?

"어젯밤 늦게 토끼 수인이 나를 찾아와서 의뢰를 했어. 혼전 의식을 치르는 리스를 납치해달라고 말이야."

"언니…… 세니아……."

"그리고 네 언니가 이 말을 전해달라고 했어. 어리광 좀 부리라네."

그 말은 항상 머뭇거리며 자신의 의견을 말하지 않는 나에게 언니가 몇 번이나 했던 말이다.

이런 상황에서 그 말을 들으면, 나…….

"어리광…… 부려도 돼?"

"물론이지. 언니를 위해서라고 해도, 자기 자신에게 거짓말을 할 필요는 없어. 좀 더 솔직하게 언니와 우리에게 기대."

"그렇……구나."

"그러니 빨리 돌아가자. 저 웨딩케이크만한 건 무리지만, 다음에 커다란 케이크를 구워줄 테니까, 네 언니도 불러서 다 같이 먹자."

"……응!"

지금 내가 부리고 싶은 억지는 바로 내가 사랑하는 이들의 곁으로 돌아가는 것이다.

하고 싶은 일은, 다 같이 밥과 케이크를 먹는 것이다.

그리고 시리우스 씨들과 쭉…….

"나를…… 납치해줘."

가면을 쓴 남자…… 시리우스의 손을 내가 잡자, 그는 나를 상냥하게 에스코트해줬다.

"이익, 아무것도 보이지 않는구나! 누가 바람마법으로 이걸 날려버려라!"

"하, 하고 있습니다! 하지만 몇 번을 날려도 안개가 생겨납니다!"

식장에 있는 사람들이 안개를 어떻게 해보려 했지만, 안개를 발생시키는 마석을 어떻게 하지 않는 한 의미는 없으리라.

시리우스 씨는 소동과 안개를 이용해 도망갈 생각인지, 다른 이들에게 지나치게 다가가지 않도록 조심하면서 식장의 문 쪽으로 향했다.

아버님은…… 처음 위치에서 꼼짝도 하지 않았다. 호위들과 함께 주위에 있는 사람들에게 진정하라고 외치고 있었다.

에밀리아와 레우스의 모습은 보이지 않지만, 시리우스 씨가 아무 말도 하지 않는 걸 보면 아마 괜찮을 것이다.

"자아, 이제 도망치기만 하면 되는데……."

"이곳은 지나갈 수 없다. 그 누구도 식장 밖으로 내보내지 마라!"

"네, 네놈들은 뭐냐! 내가 누구인 줄 알고…… 히익?!"

"그 누구도 식장 밖으로 내보내지 말라는 폐하의 명을 받았다!"

하지만 식장의 문 앞은 이 성의 병사들이 막고 있었으며, 안개 밖으로 도망치려 하는 귀족들을 전부 체포하고 있었다.

어쩌지. 병사들이 문을 막고 있으니 어떻게 탈출해야…….

"성의 병사인 만큼 대응이 빠른걸. 어쩔 수 없지. 작전을 변경해야겠어."

내가 초조해하는 와중에도 시리우스 씨는 차분한 목소리로 그렇게 중얼거리더니, 갑자기 식장의 창문이 부서지는 소리가 울려 퍼졌다.

그리고 창문이 차례차례 깨지더니, 식장 안은 비명과 고함이 울려 퍼지며 더욱 혼란에 빠져들었다.

안개의 영향을 받지 않는 내 눈에는 창문을 향해 마법을 날리는 에밀리아와 레우스의 모습이 보였다. 안개 때문에 잘 보이지 않을 텐데 용케도 마법을 적중시키고 있었다.

그리고 나는 시리우스 씨에게 이끌리며 부서진 창문을 통해 발코니로 빠져나갔다. 오늘은 만월이 떠서 밤인데도 밝았기에, 빛이 없어도 주위가 잘 보였다.

"준비를 할 테니 잠시만 기다려."

시리우스 씨는 그렇게 말하면서 발코니 가장자리에 서더니, 성 밖에 있는 숲을 향해 뭔가를 했다. 이곳은 성의 4층이니 뛰어 내릴 수도 없을 텐데…… 대체 어떻게 도망치려는 거지?

내가 서서히 초조함을 느끼고 있을 때, 안개 안에서 에밀리아 와 레우스가 빠져 나왔다. 두 사람 다 머리카락이 까맸기에 좀 위화감이 느껴졌지만, 그래도 이렇게 만나니 정말 기뻤다.

"에밀…… 다친 곳은 없어?"

"예. 무사해요."

"이 정도는 별거 아냐."

무심코 이름으로 부를 뻔했지만, 지금은 변장을 했으니 본명 을 부르면 안 될 것이다.

폐를 끼친 에밀리아와 레우스에게 무슨 말을 할지 고민하고 있을 때, 두 사람은 내 의상을 보며 미소 지었다.

"리스. 그 드레스, 정말 잘 어울려요."

"응. 엄청 아름다워!"

"……고마워."

아직 아무것도 끝나지 않았지만, 기뻐서 눈물이 날 것만 같았다.

쿨러 님과 이 성의 사람들도 예쁘다고 말해줬지만, 역시 이 두 사람한테 그런 말을 들으니 몇 배는 더 기뻤다.

하지만 아직 안심할 수 있는 상황은 아니다. 시리우스 씨를 다 시 쳐다보니, 갈고리가 달린 뭔가를 던졌고 그것은 공중에 둥둥 떠 있었다.

아, 그렇다. 시리우스 씨는 여기서 '스트링'을 날린 것이다. 즉, 이곳에는 보이지 않는 실이 있고, 거기에 갈고리를 건 것이다.

뒤쪽을 보니 에밀리아와 레우스도 갈고리를 꺼내들었다. 혹시…….

"자아, 이제 도망쳐볼까."

"으음, 여기서 말이야?"

"당연하지. 자아, 꽉 잡아."

높이가 상당하기에 두려움이 일기는 했지만, 시리우스 씨가 나를 안아주자 두려움이 사라졌다.

시리우스 씨가 얼굴이 새빨개진 나에게 '스트링'을 감아서 몸을 밀착시킨 순간…… 우리는 하늘을 갈랐다.

"우, 우와앗!"

우리는 '스트링'을 따라 공중을 미끄러지듯 이동했다.

얼굴에 닿는 바람 때문에 비명을 지를 뻔했지만, 시리우스 씨의 온기가 나를 안심시켜줬다.

그리고 나무에 '스트링'이 연결된 나무에 부딪칠 뻔했지만, 시리우스 씨가 그 직전에 갈고리를 놓으면서 낙하했다.

"어?! 아직 높잖아!"

"괜찮으니까 혀 깨물지 않게 조심해."

갑자기 몸이 가벼워지는 느낌을 받고 무심코 눈을 감았지만, 두 번 정도 가벼운 충격을 받은 우리는 무사히 지면에 착지했다.

어…… 대체 무슨 일이 벌어진 거지?

영문을 모르겠지만, 에밀리아가 하늘에서 떨어지는 모습을 본

나는 물마법으로 쿠션을 만들어주려고 했지만, 시리우스 씨가
말렸다.

그리고 에밀리아의 발치에서 바람이 일어나며 그녀의 낙하속
도가 줄어들더니, 곧 둥실 하며 지면에 착지했다. 맞아. 에밀리
아는 바람마법이 특기였지.

마지막으로 레우스가 낙하했지만, 그 애는 나뭇가지를 잡으며
몸을 빙글빙글 회전시키더니 나무를 박차면서 낙하속도를 줄인
후, 멋지게 지면에 착지했다. 신체능력이 정말 대단하다는 생각
이 들었다.

"여기까지 도망쳤으니 금방 쫓아오지는 못하겠지. 리스, 내려
줄게."

"으, 응......."

아쉽지만 시리우스 씨에게서 떨어지며 성을 돌아보니, 아까
서 있었던 발코니가 매우 작아 보였다.

성에서 이렇게 간단히 탈출할 수 있을 거라고는 생각도 못했다.

"리스. 커다란 '아쿠아'를 두 번 써주지 않겠어요?"

"뭐? 응, 알았어. 물이여......."

내가 공중에 커다란 물 구슬을 두 개 만들자, 에밀리아와 레
우스가 물 구슬에 머리를 집어넣었다. 그리고 머리카락을 씻자,
두 사람의 머리카락은 원래 색깔로 돌아왔다.

그리고 두 사람이 갑자기 옷을 벗기 시작해서 놀랐지만, 안에
사복을 입고 있었기에 안심했다.

그리고 벗은 옷으로 머리카락을 닦는 두 사람의 옆에서, 시리

우스 씨는 지면에 마법진을 그려서 구멍을 팠다.

"뭘 하는 거야?"

"증거인멸이야. 들킬 것 같지는 않지만 혹시 모르니까 말이야."

그리고 두 사람이 머리카락을 닦은 옷을 구멍에 넣었다. 그리고 마법진을 발동시키자 구멍이 깨끗하게 메워졌고, 마지막으로 구멍과 마법진을 지운 시리우스 씨는 다시 우리를 쳐다보았다.

"아직 작전이 끝나지 않았으니 방심하지 마. 합류장소는 파악하고 있지?"

"예. 저희는 동쪽으로 돌아서 이동할게요."

"등 뒤를 조심할게!"

"좋아. 그럼 가자."

"으음……."

셋 다 내가 알아듣지 못할 이야기를 하고 있는데…… 대체 뭘 어쩌면 좋을까?

당혹스러워하는 나에게 에밀리아가 살며시 다가오더니, 귓속말을 한 후, 떨어졌다.

"……어? 저기, 에밀리아. 방금 그게 무슨 뜻……."

"후후, 말 그대로의 뜻이에요. 나중에 봐요."

"리스 누나, 나중에 봐."

두 사람은 그렇게 말하면서 숲을 향해 뛰어가더니, 곧 모습을 감췄다. 전력을 다해 달리는 것 같은데, 둘 다 어디에 가려는 걸까?

남겨진 내가 망연자실하게 서 있을 때, 갑자기 시리우스 씨가 내 등과 무릎 뒤편에 손을 대며 안아 들었다.

　이건…… 그거지? 이야기책에서 왕자님에게 해주는, 그리고 내가 동경하던 행위다. 부끄럽지만…… 정말 기뻤다. 그리고 시리우스 씨가 해주니 왠지 안심이 되었다.

　"공주님을 납치할 때는 이런 식으로 안아 드는 게 매너라고 생각해. 네가 싫다면 관두겠지만……."

　"저기…… 이대로가 좋아요."

　"그거 다행이네. 이제부터 날 테니까, 무서우면 눈을 감아."

　내가 고개를 갸웃거리자, 시리우스 씨는 나를 안아 든 채 그대로 점프했다.

　점프를 했으니 곧 낙하해야 하지만, 시리우스 씨는 아무것도 없는 공중을 박차면서 더욱 높이 날아올랐다. 그리고 순식간에 주위에 있는 나무들보다 높은 곳으로 올라갔다.

　"시, 시리우스 씨?! 우, 우리, 지금 하늘을 날고 있는 거야?!"

　"이건 내 마법이야. 공중에 마력으로 된 발판을 만들어서 그걸 박차면서 날고 있는 거지."

　박차고 있다니…… 믿기지가 않았다. 혹시 아까 낙하도 이걸 이용해 착지한 걸까?

　평소의 나라면 무서워서 눈을 감았을지도 모른다. 하지만 지금은 시리우스 씨가 안아주고 있어서 그런지 전혀 무섭지 않았다.

　"우리는 지금 어디에 가고 있는 거야?"

　"이 앞에 호수가 있지? 그 호수 건너편에 저택이 있어."

　시리우스 씨의 말대로, 좀 떨어진 곳에 있는 호수가 눈에 들어왔다.

그리고 호수 위를 날아서 건너고 있을 때, 우리의 눈앞에 몽환적인 광경이 펼쳐졌다.

바람이 약해 수면이 거울처럼 밤하늘을 반사하고 있었고, 호수에 밤하늘이 비치면서 달이 두 개 있는 것처럼 보였다.

"와아…… 멋져."

"맞아. 이것도 자연이 자아내는 신비지."

그런 환상적인 광경 속에서 시리우스 씨를 보니 그는 아직도 가면을 쓰고 있었다. 얼굴을 남에게 보여주지 않기 위해 가면을 계속 쓰고 있었지만, 이제 주위에 우리 밖에 없으니…… 벗어도 되지 않을까?

아냐. 나는 그저 시리우스 씨의 얼굴을 보고 싶을 뿐이야.

"시리우스 씨, 그 가면…… 벗지 않을 거야?"

"응? 아, 여기까지 왔으니 벗어도 되겠지. 부탁해도 될까?"

내가 가면을 벗겨주자, 평소 보던 시리우스 씨의 얼굴이 눈에 들어왔다.

그리고 그는 나를 쳐다보며 상냥한 미소를 지었다.

"고마워."

그 순간…… 가슴이 크게 뛰었다.

몸속이 뜨거워지더니, 마음속이 괴로워질 정도로 날뛰기 시작했다.

이런 적은 예전에도 몇 번이나 있었지만…… 이번에는 예전과 완전히 달랐다.

왜냐면 시리우스 씨의 얼굴을 보고 있으면 괴로운데도, 눈을 뗄 수가 없는 것이다.

어쩌면…… 나, 시리우스 씨를……?

하지만 시리우스 씨에게는 에밀리아가 있고, 나는 시리우스 씨를 믿음직한 아버지처럼 여기고 있다.

나는 그저 아름다운 드레스 차림으로 공주님 안기를 당하고 있는, 그야말로 이야기책에나 나올 법한 상황에 도취되어 좀 흥분했을 뿐이다.

분명 이 마음도 아버지 같은 사람과 몸을 맞대고 있어서 기쁜 것뿐이다.

그런 생각을 하던 나는 아까 에밀리아가 했던 귓속말이 떠올랐다.

'자신의 마음에는 솔직해지세요. 그리고 시리우스 님은 리스의 아버지가 아니라, 한 명의 남성이세요.'

에밀리아는…… 그래도 괜찮은 거야?

괜찮은…… 거지?

그러니, 그런 말을 한 거지?

내 솔직한 마음…….

그래……. 시리우스 씨는 내 아버지가 아니다.

그러니 나는 시리우스 씨를, 한 명의 남성으로서…… 좋아한다.

'용의 왕자님'처럼 전설의 검을 지닌 것도 아니고, 하늘을 날지도, 용을 타고 다니지도 않는다.

상대는 평민이며, 나도 제대로 된 공주는 아니니 책속의 이야기와는 다르다.

하지만 시리우스 씨는…….

나를 납치해, 구해준 이 사람은 분명…….

내 왕자님이다.

《가족》

—— 시리우스 ——

"알았슴다, 나리. 빨리 교섭해봅지요."

"응. 미안하지만 잘 부탁해. 내일 아침 일찍 만들러 올 테니까, 재료 준비도 병행해줘."

"맡겨만 주십쇼."

리스의 혼전의식 전날, 우리는 가르간 상회에서 성에 잠입할 준비를 하고 있었다.

우선 가르간 상회에서 의식의 축하 선물로 보내는 웨딩 케이크 안에 빈 공간을 만든 다음, 그 안에 숨어들어서 침입하기로 했다.

그러니 내일 이른 아침에 안쪽이 빈 거대한 케이크를 만들고, 저녁에는 케이크에 들어가서 식장에 잠입한다. 그리고 리스의 본심을 들어본 다음, 그녀의 대답 여하에 따라 구출하는 것이다.

성이 케이크를 받아 줄지는 의문이지만, 마을에서 유명해진 가르간 상회의 간판을 잘 이용하면 어떻게 될 것이다. 그 외에도 다른 아이디어를 생각해뒀지만, 일단 이게 제1플랜이다.

"리스 누나, 지금쯤 성에서 엄청 고민하고 있을 거야……."

"그래요. 후회하고 있겠지만, 필사적으로 참고 있겠죠. 정말…… 고집쟁이라니까요."

"불평은 내일 직접 만나서 해주자."

이 의식은 엘리시온의 존속과 연관된 중요한 일이기도 하니, 우리가 하려는 것은 나라를 적으로 돌리는 행위라는 것은 알고 있다.

게다가 이 세계에서는 정략결혼이 당연시되고 있으며, 우리가 하려는 짓은 이 나라를 적으로 돌리는 행위라는 것도 이해하고 있다.

하지만 나는 리스의 성격을 잘 안다.

내성적이지만 타인을 배려할 줄 아는 상냥한 아이인 반면, 자신의 의견을 좀처럼 말하지 못하는데다 자기희생의 정신이 강하다. 이번 일도 가족이자 은인인 리펠 공주를 위해서라며 필사적으로 자기 자신을 납득시키고 있을 가능성이 컸다.

언니를 위해 이번 정략결혼을 받아들이며 왕족으로서 살기로 결심한 거라면, 나는 그녀의 스승으로서 납득해줄 생각이다. 쓸쓸하지만 제자가 스스로 선택한 길을 나아가도록 지켜봐주는 것 또한 스승의 소임이리라.

그리고 만약 의식을 거부하고 싶어 한다면, 나는 왕과 나라를 적으로 돌리는 한이 있더라도 있는 힘을 다해 리스를 지킬 생각이다.

"저기, 형님. 우리는 기숙사로 돌아갈게."

"시리우스 님, 안녕히 주무세요."

내일이 바쁠 것 같았기에, 오늘은 훈련을 하지 않고 해산하기로 했다.

가르간 상회에서 다이아장으로 홀로 돌아온 내가 내일 준비를 하고 있을 때…… 누군가가 현관을 두드렸다.

이미 밤이 늦었기에 '서치'로 조사를 해보니 기억에 있는 반응이었다. 나는 방문자를 환영하기 위해 현관문을 열었다.

"역시 당신이었군요."

"예. 늦은 시간이 찾아와서 죄송합니다."

방문자는 리펠 공주의 시종인 세니아였다.

그녀가 나를 찾아온 건 리스 때문이리라. 나도 물어볼 게 있기에, 다소 경계하면서 그녀를 안에 들이고 홍차를 준비했다.

"별것 아니지만 드시죠."

"기별도 없이 찾아왔는데, 이렇게 환대해주셔서 감사합니다. 이미 눈치채셨을 테지만, 리스 님과 관련된 일로 부탁드릴 게 있어서 이렇게 찾아왔습니다."

"……말씀해보시죠."

그리고 나와 마주앉은 세니아가 현재 상황을 가르쳐줬다.

리스는 혼전의식을 승낙하여 지금은 성에 있는 어느 방에 갇혀 있다고 한다. 그리고 의식을 막기 위해 성으로 향한 리펠 공주는 왕의 명령으로 약간 떨어진 곳에 있는 요양소로 보내졌다고 한다.

"리펠 님은 이 혼전의식에서 위화감을 느껴진다고 하셨습니다. 그래서 리펠 님은 순순히 요양소에 가신 후, 손을 쓰시기로 마음먹으셨습니다."

"어떤 식으로 말이죠?"

"당신은 똑똑하니 이미 눈치챘겠죠. 이것은 한 나라의 공주로서가 아니라, 리스 님의 가족으로서 당신에게 드리는 부탁입니다."

세니아는 말을 잠시 멈추더니, 고개를 깊이 숙이며 말했다.

"내일 의식 때, 리스 님을 납치해주시지 않겠습니까?"

역시 리펠 공주도 이번 혼전의식에서 위화감을 느끼고 있는 것 같았다.

하지만 공주로서 나라의 방침에 대놓고 거역할 수는 없기에, 무력화된 척을 하며 손을 쓰려는 것이리라.

그리고 그녀가 사용하려는 카드가 바로…… 나인 건가.

나 같은 애에게 의지하는 걸 부끄럽게 여길 수도 있겠지만, 리펠 공주는 나를 어린애라고 여기지 않는다. 충분히 의지할 수 있는 상대라고 여기고 있으며, 내 성격도 파악하고 있기에 이런 의뢰를 한 것이리라.

"원래라면 이번 건과 아무런 관련이 없는 시리우스 님에게 이런 의뢰를 하는 게 얼마나 무모한 이야기인지는 알고 있습니다. 하지만 시리우스 님이라면 이 사태를 보고만 계시지는 않을 테니, 이 의뢰를 거절하지 않을 거라는 타산적인 생각으로 말씀을 올립니다. 받아주시지 않겠습니까?"

비겁한 생각……이라. 좋다.

리펠 공주가 나를 이용하고 싶어 한다면, 얼마든지 이용하게 두자.

애초에 의뢰를 받지 않았더라도 리스를 만나기 위해 성에 갈 예정이었다. 어차피 리펠 공주라는 뒷배가 있으면 여러모로 안심이 됐다.

"알았습니다. 의뢰를 받아들이죠."

"감사합니다. 저도 할 수 있는 일이 없어 괴로웠습니다만, 이제 마음이 좀 편해졌어요."

세니아는 미소를 지으면서 깊이 고개를 숙였다.

하지만 리스를 납치하는 것은 어디까지나 최종수단이며, 리스의 진의를 아는 게 최우선이다.

그러니 현장의 판단에 따라 임기응변으로 움직여도 되는지 물어봤다.

"리스 님을 구하는 것은 리펠 님 뿐만 아니라 제 의지이기도 합니다. 리스 님께서 신뢰하고 계신 시리우스 님이라면 잘 해결해주실 거라고 믿고 있으니, 판단은 당신에게 맡기죠."

"맡겨주셔서 감사합니다. 그건 그렇고, 세니아 씨는 리스를 진심으로 걱정하고 계시군요."

"예. 리스 님은 저에게 있어서도 여동생 같은 존재니까요. 친언니인 리펠 님을 주인으로 둔 제가 이런 소리를 하면 시종으로서 실격이겠죠."

세니아가 그렇게 말하면서 지은 표정은 자애로 가득 차 있었다. 마치 엄마 같았다. 나는 엄마 때문에 이런 상대에게 좀 약한 건지도 모른다.

"시리우스 님에게 의지하기만 할 수도 없으니, 혹시 도울 게 있다면 말씀해주십시오."

"그럼 성에 잠입할 루트를 알려주시지 않겠습니까? 저는 어떻게든 되겠지만, 시종인 남매들이 잠입할 방법이 없거든요."

성의 관계자라면 좋은 생각이 있을지도 모른다. 케이크를 이용한 잠입은 바보 같은 귀족이 맛이라도 보려고 들었다간 바로 실패하니까 말이다.

"으음…… 제 인맥을 이용해 급사로서 잠입하는 건 어떤가요? 그 두 사람은 시종으로서의 능력이 뛰어나니, 변장을 하면 숨어드는 것도 가능할 겁니다."

"그럼 내일 남매를 변장시킬 테니, 그 루트로 잠입시켜 주시겠습니까? 저는 가르간 상회의 종업원으로서 성에 잠입할 겁니다."

"알았습니다. 그리고 부탁드리고 싶은 게 하나 더 있습니다. 리스 님을 납치할 경우, 그 분을 리펠 님의 곁으로 데려가 주시지 않겠습니까?"

"리펠 님은 요양소에 계신다고 했죠? 어디에 계시나요?"

"성 북서쪽에 있는 호수 너머에 있습니다. 꽤 눈에 띄는 건물이니 다가가면 바로 알아볼 수 있을 겁니다. 말과 마차를 준비해뒀으니, 그것을 이용해 도망쳐주십시오."

나는 사람들에게 들키지 않게 심야에 엘리시온의 주변을 돌아다니면서 주변 지도를 몰래 작성해뒀다. 세니아의 말대로, 그 호수 주위에는 꽤 눈에 띄는 건물이 있었다.

그리고 마차로 도망치면 곧 추격자가 오겠지만, 그곳은 다수의 마차와 말을 사방으로 보내서 미끼로 삼으면 되리라.

한 나라의 공주를 납치하게 되다니, 일이 꽤나 커진 것 같았다.

"장소는 파악했습니다. 그것보다 저희는 마차가 필요 없으니 준비하지 않아도 됩니다. 숲속을 달려서 이동하는 편이 추격자를 뿌려치기도 좋을 테니까요."

"하지만 요양소는 꽤 먼 곳에 있는데다, 숲 또한 깊으니 헤매지 않을까요?"

"저희는 훈련 덕분에 숲속을 이동하는데 익숙하니 괜찮습니다."

다이아장의 주변은 숲에 둘러싸여 있으며, 우리는 험한 길을 주파하는 훈련 삼아 매일같이 달렸다. 상당한 실력자가 아닌 한 우리를 따라잡지 못하리라.

"……알았습니다. 부탁을 드린 입장이니 당신을 믿는 수밖에 없겠죠. 하지만 하다못해 마차를 사방으로 보내 추적자를 교란하고 싶습니다만……."

"다양한 방법을 사용하는 편이 좋을 테니 이의는 없습니다. 그런데 의식은 언제 시작되죠?"

"밤에 거행됩니다. 저녁에 마중을 올 테니 그때까지 준비를 마쳐주십시오."

"그럼 가르간 상회로 저희를 데리러 와주세요. 물건을 사러 온 척을 하면, 그다지 의심받지 않고 에밀리아와 레우스를 데려 갈 수 있을 테죠."

"그럼 그렇게 하겠습니다. 더 물어볼 것은 없나요?"

"그럼 리스와 결혼할 귀족에 대한 정보와 의식의 과정을 자세하게 알려주십시오."

우리에게 정보를 제공한 세니아는 용건을 마치자 리펠 공주의 곁으로 돌아가기 위해 자리에서 일어났다.

내가 다이아장의 현관까지 그녀를 배웅하자, 밤길을 향해 걸음을 내디디려던 세니아는 천천히 나를 향해 돌아섰다.

"마지막으로…… 리스 님을 만난다면 리펠 님이 이렇게 말했다고 전해주시겠습니까? 어리광 좀 부리라고 말이죠."

"리스에게 꼭 필요한 말이군요. 알았습니다. 반드시 전하죠."

웃으면서 동감이라고 말한 세니아는 밤길로 사라졌다.

원래라면 안전한 장소까지 에스코트해야겠지만, 상당한 실력을 지닌 세니아라면 걱정할 필요가 없으리라. 뭐, 이 주변에는 그런 자들이 없지만 말이다.

게다가 나는 서둘러서 해야 할 일이 있다. 아까 얻은 정보를 이용해 계획을 수정해야 하고, 직접 확인해두고 싶은 것이 있었다.

다이아장의 방으로 돌아간 나는 침대 밑에 만들어둔 문을 열어서 지하실로 들어갔다. 여기에는 내가 만들었지만 남들에게 공개하기 힘든 물건과 재산들을 숨겨뒀다.

입구는 완전히 위장해뒀고, 특수한 열쇠와 독자적인 방범용 마법진을 설치해뒀기 때문에 남매도 들어갈 수 없다. 수제 암기도 있고 자칫하면 묘한 의심을 받을 수 있는 위험한 물건도 꽤 있었다.

뭐, 내가 볼일이 있는 것은 무기가 아니라 어둠속에 몸을 숨겨야 할 때 입기 위해 직접 만든 옷이다.

재빨리 옷을 갈아입고 꼭 필요한 무기만 챙긴 나는 다이아장을 나선 후, 사람들의 눈을 피하며 마을로 향했다.

내가 향한 곳은 리스의 결혼상대인 쿨러 에버리티가 사는 저택이다.

쿨러라는 남자가 어떤 녀석인지, 그리고 그의 부모와 에버리티 가문의 실태를 직접 조사해두고 싶기 때문이다.

세니아에게 말해준 에버리티 가문의 저택에 도착한 나는 밤의 어둠을 이용해 저택을 둘러싼 담 앞에 숨었다. 당연히 보초가 있지만 '서치'를 이용하여 감시의 구멍을 금방 찾아냈다. 보초의 시선을 피해 재빨리 담을 넘은 후, 나는 저택 안으로 잠입했다.

그리고 저택 안에 있는 거래 자료를 살펴보고 저택 내부를 조사해보니, 에버리티 가문의 정체를 알 수 있었다.

엘리시온에 막대한 공헌을 해서 왕에게 인정을 받았다지만, 그 이면은 심각했다. 횡령을 비롯해 방해되는 상대를 뒷 세계 인물과 거래해서 처리하는 등, 꽤 거무튀튀한 짓을 벌여온 것 같았다.

하지만 그것을 교묘하게 숨기고 있기 때문에, 세간에서 보면 선량한 귀족으로 보였다.

그건 그렇고…… 우수하다고 평가받는 왕이 이 에버리티 가문의 정체를 눈치채지 못했을 리가 없다. 강제적으로 식을 거행하려고 하는 것도 그렇고…… 리스가 없어진 후부터 느껴지던 위화감의 정체가 보이기 시작한 것 같은 느낌이 들었다.

일단 증거가 될 만한 자료를 몇 개 챙긴 후, 좀 떨어진 방에서 목소리가 들렸기에 그곳으로 향했다.

방을 들여다보니, 한 청년이 수염을 기른 할아버지에게 혼이

나고 있었다.

"몇 번이나 말해주지. 너는 내 말에 따르기만 하면 된다! 지금까지 그래왔기 때문에 에러비리 가문은 지금 위치까지 올라올 수 있었던 거다."

"예……. 아버님의 말씀이 맞습니다. 하지만 저는……."

"에버리티 가문이 드디어 왕족이 될 기회란 말이다! 그런 병약한 여자 따위는 버려라!"

"버리라니……."

"끈질기구나! 너는 내일에 대비해 빨리 방으로 돌아가라!"

"…………알았습니다."

외모와 특징으로 볼 때, 저 청년이 리스와 결혼을 하는 쿨러 같았다.

자신의 의견을 피력하지 못하는 걸 보니, 부모의 말에만 따르는 꼭두각시 같았다.

이를 악물며 갈등을 마음속에 담아둔 쿨러가 방에서 나가자, 나는 그를 미행했다.

그리고 도착한 방에서…… 나는 그의 정체를 알았다.

에버리티 가문에 침입한 결과, 쿨러 본인은 결백……하지는 않다. 가문의 명령으로 부정 등을 행하기도 했으니까 말이다.

아직 젊으니, 얼마든지 인생을 다시 시작할 수 있을 것이다.

하지만…… 쿨러의 부모는 완벽한 악당이다.

지금 바로 해치울 수도 있지만, 나라에 공헌해온 것은 사실이니 함부로 손을 댈 수 없다. 게다가 앞으로 무슨 일이 있을지 모르니, 이 정도 경비 수준이면 얼마든지 잠입할 수 있다. 그러니 이대로 돌아가자.

아무튼 다음에 리펠 공주를 만나면 방금 손에 넣은 자료를 은근슬쩍 넘겨줘야겠다.

그리고 다이아장에 돌아온 나는 거대 케이크의 스펀지를 만들기 시작했다. 가르간 상회에도 유사 오븐이 있지만, 내 손에 익은 게 쓰기 편하다. 리스의 입에 들어갈지는 모르지만, 어차피 만들 거면 어중간한 것을 만들고 싶지는 않았다.

도중에 잠시 눈을 붙일 생각이었지만, 내일 의식이 끝날 때까지는 느긋하게 쉴 수가 없을 것 같다.

그리고 혼전의식 당일.

아침부터 가르간 상회에 간 우리는 우선 거대한 웨딩케이크를 완성시켰다. 그것을 본 남매와 잭이 먹고 싶다고 했지만, 이 많은 양을 먹었다간 속이 더부룩해질 게 뻔하다.

그 다음에는 남매를 변장시켰다.

몸에 무해한 검은색 도료로 아름다운 은발을 흑발로 물들인 후, 꼬리를 옷 안에 집어넣고, 늑대 귀는 헤드드레스로 숨겼다. 귀 언저리가 좀 불편한 것 같지만 어쩔 수 없다.

그리고 저녁이 되자 세니아가 수배한 마차가 왔기에, 완성된 케이크를 싣고 급사복으로 갈아입은 남매를 데리고 탔다. 참고로 나는 가르간 상회의 종업원으로서, 잭이 준 상인 옷을 입었다.

성에 도착한 마차는 세니아가 손을 써둔 덕분인지 별문제 없이 성 안으로 들어갔다.

"시리우스 님, 드디어 시작하는 군요."

"그래. 지금까지 고생했지만, 이제부터 본격적으로 시작돼. 잘 부탁한다."

"리스 누나를 위한 일이잖아. 맡겨만 달라고."

그리고 혼전의식은 시작되었으며, 남매가 급사로서 식장을 돌아다니는 사이, 몰래 잠입한 나는 식장 구석에 숨어 있었다.

식장 전체가 눈에 들어오는 장소에서 곳곳을 둘러보았다. 이곳에는 오십여 명 정도가 모여 있는 것 같았다. 화려하게 자신을 치장한 귀족들이 담소를 나누면서 주역이 등장하기만 기다리고 있었다.

"이 의식의 주역인 쿨러 님과 폐하의 따님인 페어리스 님께서 입장하십니다."

진행자로 보이는 남자가 그렇게 말하자, 아름다운 드레스를 입은 리스와 어제 봤던 쿨러가 식장에 들어왔다.

단상에 앉은 리스의 눈에는 두려움과 동요가 어려 있었다. 식장의 분위기에 완전히 삼켜진 것 같았다. 약간의 계기로 감정이 폭발할 것만 같은 상황이지만, 리스는 언니를 위해 필사적으로 참고 있었다.

"저희 일족과 왕족이 맺어지는 이 의식에 많은 분들이 모여주셔서……."

높으신 분들이 연이어 이야기를 하던 와중에, 갑자기 리스의 표정이 밝아졌다.

그녀의 시선은 손을 흔들고 있는 에밀리아를 향하고 있었다. 망연히 앞쪽만 쳐다보던 그녀는 환한 표정으로 식장 안을 둘러보고 있었다. 아무래도 우리가 있다는 걸 눈치챈 것 같았다.

하지만 그 밝은 표정은 곧 흐려졌다. 표정이 저렇게 순식간에 바뀌는 걸 보면, 정서가 불안정한 상황인 것 같았다.

"이 자리에 계신 여러분, 이것을 봐주십시오."

내가 만든 케이크가 소개되자 내빈들이 환성을 질렀다.

리스는 케이크를 좋아하지만 상황이 상황인지라 전혀 기쁘지 않아 보였다. 그녀는 여전히 뭔가를 참고 있었다. 정말 대단한 고집이다.

저기, 리스……. 정말 이대로도 괜찮은 거야?

그렇게 모든 걸 포기한 듯한 표정으로 결혼을 하는 거야?

네 언니는 리스가 진심으로 웃을 수 있어야 행복해질 수 있다고 생각하는 것 같던데?

어쩌면 바로 뛰어들어서 리스를 억지로라도 납치해야 하는 걸지도 모른다.

그게 리펠 공주의 의뢰였지만, 나는 리스의 입을 통해 듣고 싶었다.

누군가를 위해서, 라는 변명이 아니라 자신의 의지를 밝혀줬으면 한다.

그러면 나는…….

"…………싫어…….."

아아…… 드디어 본심을 털어놓았구나.

그렇다. 설령 네가 대신 희생되더라도 리펠 공주는 전혀 기뻐하지 않을 것이다. 아니, 오히려 후회만 하리라.

리스, 그리고 그녀의 가족인 언니도 슬퍼하게 되는 결과가 벌어질 바에야, 내가 쫓기는 몸이 될지라도 이 의식을 박살내버리겠다.

게다가 내 예상이 정확하다면, 이 의식은 분명…….

"알았어. 뒷일은 나한테 맡겨."

하지만 지금은 리스가 최우선이다. 나는 '콜'을 발동시켜서 남매들에게 지시를 내렸다.

"작전을 개시한다!"

동시에 나는 마법 '아쿠아 미스트'의 마법진이 그려진 마석을 식장 중심에 던진 후, 미리 준비해둔 흰색 가면과 로브를 걸치며 이동했다.

역시 고가의 마석이라 위력이 엄청났고, 식장은 순식간에 새하얀 안개에 뒤덮여 아무것도 보이지 않게 됐다.

그건 우리도 마찬가지지만, 나는 '서치'로 주위를 파악할 수 있고, 남매는 후각이 뛰어나니 이동에는 지장이 없었다.

내빈에게 다가가지 않도록 조심하며 단상에 올라가자, 쿨러 앞에서 떨고 있는 리스의 모습이 눈에 들어왔다.

"저, 저는 엘리시온을 더욱 풍족하게 만들고 싶을 뿐…….."

"거짓말로 덧칠된 말로 여성을 유혹하다니, 실망인걸."

내가 두 사람 사이에 끼어들자, 리스는 복잡한 표정을 지었다. 하지만 우선 쿨러에게 할 말을 하기로 했다.

쿨러는 내가 리스를 납치하러 왔다고 말하자 반론을 늘어놓았지만, 나는 자초지종을 알기에 전혀 마음에 와 닿지 않았다.

"충고를 해주지. 쿨러 에버리티……. 너는 정말로 괜찮은 것이냐? 너를 누구보다 생각해주고, 사랑해주는 여성을 두고 이런 곳에서 뭘 하고 있는 거지?"

어젯밤, 아버지와 대화를 끝낸 쿨러가 향한 곳에는 한 여성이 침대에 누워 있었다.

병에 걸렸는지 몸이 나빠 보였지만, 쿨러를 본 그녀는 미소를 머금었다.

그리고 쿨러가 괴로운 표정을 지으며 리스와 결혼하게 되었다는 이야기를 하자, 그 여성은 고개를 가로저으면서 그의 손을 잡았다.

'쿨러 님, 저는 개의치 마세요. 왕족과 맺어진다면, 쿨러 님의 장래는 약속된 거나 다름없죠. 족쇄 밖에 되지 않는 저 같은 여자는 잊어주세요.'

'너를 잊을 수 있냔 말이다! 아버지가 뭐라고 하든, 내가 너를 사랑한다는 사실만은 변하지 않는다!'

'아아…… 저는 그 마음만으로 충분해요. 쿨러 님은 왕족 분과 결혼하세요. 그게 당신의 행복이자, 저의 행복이니까요.'

자세한 것은 모르겠지만, 두 사람은 서로를 사랑하는 것 같았다.

그런데도 여성은 쿨러를 위해 물러섰다. 저런 헌신적인 여성을 두고, 너는 이런데서 뭘 하고 있는 거지?

"닥쳐라! 내가 에버리티 가문의 차기 당주로서, 어떤 각오로 이 자리에……."

"부모의 명령대로 움직일 줄만 아는 남자가 함부로 각오라는 말을 들먹이지 마라. 잘 들어라. 너는 결코 부모의 인형이 아니다. 한 여성을 사랑하는 평범한 남자에 지나지 않아."

"아, 아무 상관없는 녀석이 잘난 척 하듯 그딴 소리를 지껄이지 마라! 나는…… 나는…… 인형이 아냐!"

"자기 의견을 말할 줄 아는 구나. 다음에는 부모 앞에서 그 말을 해라."

"다음…… 커억?!"

이만하면 됐다고 생각한 나는 쿨러의 복부에 주먹을 꽂아서 기절시킨 후, 리스를 향해 돌아서며 손을 내밀었다.

변장을 했지만 목소리는 바꾸지 않았으니, 리스는 나를 알아 봤으리라.

"페어리스 공주님. 마중 왔습니다."

"시리…… 으읍."

"그 이름은 나중에 언급해주세요."

어이, 본명을 입에 담으면 내가 변장을 한 의미가 없잖아. 나는 허둥지둥 리스의 입을 막았다. 그런데 왜 기뻐하는 거지?

곧 입에서 손을 떼자, 리스는 진지한 표정을 지으며 내 도움을 거절했다. 역시 리펠 공주를 신경 쓰고 있는 것 같았기에, 나는 의뢰를 받으면서 들었던 말을 리스에게 전해줬다.

"그리고 네 언니가 이 말을 전해달라고 했어. 어리광 좀 부리라네."

"어리광…… 부려도 돼?"

"물론이지. 언니를 위해서라고 해도, 자기 자신에게 거짓말을 할 필요는 없어. 좀 더 솔직하게 언니와 우리에게 기대."

"그렇……구나."

"그러니 빨리 돌아가자. 저 웨딩케이크만한 건 무리지만, 다음에 커다란 케이크를 구워줄 테니까, 네 언니도 불러서 다 같이 먹자."

분명 그것이 리스에게 있어 사랑스러운 일상이자 행복이리라. 그녀를 위해서라면 케이크를 얼마든지 구워줄 생각이다.

리스는 그 말을 듣고서야 평소와 다름없는 미소를 짓더니, 내 손을 잡았다.

"나를…… 납치해줘."

그리고 식장에서 탈출한 후, 남매와 헤어진 나는 리스를 안아든 채 '에어스탭'으로 호수 상공을 가른 끝에 드디어 반대편에 도착했다.

세니아가 말한 요양소도 눈에 보이기 시작했기에, 나는 요양소 앞의 광장에 착지했다.

그리고 '서치'로 반응을 살펴보니 추격자는 없는 것 같았다.

여기까지 왔으니 일단 안심해도 될 거라고 생각하지만, 어찌된 건지 리스가 아까부터 좀 이상했다.

내 가면을 벗긴 후부터 계속 내 얼굴을 뚫어져라 쳐다보고 있었다.

"자아, 리스. 도착했어."

"…………."

말을 걸어봤지만…… 대답이 없었다.

변장용 가면을 소중히 품에 안은 리스는 볼을 새빨갛게 붉힌 채 촉촉하게 젖은 눈길로 나를 쳐다보고 있었다.

어쩌면 피곤한 건지도 모른다. 나는 '스캔'으로 그녀를 살펴봤지만 심장박동이 좀 빠른 것 이외에는 이상한 곳이 없었다.

"리스, 왜 그래? 내 얼굴에 뭐가 묻기라도 한 거야?"

"으, 응?! 아…… 아아아, 아무것도 아냐!"

"혹시 하늘을 나는 게 너무 무서웠어? 이제 착지했으니까 안심해도 돼."

"하, 하나도 안 무서웠어! 오히려 엄청 행복했다니깐? 이 순간이 영원토록 이어졌으면 좋겠다고…… 아앗! 나 지금 무슨 소리를 하는 거야?!"

정신을 차리나 싶었는데, 당황한 것처럼 시선을 돌리기 시작한 그녀는 결국 또 내 얼굴을 빤히 쳐다보았다.

열기를 띤 저 시선은 예전에도 본 적이 있는 것 같았다.

그러고 보니…… 에밀리아와 가까워진 다음 날, 그녀가 나에게 수건을 건네며 보냈던 시선과 똑같았다.

"혹시 하늘을 날아서 너무 놀란 거야?"

"놀라기는 했지만, 정말 즐거웠어! 으음…… 조, 좀 더 이대로 있어도 돼? 실은 어제 거의 못자서…… 저기…….'"

평소의 그녀라면 금방 나한테서 떨어졌겠지만, 오늘은 변명을 늘어놓으며 떨어지려 하지 않았다.

그리고 에밀리아와 같은 반응을 보이는 걸로 볼 때…….

"리스, 혹시 너…….'"

"리스!"

"리스 님!"

리스에게 물어보려던 순간, 요양소 쪽에서 목소리가 들렸다.

고개를 돌려보니, 요양소에서 뛰쳐나온 리펠 공주가 세니아와 멜트를 데리고 이쪽으로 뛰어오고 있었다. 그래서 나는 약간 억지로 리스를 내려놓았다.

리스는 약간 아쉬운 표정을 지었지만, 곧 자신을 향해 뛰어오는 리펠 공주를 향해 양손을 벌린 채 뛰어갔다.

그리고 자매는 감동적인 재회를…….

"이…… 바보 리스!"

……하지는 않았다.

자매의 몸이 닿은 순간, 리펠 공주가 휘두른 분노에 찬 손날이 리스의 정수리에 정통으로 꽂힌 것이다.

감동적인 분위기가 순식간에 박살난 가운데, 리펠 공주는 망연자실한 리스의 볼을 양손으로 누르면서 분노를 터뜨렸다.

"왜 멋대로 결정한 거야?! 왜 나와 상의하지 않은 거야?! 내가 언제 대신 희생해달라고 했어?! 옛날부터 바보라고 생각했지만, 이번에는 눈감아줄 수 없을 정도의 바보짓을 했구나!"

"언니…… 하지만, 저는……!"

"나를 위해 그랬다 같은 변명은 통하지 않아! 이참에 딱 잘라 말하겠는데, 이건 전부 멋대로 폭주한 네 잘못이야!"

"죄송……해요."

"정말……. 그래도 네가 무사해서…… 다행이야."

드디어 분노가 가라앉은 듯한 리펠 공주는 자애에 찬 미소를 지으면서 리스를 꼭 끌어안았다.

자신이 얼마나 많은 사람들에게 폐를 끼쳤는지 이해한 리스는 몇 번이나 사과하며 언니의 품속에서 울었다. 음…… 내가 하고 싶은 말 중 절반은 리펠 공주가 해버렸군.

한동안 동생과 포옹을 하고 있던 리펠 공주는 뭔가가 생각난 것처럼 리스를 자신의 품에서 떼어냈다.

"정조는 지킨 거야? 너는 아직 순결한 거지?"

"예. 괜찮아요. 시리우스 씨가 구해줘서, 저는 아무 짓도……."

말을 잇다 나와 시선을 마주한 리스는 볼을 붉히며 부끄러워했다.

하지만 리스가 나한테서 눈을 떼지 않자, 리펠 공주는 미소를 지으면서 나를 향해 손짓을 했다.

"뭐 하나만 물어볼게. 시리우스는 이 애에게 뭘 한 거야?"

"아…… 리스를 옮기기만 했을 뿐, 아무 짓도……."

"이 애가 이런 표정을 짓게 해놓고 아무 짓도 하지 않아? 말도 안 돼. 아무튼 여자애를 이렇게 자기 자신에게 빠지게 했으니 책임을 져줘야겠어."

리펠 공주는 한쪽 눈을 감은 채 환하게 웃었지만, 그 미소 안에는 여동생을 울리면 절대 용서하지 않겠다고 말하는 도깨비가 존재했다. 함부로 대답하는 건 자살행위일 것 같았다.

뭐…… 리스의 태도가 변한 것은 나 때문일 거라는 것은 자각하고 있었다.

식장에 홀연히 나타나 여성을 구한 후, 공주님 안기 자세로 밤하늘을 질주한다고 하는 시추에이션은 이야기책 속의 왕자님을 연상케 하기에 충분하니까 말이다.

지금까지 스승으로서, 그리고 아버지 같은 존재로 여기며 나를 접해왔던 리스는 이번 사건을 통해 나를 한 사람의 남자로 여기게 된 것 같았다.

내버려두면 리펠 공주에게 떠밀려 나에게 고백할 것 같았다.

과거에 에밀리아에게 고백을 받았을 때는 너무 갑작스러워서 당황했지만, 이번에는 머릿속으로 답을 내놓은 상태이기에 당황하지 않았다.

"리스가 진심으로 그걸 원한다면, 저도 책임을 질 생각입니다."

"어머?"

"뭐?!"

내가 솔직하게 대답할 거라고는 생각도 못했는지, 리펠 공주는 입을 벌린 채 딱딱하게 굳어버렸다. 그리고 리스는 당황할

대로 당황한 채 그대로 얼어붙었다.

"하지만 그건 장래의 이야기이니, 지금은 미뤄둬도 될까요? 아직 눈앞의 문제도 해결되지 않았으니까요."

"……그래. 여러모로 문제가 남아 있으니, 일단 보류해두자."

역시 상황이 상황이라 그런지, 리펠 공주도 그렇게 말했다.

그리고 딱딱하게 굳어 있는 리스를 세니아에게 넘긴 리펠 공주는 주위를 둘러보면서 고개를 갸웃거렸다.

"그런데…… 당신의 시종은 어디 있는 거야?"

"그 두 사람은 숲을 통해 이쪽으로 뛰어오고 있으니 곧 도착할 겁니다. 그런데 의뢰는 이제 완수한 걸로 여겨도 될까요?"

"응. 완벽해. 이런 무모한 의뢰를 받아줘서, 그리고 리스를 무사히 납치해줘서 정말 고마워."

"거절하지 못할 거라는 계산 하에서 의뢰하셨을 텐데요?"

"지나간 일은 개의치 마. 아무튼 의뢰는 이걸로 끝이야. 뒷일은 나한테 맡겨줘!"

리펠 공주는 손을 말아 쥐면서 힘찬 목소리로 그렇게 말했다.

아무런 근거가 없으면서도 자신을 신뢰하게 만드는 이 기백에서는 차기 여왕다운 카리스마가 느껴졌다.

"물어볼 게 하나 있습니다. 이곳은 안전하다고 생각해도 될까요?"

"이 요양소는 현재 우리와 호위 몇 명만 있어. 그리고 전부 내가 고른 정예니까 신뢰할 수 있지. 성에 있는 것보다는 훨씬 안전할 거야."

혼전의식은 엉망이 되었지만, 결혼 자체가 취소된 것은 아니다. 확실히 성보다는 여기에 있는 편이 나을 것이다.

"농성을 할 경우에 맞춰 물자 비축도 충분히 해뒀고, 추적자가 몰려오더라도 여기는 지형적으로 방어하기 편하거든. 그리고 여차할 때에 대비한 비밀 도주로도 있어."

"저희는 리펠 님을 지키기 위해 수련을 해왔으니, 성의 병사 몇 명 정도는 거뜬합니다."

"저희가 있는 한, 그 누구도 공주님에게 손가락 하나 댈 수 없어요!"

리스를 꼭 안은 세니아, 그리고 주먹을 말아 쥔 멜트가 리펠 공주의 뒤를 이어 그렇게 말했다.

"적어도 오늘내일은 안전할 거라고 생각해. 일단 성에 부하를 보냈으까 무슨 일 있으면 바로 보고를 받을 수 있을 거야."

"안심이 되는군요. 그럼 저는 제자들과 합류한 후, 학교에 돌아가⋯⋯."

"자, 잠깐만!"

일단 우리의 얼굴은 드러나지 않았으니, 상황을 살피기 위해 다이아장으로 돌아가려 했지만⋯⋯ 리스가 갑자기 고함을 질렀다.

하지만 무의식적으로 그런 행동을 취한 리스는 부끄러운지 고개를 숙였다. 그런 여동생을 본 리펠 공주는 미소를 머금으면서 그녀의 어깨에 손을 얹었다.

"어머나, 왜 갑자기 고함을 지른 거니? 할 말이 있으면 해보렴."

"저기…… 오늘은 시리우스 씨……가 아니라, 모두와 함께 지내고 싶어서…….'"

"즉, 우리가 돌아가지 않았으면 좋겠다는 거지?"

리스는 내 말을 듣더니 힘차게 고개를 끄덕였다.

내가 리펠 공주를 쳐다보니, 그녀는 한쪽 눈을 살짝 감았다.

"객실이 비어 있으니 세 명 정도는 지낼 수 있을 거야. 나도 당신들의 공을 치하해주고 싶으니, 오늘은 이곳에 묵어주면 안 될까?"

"……예. 그렇게 하죠."

남매들과 상의하지 않고 결정했지만, 두 사람이라면 바로 찬성할 것이다.

그리고 기숙사에는 취침 전 점호 같은 것은 하지 않으니, 룸메이트와 말만 잘 맞춰두면 얼마든지 위장이 가능하다.

에밀리아의 룸메이트는 눈앞에 있고, 레우스의 룸메이트는 그에게 절대 복종한다. 그리고 나는 다이아장에서 혼자 사니 위장 공작은 문제없다. 이곳에 묵어도 별문제는 없으리라.

우리가 이곳에 묵기로 결정하자, 리스는 기뻐하며 세니아에게 꼭 안겼다. 에밀리아라면 엄청난 기세로 꼬리를 흔들어댈 것이다.

"공주님. 슬슬 저택으로 돌아가지 않겠습니까? 체력이 회복되었다고 해도 아직 몸이 완전히 좋아지신 건 아니잖아요."

"그건 그래. 그럼 다들 안에 들어가서 쉬자."

"죄송하지만, 저는 밖에서 다른 두 사람이 돌아올 때까지 기다릴 생각합니다."

남매의 위치를 '서치'로 확인해보니, 꽤 빠른 페이스로 이곳으로 오고 있었다. 몇 분 안에 도착하리라.

"저는 스승으로서, 이곳까지 열심히 뛰어오는 두 사람을 누구보다 먼저 맞이해주고 싶습니다."

"언니, 저도 두 사람을 마중하고 싶어요. 에밀리아와 레우스가 뛰고 있는 건 제 탓이기도 하거든요."

"그래? 그럼 나도 같이 기다릴게. 멜트. 의자와 상을 이곳으로 옮겨주지 않을래? 세니아는 차를 준비해줘. 다 같이 달구경이라도 하며 기다리자."

"어쩔 수 없군요. 하지만 공주님, 밤바람은 차니 뭐라도 하나 걸쳐주십시오."

"알았습니다. 그럼 이곳에서 식사를 하시는 건 어떻겠습니까? 요리사의 이야기에 따르면, 리스 님을 환영할 준비가 거의 끝나간다고 해요."

"괜찮네. 그럼 그렇게 하자."

단순히 여기서 남매를 기다릴 생각이었는데, 어느새 밖에서 다 같이 식사를 하게 되었다.

뭐, 원치도 않는 결혼을 해야 했던 리스의 마음을 풀어주기 위해서라도, 다 같이 즐겁게 식사를 하는 것도 나쁘지 않을 것이다.

그리고 상과 의자가 준비되는 사이, 리스는 사복으로 갈아입었다. 그리고 우리는 밖에서 홍차를 마시면서 남매가 돌아오기를 기다렸다.

언니와 사이좋게 담소를 나누던 리스는 때때로 리펠 공주에게 설교를 듣고 고개를 숙였지만, 식장에서 보여줬던 우울한 분위기는 완전히 사라졌다.

그리고 뒤편에 서서 경비를 하고 있는 멜트 또한 상냥한 표정으로 리스를 쳐다보고 있었다. 뭐랄까, 정말 가슴 따뜻해지는 광경이었다.

구하기 잘했다고 생각하고 있을 때, 숲 쪽에서 남매의 기척이 느껴졌다.

세니아와 멜트도 그것을 느꼈는지 숲을 쳐다보았다. 세니아의 귀가 토끼처럼 쫑긋거렸다.

"발소리로 볼 때…… 두 사람이 다가오고 있는 것 같군요."

"에밀리아와 레우스가 틀림없을 겁니다. 아무래도 도착한 것 같군요."

"정말이냐? 성에서 여기까지 뛰어오려면 한나절은 걸릴 텐데? 게다가 숲을 지나고 있다면 이렇게 빨리 도착하는 건 무리일 텐데 말이다."

"멜트 씨. 그 두 사람은 매일같이 숲속을 뛰어다니니까 그 정도는 식은 죽 먹기일 거야."

"원래 숲에서 살아가던 은랑족이니까요. 자아, 도착했어요."

내가 손을 내민 순간, 한층 더 강해진 바람과 함께 에밀리아가 숲에서 뛰쳐나왔다.

매끄러운 은발이 달빛을 반사하며 빛났다. 저 아름다운 모습에 잠시 눈길을 빼앗긴 것은 비밀로 해야겠지.

그리고 화려하게 착지한 에밀리아는 나를 향해 미소 지었다.

"시리우스 님, 기다리게 해서 죄송합니다."

"아냐. 수고했어."

내가 머리를 쓰다듬어주자, 에밀리아는 눈을 가늘게 뜨며 꼬리를 흔들었다.

약간 땀을 흘린 것 같지만, 보아하니 다친 곳은 없는 것 같아서 안심했다.

그리고 몇 초 후…… 이번에는 레우스가 숲에서 뛰쳐나오더니 우리를 보고 분통을 터뜨렸다.

"졌어! 쳇, 역시 누나가 더 빠르네……."

"후후후…… 속도로는 레우스에게 지지 않아. 시리우스 님에게 머리를 쓰다듬어달라고 하는 권리는 내 거야."

꽤 페이스가 빠르다 싶었더니, 경쟁을 하고 있었던 것 같았다.

그리고 이긴 사람이 나에게 머리를 쓰다듬어달라는 것 같은데…… 나는 그런 약속을 한 적 없다.

내가 레우스를 향해 손짓을 하자, 그는 꼬리를 흔들면서 다가왔다. 나는 그런 레우스의 머리를 쓰다듬어줬다.

"와아~! 만세!"

"으으, 내가 이겼는데……."

"나중에 에밀리아의 꼬리를 빗어줄게."

"예!"

남매는 학교의 학생이라는 게 들키지 않기 위해 모험가 같은 옷차림을 하고 있었다.

그리고 숲속을 내달리느라 좀 더러워졌지만, 리스는 개의치 않으면서 남매를 꼭 끌어안았다.

"……고마워. 정말…… 고마워."

"자, 잠깐만요, 리스. 마음은 고맙지만 당신의 옷이 더러워질 거예요."

"리스 누나. 답답해."

"괜찮아! 두 사람에게 내가 얼마나 고마워하고 있는지 전하는 게 우선이야."

리스가 좀처럼 포옹을 풀지 않자, 에밀리아와 레우스는 쓴웃음을 지으며 가만히 있었다. 그리고 리펠 공주가 그런 세 사람을 꼭 끌어안자, 상황은 더욱 시끌벅적해졌다.

"나도 고맙다는 말을 하고 싶어. 에밀리아. 레우스…… 정말 고마워. 너희 덕분에 리스를 무사히 구출할 수 있었어."

"그렇지 않아요. 저희는 시리우스 님의 지시에 따라 움직였을 뿐이니까요."

"응. 그리고 의뢰를 받지 않았더라도 우리는 리스 누나를 위해 나섰을 거야."

남매가 멋쩍어하며 그렇게 말하는 와중에 음식이 테이블에 놓였다. 그리고 맛있는 냄새를 맡은 레우스의 배에서 꼬르륵 소리가 났다.

의식에 늦지 않도록 서둘러 현지에 잠입한 바람에 저녁을 먹지 못했으니, 배가 고플 만도 했다.

남매가 무사하다는 사실을 알고 안도한 리스의 배에서도 덩달아 꼬르륵 소리가 나자, 그녀는 얼굴을 새빨갛게 붉혔다.

"다들 모였으니 식사를 시작하자. 나도 안심을 했더니 배가 고파."

"저희가 같이 먹어도 될까요?"

"물론이지. 리스와 당신들을 위해 준비한 거니까 마음껏 먹어. 그리고 여기는 성이 아니니까 매너 같은 걸 신경 쓰지 않아도 돼."

"저기, 형님. 진짜로 먹어도 되는 거지?"

"응. 먹자. 나도 배가 고픈걸."

남매는 내 말을 듣더니 그대로 의자에 앉아 합장을 한 후, 각양각색의 요리를 먹었다. 그리고 나도 왕족이 먹는 요리를 즐기기 시작했다. 역시 왕족을 섬기는 요리사가 만든 요리는 맛있었다.

"오오…… 정말 맛있네! 맛있지만…… 나는 형님이 만들어주는 음식이 더 좋아."

"응. 역시 우리는 시리우스 님의 요리가 가장 입에 맞는 것 같아."

그런 건 입 밖으로 소리 내서 말할 필요는 없는데 말이다.

너희 말을 들은 요리사가 쓴웃음을 짓고 있으니까 말이다.

"아…… 이 두 사람은 제가 만든 요리를 항상 먹었기 때문에, 익숙한 맛이 가장 입에 맞는다는 뜻에서 한 말입니다."

"이걸 만든 사람은 엘리시온에서도 손꼽히는 요리사인데 말이야. 당신들은 정말 재미있네."

이런 부끄러운 상황이 벌어지기도 했지만, 이 식사 자리는 별탈 없이 끝이 났다.

"형님. 역시 왕족은 대단하네."

"그래."

식사가 끝나고, 요양소의 객실로 안내된 후, 나와 레우스는 저택 안에 있는 온천에 들어갔다.

다이아장에는 내가 취미 삼아 만든 1인용 욕조가 있지만, 이곳의 온천은 열 명은 한 번에 들어갈 수 있을 만큼 넓었기에, 레우스도 흥분했다.

"여성용도 이렇게 넓을까?"

"아마 그렇겠지. 네가 그런 짓을 할 것 같지는 않지만, 훔쳐보러 갈 생각도 하지 마."

뭐, 남탕과 여탕 사이에는 벽이 존재하니 훔쳐보는 것을 불가능할 테고, 설령 훔쳐보더라도 리펠 공주가 안에 있다면 극형에 처해질 것이다.

나는 장난삼아 가볍게 주의를 했지만, 어찌된 영문인지 레우스는 격렬하게 동요했다.

"형님, 나는 그런 짓 안 해! 했다간 누나한테 살해당할 거라고!"

"그래…… . 평소에는 상냥하지만 너한테는 인정사정없잖아. 나도 그런 짓을 했다간 따귀를 맞을 것 같아."

"아, 형님이라면 누나가 같이 목욕하자고 할 것 같은데? 리스 누나도 아마 허락해줄 거야."

"아마?"

"응. 의식이 엉망이 된 후부터 리스 누나가 좀 달라진 것 같거든. 지금의 리스 누나는 디 형을 쳐다보는 노엘 누나와 분위기가 비슷해."

레우스는 좀 바보 같은 구석이 있지만, 꽤 감이 좋았다.

그것보다 리스는 나에게 남자로서 호의를 가지고 있는 것 같은데, 에밀리아는 그래도 괜찮은 걸까?

같이 여행을 하고 싶다고 했었고, 리스와 함께 지내는 것에는 찬성한 것 같으니, 두 사람의 사이는 그렇게 나쁘지 않을 것이다.

하지만…… 여자의 질투는 무시무시하다.

전생에서 여자 버릇이 나쁜 동료가 치정 문제로 인해 식칼에 배를 찔리는 광경을 목격한 적이 있다. 참고로 그 동료는 배에 잡지를 넣고 있었던 탓에 무사했지만, 원인은 명백하게 그 동료에게 있었기에 찔릴 만도 하다고 당시에는 생각했다.

지금 여탕에서는 에밀리아와 리스가 이야기를 나누고 있으리라.

그 두 사람이 다투는 모습은 보고 싶지 않으니, 목욕이 끝나면 셋이서 차분하게 이야기를 나눠봐야겠다.

"형, 이제 씻자. 내가 등을 밀어줄게."

"그럼 부탁해볼까?"

지금 고민해봤자 아무 소용이 없기에, 우리는 욕조에서 나와 서로의 등을 씻겨줬다.

그건 그렇고…… 레우스는 내가 처음 구해줬을 때만 해도 손으로 쥐기만 해도 부러져버릴 것 같을 정도로 팔과 다리가 가늘었는데, 지금은 근육이 잘 발달된 멋진 몸을 지녔다. 마음은 어떤지 몰라도 몸은 완전히 성장한 것 같기에, 스승으로서…… 그리고 부모 대신으로서 기뻤다.

무심코 감개에 젖어 있을 때, 욕실의 문이 열리면서 누군가가 들어왔다.

"실례하지."

에밀리아가 또 남탕에 침입했나 싶었는데 들어온 사람은 멜트였다.

그러고 보니 같은 남자지만 이렇게 대면하는 건 처음이기에, 욕실 안은 미묘한 분위기에 감싸였다.

"나는 신경 쓰지 않아도 된다."

"……그런가요."

몸을 다 씻은 나와 레우스가 욕조에 몸을 담그자, 멜트도 우리와 약간 거리를 두며 욕조에 몸을 담갔다.

욕실이라는 것은 원래 차분하고 느긋한 장소지만, 지금은 미묘한 긴장감에 사로잡혀 있었다.

잠시 동안 이런 상태가 계속된 후, 슬슬 나갈까 생각하던 순간…… 갑자기 멜트가 우리를 쳐다보았다.

"……너희에게 제대로 사과를 하고 싶었다."

"사과…… 뭘 말이죠?"

"너희를 처음 만났을 때, 나는 호위로서 일을 우선하려다 공주님을 구하러 온 너희에게 차갑게 대하고 말았지."

멜트는 그렇게 말하면서 쓴웃음을 지었다.

뭐야. 저런 표정도 지을 줄 아는구나.

"그렇지 않아요. 리스가 데려왔다고는 해도 저희가 수상했던 건 사실이니까요. 멜트 씨가 그런 반응을 하는 것도 당연합니다."

"그래도, 공주님을 구해준 너희를 함부로 대한 것은 사실이다. 나는…… 공주님을 지키기 위해 모든 것을 바친 남자다. 하지만 공주님의 건강이 나빠진 후, 전혀 나을 기색이 보이지 않자 당시의 나는 초조해하고 있었지. 이 세상 전체가 적으로 보였고, 너희를 쫓아낼 생각밖에 못했다."

"나도 그 심정은 이해해! 형님한테 무슨 일이 생긴다면, 나는 다가오는 녀석들을 전부 날려버릴 거야."

"아무튼 내가 무례한 소리를 한 건 사실이다. 좀 늦었지만, 나에게 있어 소중한 분과 그 분의 여동생을 구해준 너희에게 고맙다는 말을 하고 싶다."

그리고 멜트는 천천히 고개를 숙인 후, 우리를 향해 자연스러운 미소를 지었다.

"미안하다……. 그리고 고맙다."

같이 목욕을 한 덕분에 가까워진 것인지는 모르겠지만, 이 날 우리는 멜트와 조금 가까워졌다.

다음 날, 잠에서 깨어난 나는 기묘한 감각을 느꼈다.

고개를 옆으로 돌려보니, 내 오른편에는 은색, 그리고 반대편에는 푸른색 덩어리가 눈에 들어왔다.

"좋은 아침입니다, 시리우스 님."

"조…… 좋은 아침……."

그 덩어리의 정체는 바로 얇은 잠옷을 입은 에밀리아와 리스였다.

아무래도 우리는 한 침대에 나란히 누워서 자고 있었으며, 발치에는…….

"형니임……."

레우스가 누워서 자고 있었다.

왕족이 이용하는 만큼 널찍한 침대는 어린애 넷이 누워도 좁지 않았다. 하지만 대체 어쩌다 이런 상황이 벌어진 거지?

"……안녕. 그리고 설명을 부탁해."

"시리우스 님의 옆이 잠자기 가장 좋거든요."

"나, 나는…… 언니가 가라고 해서……."

"쿠울……."

어젯밤, 우리가 묵기로 한 방에는 침대가 두 개 있었기에, 한 침대에서는 나와 레우스가 자고 다른 침대에서는 에밀리아가 자기로 했다.

목욕을 마친 후, 나는 에밀리아, 리스와 이야기를 나누기 위해 기다리고 있었지만 두 사람은 좀처럼 욕실에서 나오지 않았기에 어느새 잠들고 만 것 같았다.

리스를 구하면서 피로가 쌓였고, 그 전날에 정보 수집을 하느라 수면을 취하지 못한데다 제자들을 경계하지는 않았다고 해도, 이런 상황에서 잠에서 깨지 않은 나 자신이 한심했다.

으음…… 잠깐만? 나를 사이에 두고 한 침대에 누워 있다는 건 두 사람의 사이가 양호하다는 건가?

"너희는 여전히 사이가 좋구나."

"예! 저는 시리우스 님만이 아니라 리스도 좋아하니까요."

"나도 에밀리아와 시…… 시리우스 씨를 좋아해."

아무래도 에밀리아와 리스의 사이는 더 좋아진 것 같았다.

한 남자를 차지하기 위해 서로를 증오하는 상황이 벌어질까 싶어 걱정했지만, 두 사람한테서는 그런 분위기가 전혀 감돌지 않았다.

이것은 두 사람이 특이하기 때문일까? 아니면 일부다처제가 존재하는 이세계라서 그런 걸까? 어쩌면 전생을 기준으로 생각하는 내가 이상한 걸지도 모른다.

뭐, 두 사람 다 내 제자이며 결혼을 생각하기에는 너무 빠르기도 했다.

장래에 어떻게 될지 모르니, 지금은 스승으로서 이 두 사람의 곁에 있기로 했다. 이미 나에게는 첩이라도 상관없다고 말한 엘프도 있으니, 장래의 자신에게 전부 떠넘겨버리기로 했다.

"시리우스 님? 졸리시나요?"

"으음…… 아무것도 아냐. 잠은 완전히 깼어."

"케, 케이크?! 어? 형님, 내 케이크는 어디 갔어?"

바로 그때, 속 편한 레우스가 진심으로 부럽다는 생각이 들

었다.

전원이 잠에서 깬 후, 우리가 저택 식당에 모여서 아침을 먹고
있을 때였다.

갑자기 메이드 한 명이 허둥지둥 식당에 와서 리펠 공주에게
귓속말을 했다. 무슨 일이 일어난 것 같지만, 리펠 공주의 반응
을 보니 비상사태가 발생한 것 같지는 않았다.

"그래……. 시종을 데리고 단둘이서 온 거야? 일단 이야기를
들어보자. 당신들은 숨어 있는 이가 없는지 수색하면서 경계 태
세를 유지해."

주위의 메이드들에게 지시를 내린 리펠 공주는 몸을 일으키더
니, 진지한 표정으로 우리를 쳐다보았다.

"아까 성을 살펴보러 갔던 이가 돌아왔는데…… 어찌된 영문
인지 아버지와 같이 왔대."

"아버님이요?!"

"응. 시종 한 명만 대동하고 호신용 무기 이외에는 아무것도
들고 오지 않은 것 같아. 싸움이 벌어질 것 같지는 않지만 혹시
모르니 너희는 여기에 있어."

"언니! 그럼 저도 같이……."

"우선 내가 이야기를 나눠보고 위험하지 않다 싶으면 리스를
부를게. 시리우스, 무슨 일이 있으면 리스를 데리고 도망쳐."

"예. 리스는 맡겨주십시오."

"부탁할게."

웃으면서 그렇게 말한 리펠 공주는 세니아와 멜트를 데리고 식당을 나섰다.

식당에 남겨진 우리는 홍차를 마시면서 기다리고 있었다. 하지만 리스가 안절부절 못하자, 에밀리아가 그녀에게 다가가 손을 잡아줬다.

"걱정하지 마세요. 리펠 님이 리스의 아버님을 설득해주실 거예요."

"응…… 언니를 믿어. 하지만 아버님이 직접 이곳에 올 줄은 몰라서 불안해……."

"진정해, 리스. 아마 리스를 잡으러 온 건 아닐 거야."

그렇다. 추적자가 아니라 리스의 아버지가 이곳에 직접 온 것만 해도 이상했다.

이 생각이 옳다면, 왕은 리펠 공주는 물론이고 리스에게도 해를 끼칠 생각은 없으리라.

"만약 진짜로 너를 잡으러 온 거라면 시종 한 명만 데리고 올 리가 없어. 아마 이야기를 하러 온 걸 거야."

"아버님이 이야기를요? 저한테는 꼭 필요한 말 이외에는 안 하시는 분인데요?"

"아마 내 예상이지만, 지금쯤 반응이……."

『말도 안 되는 소리 하지 마!』

좀 떨어진 곳에 있는 응접실에서 왕과 만나고 있던 리펠 공주의 고함소리가 이곳까지 들려왔다.

반사적으로 '서치'를 써보니, 전투가 벌어진 것 같지는 않았다.

"방금 그거…… 리펠 누나의 목소리지?"

"아무래도 범상치 않은 일이 벌어진 것 같군요. 시리우스 님, 어떻게 할까요?"

"전투가 벌어진 것 같지는 않으니 잠시 기다려보자."

"언니…… 대체 무슨 일일까?"

리스와 남매가 저택 안에 울려 퍼지는 고함소리를 듣고 동요했을 때, 세니아가 식당 안으로 들어왔다.

그녀는 평소와 마찬가지로 차분하지만 왠지 약간 화가 난 것 같았다.

"세니아! 언니는 괜찮아?"

"무사하시니 안심하세요, 리스 님. 그리고 여러분, 리펠 님께서 응접실로 여러분을 모시고 오라고 명하셨습니다."

"우리도 말이야?"

"예. 여러분에게 들려드릴 이야기가 있다고 하십니다. 응접실에는 폐하가 계시지만, 지금은 특별히 다소의 무례는 용서해주시겠답니다."

"리스, 가죠. 저희가 같이 가드릴 테니, 오늘이야말로 아버님에게 하고 싶은 말을 다 하는 거예요!"

"……응. 고마워."

우리는 각오를 다진 리스를 데리고 세니아의 안내를 받으며 응접실로 향했다.

실내의 소파에 앉아 있는 리펠 공주는 얼굴이 분노로 가득 차 있었다.

그리고 그 분노는 맞은편에 앉아 있는 리스의 아버지…… 엘리시온의 왕인 카디어스 발드펠드를 향하고 있었다.

"……왔군."

그는 불꽃을 연상케 하는 붉은색 단발머리와 칼날 같은 날카로운 시선을 지닌 남자였다.

그서 이곳에 앉아 있을 뿐인데도 왕다운 패기가 느껴지며, 그의 정체를 모르는 이도 무심코 무릎을 꿇을 것만 같은 박력이 느껴졌다. 리스가 위축되는 것도 무리가 아닐 것 같았다.

그야말로 나라를 짊어진 왕다운 남자지만…….

"너희가 페어리스의 친구인가."

진지한 표정으로 우리를 쳐다본 순간, 왕의 오른쪽 볼에 남아 있는 손바닥 자국이 보이면서 그 모든 분위기가 박살났다. 고함 소리와 함께 들렸던 소리는 바로 따귀 소리였던 것 같았다.

"이제 와서 폼 잡지 마. 아무튼 당신들은 내 옆에 앉아."

그런 미묘한 분위기 속에서 우리는 리펠 공주의 옆에 나란히 앉았다. 한편, 에밀리아와 레우스가 손바닥 자국을 보며 필사적으로 웃음을 참고 있었기에 좀 당황했다.

"리펠 님, 저희를 왜 부르신 겁니까?"

"당신들을 부른 건 이번 일의 진상을 알려주기 위해서야. 간단하게 설명하자면, 어제 열린 혼전의식은…… 가짜였어."

"언니…… 다시 한 번 말씀해주시겠어요?"

323

"어제 의식은 엘리시온에 사는 악당들을 한 자리에 모으기 위한 함정이었어. 이번 결혼 상대였던 에버리티 가문과는 처음부터 연을 맺을 생각이 없었던 거지."

역시 그랬나.

어제 식장에 있던 이들은 하나같이 소행이 나빠 보이는 귀족들이었다. 왕족의 혼전의식 자리라면 학교장인 로드벨도 초대되어야 하겠지만, 그의 모습이 보이지 않는 것도 수상했다.

그러고 보니 소동이 일어나자 병사들이 너무 빠르게 대응을 했었다. 그리고 식장에서 빠져나가려고 하는 귀족들을 막은 것도 그래서다.

즉, 이번 결혼은 미끼 수사인 것이다.

그 결과…… 만악의 근원인 에버리티 가문을 꾀어내고 한패거리까지 전부 불러내서 일제히 잡음으로서, 이 나라에 존재하던 거대한 고름을 짜는데 성공했다.

작전은 성공했지만, 문제는 주위의 설득 및 보상…… 그리고 가족을 이용한 바람에 생겨난 앙금이리라.

"이해했어? 이 사람은 나뿐만 아니라 리스한테도 설명을 해주지 않고 미끼로 이용했어! 여자의 결혼을 뭐로 여기는 거야?!"

"나도 고심 끝에 내린 선택이었다. 그 바보 같은 녀석들을 일망타진하기 위해서 들인 노력을 헛되이 할 수는 없었지."

리펠 공주에게도 비밀로 한 것은 정보가 유출되는 것을 막을 뿐만 아니라, 차기 계승자인 그녀에게 비정한 면을 경험시키기 위해서였던 것 같았다. 실로 대담하달까, 인정사정없는 왕이다.

리펠 공주는 설명을 듣고 다소 납득을 한 것 같지만, 아무런 상관도 없는 리스를 휘말리게 한 것을 용서할 수가 없는지 분노를 터뜨리며 따귀를 날린 것이다.

"왜 리스에게 설명을 해주지 않은 거야?! 그랬으면 리스도 납득하고 물러났을 테고, 내가 대신 나서서 계획대로 진행하면 됐잖아!"

"겨우 몸이 나은 너를 무리시킬 수는 없었다! 그리고 이 애의 얼굴과 열의가 그녀를 쏙 빼닮아서…… 거절할 수가 없었지."

뭔가 사정이 있는지, 왕은 표정을 굳히면서 입을 다물었다.

리스는 그런 아버지를 보고 놀랐는지 불안한 표정으로 리펠 공주의 손과 내 소매를 잡았다.

흠…… 아무래도 분위기를 환기시키는 편이 좋을 것 같았다.

"의식이 가짜였다는 건 알겠습니다만, 저희를 이 자리로 부른 이유는 뭐죠?"

"내가 당신들에게 리스를 납치해달라고 부탁했던 것 때문에 부른 거야."

"……음, 리펠에게 의뢰를 받았다고 해도, 너희가 의식을 방해한 건 엄연한 사실이다. 원래라면 처벌을 받아야겠지만, 이번에는 가짜 의식이었으니 처벌 자체도 아예 없던 일로 해뒀다."

다시 마음을 진정시킨 카디어스가 그렇게 설명했지만, 아무리 왕이라고 해도 너무 억지스러운 짓을 벌였다는 생각이 들었다.

"저희로서는 잘된 일이지만, 꽤 과감하군요. 지금쯤 여러 방면에서 항의가 쇄도하고 있을 것 같습니다만?"

"이미 산더미처럼 항의가 들어왔지. 뭐, 내 그림자 무사에게 맡겨뒀다."

"아무리 고름을 짜기 위해서라고 해도, 이번에는 너무 심하지 않았어?"

"네 몸에 마석을 집어넣은 녀석들도 다소 연관이 되어 있었다. 이렇게라도 하지 않으면 청산을 할 수 없지. 게다가…… 화려하게 일을 벌이는 편이 차기 계승자인 너도 움직이기 편할 테지?"

고름을 짜는 것 이외에도 딸의 복수를 행하고, 또한 화려하게 일을 벌여 전례를 남겨두고 싶었던 것 같았다. 나중에 리펠 공주가 왕위를 계승한 후에 이런 거창하고 대대적인 정책을 펼치기 쉽도록 말이다.

리펠 공주는 그런 점을 잘 이용할 수 있는 사람이니 걱정을 할 필요는 없을 것 같았다.

"함부로 일을 벌였다간 이렇게 된다는 걸 널리 알리고 싶으니, 의식의 진상은 대대적으로 발표할 생각이었다. 너희의 행동은 비밀로 해두고 말이다."

"왕의 특권을 쓰는 거네."

"뭐라고 하든 상관없다. 딸을 구한 자를 처벌할 바에야, 왕의 특권을 얼마든지 써주지."

흠…… 이게 어떻게 된 거지?

리스는 왕이 냉철하게 자신이 할 말만 하는 사람이라고 했는데, 카디어스는 진지한 표정으로 리펠 공주와…… 리스를 쳐다보고 있었다.

그 표정은 딸을 진지하게 생각하는 한 사람의 아버지 그 자체였다.

옆을 바라보니, 리스도 뜻밖인지 눈을 동그랗게 뜬 채 딱딱하게 굳어 있었다.

"아무튼 일이 어떻게 된 건지는 이해했어. 하지만 납득이 되지 않는 부분이 하나 있어. 바로 리스야."

리스가 언급되자 카디어스는 또 표정을 굳혔지만, 리펠 공주는 개의치 않으면서 말을 이었다.

"아버지가 나한테 리스에 대해 몇 번이나 물어보기에, 처음에는 리스를 왕족과 거리를 두게 하기 위해 일부러 싫어하는 척을 하는 거라고 생각했어."

"뭐?! 그게 사실인가요?!"

"응. 표면상으로는 차갑게 대했지만, 아버지가 너에 대해 물어보며 몰래 안도하는 모습을 나는 몇 번이나 봤어. 하지만……리스를 미끼로 이용한 탓에, 아버지가 무슨 생각을 하는 건지 정말 모르겠어."

"……그렇겠지."

"아버지한테도 이유가 있을 테니 묻지 않았던 건데, 이제 한계야. 슬슬 본심을 털어놔줘. 리스를 어떻게 생각하는지 솔직하게 말해봐."

"…………."

"좋아하는지, 싫어하는지 딱 잘라 말하란 말이야! 어중간한 태도가 이 애를 상처 입힌다는 걸 모르는 거야?"

"언니…… 이제 됐어요. 아버님이 곤란해하시잖아요."

"아니, 이번에야말로 명확하게 해야겠어. 빨리 말해…… 아버지!"

가족들 간의 이야기니 우리는 자리를 비킬까도 했지만, 리스는 내 소매를 잡은 채 떨고 있었다. 나가라는 말을 들은 것도 아니니, 그냥 이대로 이 자리에 있기로 했다.

리펠 공주가 눈앞의 테이블을 두드리며 고함을 지르자, 카디어스는 리스를 쳐다보며 쓴웃음을 지었다.

"어떻게 생각하느냐…… 라. 한심한 소리지만, 나도 잘 모르겠다……. 아니, 망설이고 있다는 표현이 옳겠지."

"아버님. 제가…… 아버님을 찾아오지 않는 편이 좋았던 건가요?"

"그런 게 아니라, 페어리스. 너는…… 아무 잘못도 하지 않았어. 잘못한 사람은 네 모친인 로라에게 죄를 지은 바로 나란다."

카디어스는 홍차로 목을 축인 후, 창밖의 하늘 쳐다보며 비애에 찬 표정을 지었다.

지금부터 하는 이야기는 왕이 아니라, 카디어스라는 한 남자로서의 이야기인 것이리라.

"……분명 로라는 지금도 나를 원망하고 있겠지."

카디어스는 슬픔이 어린 목소리로 그렇게 중얼거리면서 자신의 과거를 이야기했다.

카디어스 발드펠드.

선왕의 장남으로 태어나난 그는 다양한 분야에서 재능을 드러냈으며 차기 왕에 걸맞은 남자였다고 한다.

하지만 그는 왕보다 모험가를 동경했다.

드세고 감이 좋으며, 머리보다 몸이 먼저 움직이는 카디어스는 언젠가 반드시 모험을 떠나겠다며 어릴 때부터 다짐을 했었다.

그리고 카디어스에게는 아리오스라는 남동생이 있었다.

아리오스는 온화하고 상냥한 청년이며, 책을 읽는 것을 좋아하는 남자였다고 한다.

정반대나 다름없는 형제지만, 두 사람의 관계는 매우 양호했다고 한다.

그리고 왕위 계승자로 선택된 이는…… 차남인 아리오스였다.

왕이 될 재목이지만, 왕위에 관심이 없는 장남은 왕에 걸맞지 않다고 선왕은 판단한 것이다.

다행히 아리오스 또한 왕이 될 재목이며, 인망이 좋아서 주위 사람들에게 인정받고 있었다. 카디어스는 애초부터 왕이 될 생각이 없었기에 육체를 단련하며 동생을 몰래 도와왔다.

아리오스의 정치적 수완 덕분에 엘리시온에는 안정적인 정책이 펼쳐졌다.

그리고 어느 귀족과 결혼한 아리오스는 자식까지 생겼다. 그리고 몇 년 후, 둘째가 태어났으니 후계자 염려도 없다고 판단한 카디어스는 모험가가 되어서 엘리시온을 떠나기로 결심했다.

당연히 주위 사람들은 반대했지만, 유일하게 아리오스만은 카디어스를 응원했다고 한다.

'형님이 나를 대신해 세상을 둘러봐줬으면 해.'

쭉 카디어스의 이야기를 들어온 아리오스는 형의 심정을 이해하고 있었다.

그런 동생의 상냥함 덕분에, 카디어스는 결심을 할 수 있었다.

'10년. 10년 후, 나는 돌아와서 평생 너를 도우마.'

그렇게 약속한 카디어스는 모험가로서 여행을 떠났다.

즐거운 일 뿐만 아니라 고난도 많았지만, 그는 모험가로서 즐겁게 살았다.

세상을 돌아보고, 많은 경험을 쌓은 카디어스는 강하고 믿음직한 남자로 성장했다.

순식간에 몇 년이 흘렀고, 돈을 벌기 위해 길드의 의뢰를 받으러갔던 어느 날…… 카디어스는 리스의 어머니인 로라와 만났다.

같은 모험가이며, 불가사의하게도 죽이 잘 맞았던 두 사람은 파티를 짜기로 했다.

항상 서로의 등을 지키고, 함께 여행을 하며 서로에게 끌린 두 사람이 연인 사이가 되는 것은 필연이었을지도 모른다.

몇 번이나 몸을 섞고, 결혼을 생각하던 즈음…… 동생과 약속했던 10년이라는 세월이 다 흘러가고 말았다.

카디어스는 고민했다.

로라를 데리고 돌아가는 것도 좋지만, 평민이자 모험가인 그녀를 좋지 않게 생각하는 이가 분명 있을 것이다. 그리고 자유를 사랑하는 로라가 왕족이나 귀족사회를 싫어한다는 것도 알고 있다.

선택지는…… 두 개다.

로라와 헤어지고 성에 돌아가 동생을 도울 것인가. 아니면 약속을 잊은 척 하며 로라와 함께 여행을 계속할 것인가.

고민에 빠진 그가 결단을 내리게 한 이는 바로 로라였다.

모든 사실을 안 그녀는 카디어스에게 이렇게 말했다.

'약속……했다며? 약속을 지키지 않는 카디는 내가 사랑하는 카디가 아냐.'

로라가 그렇게 말하자, 카디어스는 로라와 헤어지고 엘리시온으로 돌아갔다.

그리고 성에 돌아간 카디어스를 기다리고 있었던 것은……쇠약해진 채 침대에 누워 있던 동생의 모습이었다. 아리오스는 1년 전에 병에 걸렸고, 카디어스가 돌아왔을 즈음에는 남은 목숨이 얼마 되지 않았다.

치료하기에는 이미 늦은 상황에서, 쇠약해진 동생은 필사적으로 미소를 지으며 형에게 잘 돌아왔다는 인사를 건넸다.

그리고 며칠 후…… 아리오스는 이 세상을 떠났다.

아리오스의 자식은 아직 젊고, 왕의 뒤를 잇기에는 어리다.

이 나라 전체가 아리오스의 죽음을 아쉬워하며 비통함에 휩싸인 가운데, 카디어스는 동생이 지킨 엘리시온이라는 나라를 보며 다시 결의했다.

'내가…… 내가 왕이 되어 이 나라를 지키겠다!'

그리고 아리오스의 세 자식을 양자로 삼은 카디어스는 엘리시온의 왕이 되었다. 참고로 그 자식 중 한 명이 바로 리펠 공주라고 한다.

당연히 반대하는 이도 있었지만, 원래부터 왕의 될 재목이었던 카디어스는 순식간에 두각을 나타내어 곧 반대파를 침묵시켰다.

아리오스가 키운 우수한 측근의 지원을 받으며 바쁜 나날을 보내다 보니…… 어느새 10년이라는 세월이 흘렀다.

그러던 어느 날…… 한 통의 편지가 카디어스에게 왔다.

구멍을 냈다 막은 흔적이 있는 초라한 편지였지만, 편지에 찍힌 표식이 카디어스의 것이었기에 그에게 전달된 것 같았다.

그리고 그 표식을 편지에 찍을 수 있는 사람은 카디어스 이외에 단 한 명 뿐이다. 로라와 헤어질 때, 그녀에게 건네준 반지의 표식이 틀림없었다.

즉, 이 편지는 로라가 보낸 것이다.

그 편지 안에는 종이 한 장과 자신이 줬던 반지가 들어 있었다.

그리고 종이에는 떨리는 손으로 쓴 듯한 짤막한 글귀만 적혀 있었다.

'딸을 부탁해.'

카디어스는 그 편지가 어디서 보내진 것인지 알아본 후, 신하를 보내 조사했다.

보고에 따르면, 로라는 병에 걸려 이미 이 세상을 떠났으며, 그녀의 딸인 페어리스가 홀로 이 세상에 남겨져 있다는 사실을 알았다.

10년 전에 헤어졌을 때, 로라는 카디어스의 아이를 임신했던 것이다. 그리고 조사해보니, 로라에게 다른 남자는 한 명도 없었으며 태어난 시기로 볼 때 자신의 아이가 틀림없었다. 평민인 애가 있다는 게 알려지면 카디어스에게 짐이 될 것 같아서, 로라는 카디어스에게 알리지 않고 혼자 키우고 있었던 것이다.

그 사실도 모르고 엘리시온으로 돌아가 10년 동안 그녀를 방치해둔 자기 자신을 향한 분노를 느끼며, 카디어스는 편지를 보내 리스를 데려오기로 했다. 하지만 실제로 딸과 만나 리스에게서 로라와 닮은 면을 발견한 순간…… 눈치채고 말았다.

지금까지 방치해둔 딸에게, 어리석은 아버지가 어떤 표정을 지어야 좋을지 모르겠다……는 사실을 말이다.

독백을 끝낸 카디어스는 천천히 자리에서 일어나더니 창가로 걸어가 한숨을 내쉬었다.

"이제 와서 아버지 노릇을 할 생각은 없지만, 너를 내버려둘 수가 없었다."

"아버님……."

"하지만 동시에 무서워졌지. 로라와 너를 방치한 내가 이제 와서 너를 어떻게 대하면 좋을지…… 잠작조차 되지 않았다."

차가운 눈빛으로 리스를 쳐다봤던 것은 그녀를 미워해서가 아니라 필사적으로 평정심을 유지하기 위해서였던 것 같았다. 왕으로서는 뛰어나지만, 아버지로서는 미숙한 것 같았다.

"내가 무슨 말을 하던 변명으로 들리겠지만, 너만은 왕족의 문제에 휘말리게 하고 싶지 않았지만…… 결국 휘말리고 말았구나."

"이, 이번 일은 제 잘못이에요! 언니와 상의도 하지 않고 멋대로 일을 벌여 죄송해요."

"아니다. 잘못한 사람은 나야. 네가 리펠 대신 성에 왔을 때, 나는 진상을 설명해서 너를 말릴 생각이었다. 하지만 리펠을 대신해 결혼하겠다고 말하는 네가…… 언니를 생각하는 네 모습이 로라와 너무 닮았었지. 그런 생각이 든 순간…… 나는 아무 말도 할 수 없었다."

로라를 향한 죄책감이 카디어스의 결단력과 판단력을 흐트러뜨린 것이리라.

현재 카디어스는 왕이 아니라 한 사람의 아버지처럼 보였다.

"로라는 나와 마찬가지로 모험을 진심으로 즐겼다. 하지만 내 탓에 모험을 할 수 없게 된 그녀는 그대로 이 세상을 떠나고 말았지. 그러니 나는…… 네 아버지를 자처할 자격이 없다."

아이를 뱄으니 모험가 생활을 계속할 수 있을 리가 없다.

혼자서 갓난아기를 키우며 얼마나 힘들었을까. 리스의 어머니는 몸도 마음도 강한 여성이었으리라.

"페어리스여. 어머니와 너를 방치해둔 걸로 모자라, 이런 어리석은 일에 휘말리게 한 못난 남자에게 할 말은 없느냐? 때리고 싶으면 때려도 된다. 무슨 짓이든 다 당해주마."

카디어스는 자학적인 미소를 지으면서 리스의 앞에 섰다.

그와 동시에 자리에서 일어선 리스는 눈앞에 서 있는 카디어스를 향해 손을 휘둘렀다.

"······멋대로 정하지 마!"

리스가 고함을 지르면서 따귀를 때렸지만, 그녀의 손에는 힘이 실려 있지 않았다.

"나와 어머님이 어떤 마음인지 알지도 못하면서······ 멋대로 그런 소리를 하지 말란 말이야!"

"나를 원망하고 싶다면 얼마든지 원망해라."

"그렇지 않아! 아버님은 착각을 하고 있어! 어머님은······ 아버님을 원망한 적 없어."

"하지만 나는 너희를······."

"어머님이 죽기 직전에 말했어. 아버님을 원망하지 말라고······."

"뭐?!"

리스가 그 말을 입에 담은 순간, 카디어스는 눈을 치켜뜨며 망연자실한 표정을 지었다.

왕이라는 지위에 있는 자가 이렇게 동요하다니, 아내와 딸이 마음속에 큰 응어리로 존재하는 것이리라.

"어머님은 나에게 아버님이 얼마나 대단한 사람인지 몇 번이나 이야기해주며 자랑스러워하셨어. 그때는 아버님이 죽었다고 생각했지만, 지금은 알아. 왕으로서 살아가는 아버님을, 어머님은 자랑스럽게 생각했던 거야."

"로라…… 너는…….."

"그러니 나도 아버님을 원망하지 않고 원망할 수도 없어. 하지만 이건 묻고 싶어. 나, 아버님의 딸로서 태어나기를…… 잘한 거야?"

"당연하지! 네가 없었다면, 나는 로라가 죽었다는 사실을 안 순간 절망하고 말았을 거다."

"……다행이야. 그걸 안 것만으로 충분해."

"페어리스. 나를…… 용서해주는 것이냐?"

"처음부터 화나지 않았어. 그리고 아버님이…… 나를 리스라고 불러줬으면 좋겠어."

리스가 웃자, 굳어 있던 카디어스의 얼굴에 미소가 어렸다.

자신을 짓누르고 있던 주박에서 벗어난 카디어스의 표정은 환하기 그지없었다.

"후후…… 그래. 리스여. 로라에 대해 이야기해줘서 고맙다."

"응!"

이렇게 오해가 풀리면서 좋은 분위기가 됐지만…… 뭔가가 부족했다.

리스는 나를 아버지처럼 여기고 있었다. 그래서 그녀가 지금 원하는 게 뭔지 알고 있었다.

"폐하, 실례를 무릅쓰며 한 말씀 올리겠습니다. 부모가 자식을 칭찬할 때는 머리를 쓰다듬어줘야 하지 않을는지요?"

"음, 그렇지. 고맙다, 리스."

"아……."

손길이 약간 거칠었기에 리스의 머리카락이 흐트러졌다. 아버지가 머리를 쓰다듬어주자, 리스는 진심어린 미소를 지었다.

아직 완벽하지는 않지만, 이걸로 리스와 아버지 사이의 골은 메워졌다. 한동안은 어색할지도 모르지만, 더는 사이가 나빠지지 않으리라.

긴장된 분위기가 완전히 사라지고, 세니아가 새로운 홍차를 준비하고 있을 때, 카디어스의 시종인 남자가 입을 열었다.

"폐하. 이제 성으로 돌아가시지 않으면 정무(政務)에 차질이 생길지도 모릅니다."

"그래……. 돌아가야만 하는군."

카디어스의 시선은 아쉬운 듯한 표정을 짓고 있는 리스를 향했다.

리스의 버림받은 강아지 같은 눈빛을 본 카디어스가 자신의 시종에게 물었다.

"저기…… 진. 내 볼은 지금 어떻지?"

"리펠 님에게 맞은 자국이 뚜렷하게 남아 있습니다."

"이런 상태로는 왕으로서 가신의 앞에 설 수가 없겠지."

"그렇습니다. 하지만 다행히 이곳은 요양소이니, 온천에 즐기시며 하루 동안 쉬시면 붓기도 다소 가라앉을 겁니다."

"음, 그렇게 하지. 괜한 폐를 끼치는 군."

"괜찮습니다. 그럼 저는 이만 돌아가 보겠습니다."

"부탁하지."

진이라고 불린 시종이 소리를 내지 않으면 방을 나가자, 카디어스는 소파에 앉으며 리스에게 손짓을 했다.

"리스. 괜찮다면…… 로라 이야기를 더 해주지 않겠느냐?"

"아, 예!"

부녀가 사이좋게 소파에 앉아 있는 광경을 남매가 만족스러운 눈길로 쳐다보았고, 리펠 공주 또한 안도에 찬 표정을 지었다.

아니, 그렇지 않다.

리펠 공주의 표정이 조금 이상했다. 마치 장난을 꾸미고 있는 듯한…….

"참, 아버지. 리스한테 좋아하는 사람이 생겼어."

"언니?! 그건 지금 할 이야기가……."

"호오? 그건 저 두 사람 중에……."

이미 우리는 방에서 도망쳤다…… 아니, 나갔다.

이제부터는 가족끼리 나눌 이야기 같았고, 조리실을 빌려서 간식이라도 만들자는 생각이 들었던 것이다. 결코 귀찮아질 것 같아서 도망친 것이 아니라는 걸 밝혀두겠다.

"저기, 형님. 방을 나서기 직전에 리스 누나의 아버지가 나를 무시무시한 눈길로 노려봤어."

"신경 쓰지 마. 자아, 그럼 조리실에 가서 뭐라도 좀 만들어볼까. 맛있는 걸 먹으면 더 기분 좋게 대화를 나눌 수 있을 거야."

"예. 저도 도울게요."

우리는 조리실에 가서, 요리사에게서 이곳의 시설을 빌렸다.

이곳에 있는 재료를 살펴보니, 리스가 좋아하는 치즈케이크를 만들 수 있을 것 같았다.

하지만 오븐이 없기 때문에 에밀리아가 식재료를 준비하는 사이에 내가 직접 오븐을 만들기로 했다. 동력은 마법진이기 때문에, 열 마법진을 그릴 수 있는 내가 있으면 만드는 것도 가능했다.

열에 강한 재질로 된 밀폐된 용기를 만들어서 마법진을 그리면 오븐이 완성된다. 대충 만든 것이기에 한 번밖에 쓸 수 없을 것 같았다.

그리고 식재료를 조리해서 오븐에 넣고 수십 분이 지나자……
치즈케이크가 완성됐다. 간이 오븐으로 만든지라 모양이 조금 이상하지만 맛은 문제없었다.

요리사는 그 과정을 뜨거운 눈길로 쳐다보며 메모를 했다. 오븐이 없으면 의미가 없지만, 홍보 삼아 가르간 상회에서 오븐을 양산할 예정이라는 걸 알려줬다.

약 두 시간 동안 자리를 비우고 응접실에 돌아가 보니, 리스는 가족들과 즐겁게 이야기를 나누고 있었다.

아버지와 리스 사이의 벽이 꽤 없어진 것 같았으며, 카디어스가 딸의 말을 듣고 기뻐하는 모습은 한 사람의 아버지 그 자체였다.

"리스는 정말 강해졌구나. 나와 처음 만났을 때는 아무것도 못하는 애였는데 말이다."

"언니, 그리고 친구들 덕분이야. 특히 시리우스 씨는…… 어? 시리우스 씨, 그건 혹시……."

"응. 만들어봤어."

우리가 돌아온 순간, 치즈케이크를 본 리스는 눈을 반짝였다. 리펠 공주도 기쁜지 환한 미소를 짓고 있었지만, 세 사람 중에서 오늘 처음으로 치즈케이크를 본 카디어스는 고개를 갸웃거렸다.

"시리우스⋯⋯라고 했나. 그건 뭐지?"

"제가 만든 디저트입니다. 곧 점심시간이지만, 모처럼 만든 거니 다 같이 맛보지 않겠습니까?"

"좋아. 아버지도 그에게 할 말이 있겠지만, 일단 저걸 먹어봐."

"그럼 제가 자를 테니, 시리우스 님도 소파에 앉으시죠."

"부탁합니다."

세니아가 그렇게 말하자, 나는 그녀에게 뒷일을 맡겼다.

케이크를 넘겨주고 소파에 앉자, 카디어스의 날카로운 시선이 나를 향했다. 아마 내가 리스의 스승이자 그녀가 연모하는 상대라는 사실을 안 것이리라. 아까부터 계속 나를 살피는 듯한⋯⋯ 아니, 살기가 어린 듯한 시선으로 나를 쳐다보았다. 리스와 화해하면서 아버지의 본능에 눈뜬 걸까? 만약 단둘이 만났다간 딸을 줄 수 없다고 외치며 나한테 달려들지도 모른다.

그런 시선을 깨끗하게 받아넘기고 있는 사이, 세니아가 케이크를 다 잘랐다.

그리고 독 검사 삼아 먼저 맛을 본 후, 케이크를 우리에게 나눠줬는데⋯⋯.

"⋯⋯세니아. 내 것만 좀 작아 보인다만?"

카디어스의 케이크만 다른 이들의 것에 비해 작았다.

내 케이크의 크기가 10이라면 카디어스의 것은 6 정도였으며, 리스와 리펠 공주는 내 것보다 약간 더 컸다.

카디어스가 그런 소리를 하는 것도 당연하지만, 세니아는 상큼한 미소를 지으며 이렇게 말했다.

"아뇨. 똑같이 잘랐습니다."

"뭐가 똑같다는 거지? 딱 봐도 내 것만 작지 않느냐."

"똑같습니다."

"하지만……."

"똑같습니다."

"아니, 그러니까……."

"똑같습니다."

"……음."

왕은 결국 담담하게 대답하는 시종에게 지고 말았다.

지금 생각해보면 세니아도 리스를 동생처럼 귀여워했으니, 이번 일로 화가 나지 않았을 리가 없다. 시종이기에 리펠 공주처럼 따귀를 때릴 수 없으니, 이런 식으로 복수를 한 것이리라.

따귀를 때리는 것보다는 귀여운 짓이지만…….

"……음?! 맛이 농후한 게 정말 맛있군! 더 없나?"

"있을 리가 없잖아. 치즈케이크는 정말 맛있네. 리스, 안 그래?"

"예! 다 같이 먹으니 더 맛있어요!"

"으음…… 딸들아. 나에게 조금 나눠주지 않겠느냐?"

""싫어!""

"부, 부탁이다!"

효과는 끝내주는 것 같았다.

왕의 성격이 너무 달라진 것 같지만, 이게 바로 본래의 카디어스이리라. 우리가 있기는 하지만, 왕으로서의 위엄을 보일 필요는 없다고 딸들이 설득한 걸지도 모른다.

뭐, 이 자리에는 왕이 이런 모습을 남들에게 알려댈 자도 없으니 편하게 가족 간의 시간을 보내줬으면 좋겠다. 시끌벅적하지만 가족과 함께 웃는 일상을…… 리스는 예전부터 원했으니까 말이다.

"맞아, 리스. 좀 물어볼게 있는데 말이야."

"물어보세요, 언니."

"시리우스가 리스에게 가족과 나눠먹으라면서 치즈케이크를 준 적이 몇 번이나 있다던데…… 언니는 왜 먹어본 적이 없는 걸까?"

"…………에헤헤."

"어머, 귀여운 미소네. 하지만 음식을 몰래 혼자 다 먹는 먹보 동생을 둔 언니로서는 마음을 독하게 먹을 수밖에 없을 것 같아."

"언니…… 용서해줘요."

"……안 돼."

……으음, 자매의 스킨십 또한 나쁘지 않을 것이다.

그 후 리스가 어떻게 되었는지는…… 밝히지 않겠다.

참고로 남성들은 조용히 방밖으로 나갔다는 것만 밝혀두겠다.

그리고 점심을 먹은 후, 우리는 참가를 희망하는 멜트와 함께 평소처럼 훈련을 했다.

리스에게 조언을 해줄 때마다 카디어스의 날카로운 눈빛을 받는 가운데, 훈련을 마친 나와 레우스가 씻기 위해 온천에 들어가자 카디어스가 난입했다.

국왕이지만 전직 모험가이며, 시간이 나면 항상 수련을 해온 카디어스는 상당한 근육질이었다. 내가 그걸 칭찬하자, 레우스 또한 근육 자랑을 하기 시작했다.

"확실히 대단하지만 나도 뒤지지 않는다고, 형님!"

"호오, 나이에 비해 괜찮군. 정말 장래가 유망한 젊은이인걸!"

카디어스는 레우스의 말투를 전혀 개의치 않았다. 서로의 근육을 칭찬하며 웃는 두 사람은 리스보다 더 부자처럼 보였다. 이런 이들을 보고 닮은꼴이라고 하는 걸까.

그렇게 한동안 떠든 후, 카디어스는 내 옆에 앉으며 이렇게 말했다.

"그대에 대한 이야기는 딸들에게 들었다. 여러모로 신세를 진 것 같구나."

"저는 그저 제가 하고 싶은 일을 했을 뿐입니다."

"호오, 그럼 그대는 뭐가 하고 싶었던 거지?"

"제자들의 성장, 그리고 리스가 진심으로 웃을 수 있기를 바랐을 뿐이죠. 겸사겸사 가족과 사이좋게 지낼 수 있기를…… 바랐다고나 할까요?"

"음…… 그대는 의로운 남자군. 리펠이 그대를 휘하에 두고 싶어 할 만한걸. 뭐…… 실패한 것 같지만 말이야."

"우리 형님은 정말 대단하다고!"

카디어스가 호쾌하게 웃자, 레우스도 덩달아 웃었다.

한동안 웃고 만족한 듯한 카디어스는 숨을 고르면서 벽에 기대앉더니, 이렇게 말했다.

"……그런데 그대는 리스를 어떻게 생각하지?"

"정말 귀엽고, 매사에 최선을 다하는 상냥한 아이죠. 그저…… 왕족으로서의 삶에는 치명적인 정도로 맞지 않아요."

이럴 때에 마음에도 없는 말을 하고 싶지는 않았기에, 나는 솔직한 생각을 털어놓았다. 그러자 카디어스는 약간 어안이 벙벙한 듯한 표정을 짓더니, 곧 큰 소리로 웃으면서 내 등을 두드렸다. 알몸이라 꽤 아팠다.

"하하하! 확실히 그대의 말대로 그 애는 왕족은 고사하고 귀족으로서 사는 것도 힘들겠지. 그 마굴에 들어갔다간 순식간에 잡아먹히고 말 거야."

"리스 누나는 밥을 맛있게 먹을 때가 가장 좋아!"

"……그래. 그 애는 로라와 마찬가지로 평민으로 사는 게 가장 좋겠지. 언젠가 성으로 다시 불러들여 왕족으로서의 교육을 시킬까도 했지만, 역시 지금 학교에 계속 다니는 게 최선일지도 모르겠군."

"그 편이 좋을 겁니다. 현재 리스는 친하게 지내는 학우도 많고, 매일같이 즐겁게 학교에 다니고 있으니까요."

"음. 앞으로도 리스를 잘 부탁하지. 하지만……."

카디어스는 내 어깨에 얹은 손에 힘을 줬다.

어이……. 어깨에서 우두둑하는 소리가 나고 있거든?

"좀…… 살살 훈련을 시켜줄 수는 없겠나? 그 애가 정말 힘들어하는 것 같았다만…….'

"훈련이니 힘든 게 당연합니다. 따님이 걱정되시는 건 알겠지만, 제 말을 이해하지 못하시는 건 아닐 텐데요. 그녀의 몸도 잘 살피고 있으니, 안심하십시오."

"모, 몸을 살피고 있다고?! 설마 그 애의 속살을 만지거나, 본 적이 있는 거냐?!"

"치료를 위해 그런 적은 있지만, 그녀의 속살을 살펴야 할 때는 에밀리아에게 대신 봐달라고 한 후, 설명을 듣습니다."

"그, 그럼, 리스가 허락을 한다면 어쩔 거지?! 아, 아무튼, 나는 리스와 그대의 결혼을 허락한 게 아니라는 것만 명심해둬라!"

"이야기가 너무 비약됐습니다!"

골치가 아프군. 지금까지 참아온 탓인지, 카디어스는 어엿한 딸 바보로 변신한 것 같았다.

역시 딸을 생각하는 아버지에게 이기는 건 무리 같았다.

그 후의 전말을 대략적으로 이야기하자면 이러하다.

우선 리스는 지금까지와 마찬가지로 존재가 은폐되기로 했다.

혼전의식을 치를 뻔하기는 했지만, 그녀를 본 귀족은 전부 체포됐다. 그리고 그녀는 미끼로 쓰이기 위해 고용된 가짜라고 공표됐다고 한다.

그 외에도 카디어스와 리펠 공주가 여러모로 손을 썼다고 한다. 그러니 상황이 진정되면 학교에 또 등교할 수 있으리라.

그때까지 리스는 요양소에서 언니와 함께 지내기로 했고, 우리도 빈번히 찾아온 덕분에 그녀는 외롭지 않게 지낼 수 있었다.

다음으로 의식에 참가한 오십여 명의 귀족이 어떻게 되었는지 이야기하겠다.

처음에는 가벼운 부정을 저지르나 점점 감각이 마비되면서 인원이 늘어난 결과, 그 규모는 기하급수적으로 커진다. 그런 짓을 해온 녀석들이 한 자리에 모인 것이다.

그들은 왕이 모은 증거 덕분에 대부분의 귀족 신분을 박탈당하거나 엘리시온 밖으로 추방당했다. 그중에는 몰래 제거당한 자도 있다고 한다.

많은 귀족들이 숙청된 바람에 반발도 있었지만, 왕이 증거를 공표하자 주위도 입을 다물 수밖에 없었다. 함부로 반발했다간 자신도 한패로 여겨질 거라 생각한 것이리라.

　그리고 리스의 결혼 상대였던 쿨러는 현재 엘리시온에 없다.

　에버리티 가문의 저지른 악행의 증거가 리펠 공주의 눈앞에 떨어져 있었고, 그 탓에 당주는 처형당했으며 에버리티 가문은 최하위 귀족이 되고 말았다.

　하지만 마음 착한 소녀의 증언과 증거와 함께 놓여 있던 편지 덕분에 쿨러 본인은 엘리시온에서의 추방만으로 용서를 받았다.

　지방의 영지로 보내지게 된 그는 몇몇 시종과 함께 엘리시온을 떠났지만, 병약해 보이는 소녀가 그의 곁을 지키고 있었다고 한다.

　그리고 우리는 평범하게 학교생활을 계속했다.

　일련의 소동이 전부 왕의 지시였다는 사실이 공표되고, 리스를 납치한 이들 또한 왕의 사병인 것으로 되었다. 변장했기 때문에 얼굴이 알려지지 않은 우리는 앞으로도 별문제 없이 마을 안을 활보할 수 있다.

　이번 일로 국왕과 친분을 쌓았지만, 카디어스와는 그날 이후로 만나지 않았다.

　상대는 우리를 정치에 휘말리게 하고 싶지 않고, 우리 또한 휘말리고 싶지 않으니 당연할지도 모른다.

때때로 케이크를 먹고 싶다는 연락이 왔기에, 두 딸을 통해 케이크를 보내기는 했다. 리스가 또 혼자서 몰래 먹어치웠는지는 알 수 없지만 말이다.

크게 변한 점을 들자면, 에밀리아와 레우스가 다이아장에 살게 된 것이다.

내가 다이아장에 사는 것을 허락해주자, 에밀리아는 바로 짐을 싸더니 한 시간 만에 이사를 끝냈다. 예전부터 준비를 해뒀다는 건 알고 있었지만, 이렇게 순식간에 해치울 줄은 몰랐다.

그리고 에밀리아의 방에는 침대가 두 개 있었다.

다른 하나는 리스가 쓸 침대이며, 그녀도 학교에 돌아오면 다이아장에서 살 것이라고 한다. 귀찮은 수속은 학교장과 마그나 선생님에게 케이크를 바치자 순식간에 처리됐다.

그리고 레우스도 이사를 해서 룸메이트가 아쉬워하는 가운데, 나 혼자였던 다이아장이 시끌벅적해졌다.

그리고 며칠 후…… 엘리시온에서 풍양제가 열렸다.

엘리시온 전체가 활기로 가득 찼고, 돈을 벌기 위해 온 이들이 차린 노점과 포장마차가 즐비했으며 마을 곳곳에서 거리의 예술가들이 장기를 선보였다.

"오오…… 평소에도 사람이 많았지만, 오늘은 터져나갈 지경이네. 안 그래, 형님?"

"미아 되지 마. 만약 흩어지면 학교 근처에서 모이기로 할까?"

"걱정하지 마세요. 저희가 시리우스 님을 놓칠 리가 없으니까요."

우리는 인파를 헤치면서, 도중에 발견한 노점이나 공연을 구경하고, 음식을 사먹으며 축제를 즐겼다.

"꼬치도 좋지만…… 축제답게 타코야키 같은 게 먹고 싶네."

"형님, 타코야키가 뭐야? 맛있는 거야?!"

"맛있지. 다음에 만들어줄 테니까 양손에 쥔 꼬치를 흔들지 마."

"알았어!"

레우스가 얌전히 꼬치를 먹는 사이, 우리는 약속 장소에 도착했다.

이곳에서 리스와 합류할 예정이지만…… 그녀는 아직 도착하지 않은 것 같았다.

"시리우스 님, 맛 좀 보시지 않겠어요?"

"냐암…… 흐음, 좀 간이 약하지만 나쁘지 않네. 어디서 산 거야?"

"저쪽 가게예요. 얼마 전에 맛이 바뀌었는데, 그 후로 서서히 인가를 모으고 있다고 해요."

그리고 에밀리아가 먹여주는 음식을 받아먹으면서 기다리고 있을 때, 꼬치를 다 먹은 레우스가 인파 안에서 아는 이를 발견한 것 같았다.

"형님. 저기 있는 사람, 리펠 누나 아냐?"

레우스가 손가락으로 가리킨 곳을 쳐다보니, 검은색으로 물들인 머리카락을 포니테일 스타일로 묶고, 화려한 원피스 타입 옷을 입은 리펠 공주가 멜트와 팔짱을 끼고 걷고 있었다. 참고로 저 염색약은 성에 잠입할 때 남매가 사용하고 남은 것을 내가 그녀에게 선물한 것이다.

시종인 세니아와 멜트도 마찬가지로 머리카락을 염색했으며, 평소보다 얌전한 느낌의 옷을 입고 있었다. 뭐, 리펠 공주의 미모 때문에 시선을 모으고 있지만, 세 사람은 이 마을에 잘 녹아들고 있었다.

"왜 떨어지는 거야? 찰싹 붙어야 미아가 되지 않을 거라고."

"미아 같은 건 안 됩니다! 저기, 이건 좀……."

"하아……. 팔짱 좀 꼈다고 동요하지 마세요."

"우리는 약혼자라는 설정이니까, 좀 당당하게 행동해줘."

사전에 들은 이야기에 따르면, 리펠 공주와 멜트는 약혼을 한 귀족 커플이며 세니아는 시종이라는 설정으로 축제를 즐길 거라고 했다.

리펠 공주는 그 설정을 충실히 지키기 위해 멜트와 팔짱을 낀 채, 우리 앞을 지나갔다. 아무래도 인파 때문에 우리를 발견하지 못한 것 같았다.

"형님, 말 안 걸 거야?"

"그냥 못 본 척 하는 편이 나을 거야."

행복해 보이는 커플을 배웅한 후, 우리는 노점 쪽에서 리스를 발견했다. 그녀는 꽤나 존재감이 넘치는 한 남자와 같이 있었다.

"아버님. 이번에는 저걸 먹지 않겠어요?"

"호오…… 꼬치인가. 점주, 지금 굽고 있는 걸 전부 다오."

리스의 옆에는 머리카락을 검은색으로 물들이고, 평민들이 입을 법한 옷을 걸친 카디어스가 서 있었다.

아마 딸과 축제를 즐기고 싶어서, 성을 몰래 빠져나온 것 같았다. 지금쯤 성에서는 난리가 났겠지만, 그림자 무사도 있다니 아마 괜찮으리라.

그리고 두 사람은 주문한 꼬치를 순식간에 다 먹은 후, 그 사이에 구운 꼬치를 양손에 들고 먹기 시작했다. 부녀가 사이좋게 식사하는 모습은 정말 보기 좋았지만…… 단둘이서 꼬치를 스무 개나 먹은 후에도 식사 페이스는 떨어지지 않았다.

엄청난 먹성이다. ……저 두 사람이 부녀지간이 틀림없다는 걸 확신시켜주는 광경이다.

"아, 시리우스 씨!"

그런 광경을 멍하니 보고 있을 때, 리스가 우리 쪽으로 뛰어왔다.

꼬치를 먹으며 다가오는 카디어스의 눈빛이 날카롭지만, 딸이 너무 기뻐하기에 아무 말도 못하는 눈치였다.

"아버님이 맛있는 음식을 잔뜩 사줬어."

손에 든 꼬치를 맛있게 먹는 리스의 모습은 여전히 공주와는 거리가 멀어 보였다.

하지만 리스가 우리를 향해 짓고 있는 만면의 미소는 그 무엇보다도 눈부셔 보였다.

성에서 위장 혼전의식을 벌어지고 꽤 시간이 흘렀다.

엘리시온에서는 풍양제가 개최되어, 마을은 활기로 가득 찼다.

원래라면 리펠 공주의 결혼기념 퍼레이드도 개최될 예정이었지만, 의식이 중지되었기 때문에 취소되었다고 한다.

퍼레이드가 중지되자 몇몇 사람들은 낙담과 안도를 했지만, 사전에 공지된 정보 덕분에 큰 혼란은 없었고, 풍양제는 무사히 개최되었다.

진실과 거짓이 뒤섞인 채 공개된 정보에서는 리스의 이름이 빠져 있지만, 혹시 모르니 리스는 한동안 학교 기숙사가 아니라 리펠 공주와 함께 요양소에서 지내기로 했다.

그런 상태에서 축제 당일이 되자, 우리는 마을 한편에서 리스와 합류하기로 했다. 하지만 리스는 아버지인 카디어스와 함께 나타났다.

그 사건 이후로 그와 직접 만나는 것은 처음이다.

"오래간만이군. 그날 이후로 처음이지?"

"……오래간만입니다. 그런데 이런 곳에서 뭘 하고 계신 거죠?"

"음, 보다시피 딸과 함께 축제를 즐기고 있다. 이제부터라도 부녀간의 정을 나눠볼까 해서 말이야."

"그건 멋진 생각입니다만, 다른 예정이 있으시지 않나요?"

꼬치를 손에 든 평범한 아버지처럼 보이지만, 그는 왕이기에 학교 투기장에서 열리는 무투대회의 개최선언을 비롯해 이런저런 일을 해야만 한다.

하지만…….

"예정이라고 해봤자 연설이나 귀족들과의 시답잖은 교류 같은 거다. 그런 것보다 딸이 더 소중하지."

……이러고 있는 것이다.

정말 솔직하기 그지없는 발언이었다.

정말…… 리스를 어떻게 대해야 할지 몰라 필사적으로 차갑게 대하던 남자와 동일인물이라는 게 믿기지 않았다.

"아버님…… 마음을 감사하지만, 역시 왕으로서의 소임을 소홀히 해선 안 돼요."

"몇 번이나 말했다만 걱정할 필요 없다, 리스. 지금까지 내 대역을 몇 번이나 했던 신하가 잘 알아서 할 테니까 말이다. 지금쯤 나보다 더 무난하게 왕 역할을 수행하고 있을 거다. 하하하!"

왕으로서 해도 되는 건지 의문인 발언을 또 입에 담았다.

참고로 그 신하란 일전에 카디어스와 함께 요양소에 왔던 진이라는 남자다.

진은 카디어스의 동생…… 아리오스가 죽기 전부터 길러온 인물이며, 공적으로도 사적으로도 카디어스를 돕고 있는 뛰어난 신하이자 파트너라고 한다.

형이 왕위를 이을 거라 보고, 형의 결점을 보완해줄 신하를 남긴 아리오스는 정말 뛰어난 인물이리라.

일단 본인이 괜찮다고 하니 더는 아무 말도 하지 않기로 했다.

그리고 내 뒤를 이어 남매가 고개를 숙이면서 인사를 건네려 했지만, 카디어스는 손을 들면서 말렸다.

"고개를 숙일 필요는 없다. 지금의 나는 왕이 아니라 한 명의 아버지로서 여기에 있는 거니까 말이다. 평범하게 대해주면 된다."

변장을 했는데도 주위의 시선이 그에게 모이는 것은, 왕으로서의 존재감을 완전히 숨기지 못하고 있기 때문일지도 모른다.

하지만 주위에 있는 이들도 국왕이 이런 곳에 있을 거라고는 생각도 못하는지 곧 다른 쪽으로 고개를 돌렸다. 축제의 해방감으로 가득 찬 분위기를 고려해볼 때, 그렇게 쉽게 들통이 날 것 같지는 않았다.

그리고 예전에 느껴본 적이 있는 기척이 감지하고 주위를 둘러보니, 일반인으로 변장한 채 이쪽을 살피고 있는 이가 눈에 들어왔다. 살기가 느껴지지 않는 걸 보면, 아마 왕을 몰래 경호하고 있는 것이리라.

나도 옛날에는 저런 식으로 중요한 인물을 경호한 적이 있기에 왠지 그리웠다.

"알았습니다. 그럼 당신을 뭐라고 부를까요?"

"으음…… 일단 트란이라고 불러다오."

"알았어. 그럼 트란 씨. 그 꼬치, 맛나 보이네!"

레우스의 적응능력은 정말 대단하다.

순식간에 카디어스…… 아니, 트란이 들고 있는 꼬치에 흥미를 보였다.

"음, 저쪽에 잇는 가게에서 산 건데 정말 맛있지. 원한다면 하나 주지."

"정말?! 고마워!"

"하하하! 솔직하게 고마워하면 주는 사람도 기분이 좋지. 에밀리아 양도 먹지 않겠느냐?"

"저도 받아도 될까요?"

"어린애가 어른이 주는 걸 사양할 필요는 없지. 그리고 에밀리아는 우리 딸의 친구일 뿐만 아니라, 항상 잘 챙겨주고 있지 않느냐."

에밀리아가 나를 쳐다보기에 고개를 끄덕이자, 그녀는 정중히 감사 인사를 하면서 꼬치를 받았다.

그런 에밀리아를 본 트란은 환한 미소를 지었다. 에밀리아는 리스와 같은 또래이기 때문에 딸이 한 명 더 생긴 듯한 기분을 맛보고 있는 걸지도 모른다.

그리고 마지막으로 나를 본 트란은…… 갑자기 인상을 썼다.

"……자네에게는 왠지 주기 싫구나. 딸도 빼앗긴 거나 마찬가지라 그런가……."

"아버님, 너무해요! 저는 시리우스 씨에게 신세를 많이 지고 있단 말이에요!"

"으음…… 마지막 하나는 리스에게 줄 생각이었지만, 어쩔 수 없지."

"예? 아…… 으음…… 예."

"……저는 됐으니 리스에게 주세요."

역시 딴죽을 못 걸겠다.

본능적으로 충실한 딸과 어른스럽지 못한 아버지라고 하는, 여러모로 엄청난 부녀다.

게다가 먹고 싶으면 직접 사서 먹으면 되는데다, 나는 그냥 있어도 맛을 볼 수…… 아니다.

"시리우스 님. 아까 먹은 것과 맛이 다르지만, 이것도 맛있어요. 한입 드시죠."

"……으음, 확실히 맛있네."

"예! 우후후……."

에밀리아가 먹여주니까 말이다.

축제라 기분이 고조된 에밀리아는 묘하게 나를 챙겨주려 했다.

나도 기분이 나쁘지는 않은 데다, 에밀리아가 기뻐하니 그냥 내버려뒀다.

"이놈! 남자가 색을 즐기는 건 당연한 일이지만, 이렇게 자신에게 헌신하는 여자가 있는데 내 딸까지……."

"아버님! 저, 저는 아직 아무 일도 안 당했고, 에밀리아라면 저도 납득할 수 있어요!"

우리는 이렇게 시끌벅적하게 떠들면서 축제가 시작된 마을을 산책했다.

그리고 마을 안의 노점에서 이런저런 것을 사면서 걷고 있을 때, 어떤 노점을 발견한 레우스가 걸음을 멈췄다.

"저기, 형님. 저건 뭐야? 조그마한 화살 같은 게 잔뜩 놓여 있네."

"저건…… 다트인가?"

"다트? 저건 플라이비라고 불리는 놀이군. 모험가 시절에 몇 번 한 적이 있지."

진입을 막는 용도로 보이는 나무 상자 너머에는 원이 몇 겹으로 그려진 판이 있었다.

코르크나 공기총 같은 것이 없는 이 세계에서의 과녁 맞추기 같은 것이리라.

"저 플라이비를 과녁의 중심에 맞추면 경품을 받을 수 있나보군."

"경품도 다양하네. 아…… 저 리본, 귀여워."

"예. 리스에게 잘 어울릴 것 같아요. 저 작은 리본도 귀엽군요."

"점주여, 도전하겠다!"

경품을 쳐다보던 리스가 흥미를 보인 것은 조그마한 장식이 달린 커다란 리본이었다.

색깔은 현재 착용하고 있는 것과 같지만, 리스가 저 장식을 마음에 들어 한다는 사실이 판명되자, 트란이 이 게임에 도전했다. 이유는 말할 필요도 없으리라.

참고로 석화(石貨) 세 닢으로 플라이비를 세 개 빌릴 수 있는 것 같았다.

요금을 낸 후, 나무 상자 너머에서 과녁을 향해 플라이비를 던지기만 하면 되지만, 거리가 꽤 멀기 때문에 중심에 맞추는 것은 어려워보였다.

트란은 세 번, 레우스가 한 번 도전했지만, 가장 잘 던진 것도 중심에서 주먹 하나 정도 떨어진 곳에 꽂혔다.

"이거, 어렵네. 역시 나는 던지는 것보다 직접 베는 게 좋아."

"으음…… 점주여, 한 번 하겠다!"

"아버님, 꼭 가지고 싶은 것도 아니니, 포기하는 편이……."

"아니다. 이럴 때 손에 넣어야 추억이 되는 법이지. 그래서 너한테 선물해주고 싶은 거다."

"오오! 트란 씨, 멋져! 그런데…… 형님은 안 할 거야?"

"내가 손에 넣어도 의미가 없겠지만, 일단 도전은 해볼까."

나는 석화를 지불하고 조그마한 화살처럼 생긴 플라이비를 받은 후, 우선 시험 삼아 한 개를 던져보았다.

대충 만든 화살이라 바람의 영향을 많이 받지만, 어떤 식으로 날아가는지는 레우스와 트란을 보며 얼추 파악했다.

검지와 엄지로 쥔 후, 정신을 집중하며 던진 화살은 포물선을 그리며 날아가더니…… 중심에서 조금 떨어진 곳에 꽂혔다.

"아! 정말 아깝네……."

"호오, 처음 던진 것치고는 대단하구나."

"예상했던 것보다 더 휘어지네. 하지만…… 이제 파악했어."

실은 한 번에 중앙에 적중시킬 생각이었지만, 감각이 좀 둔해진 것 같았다.

하지만 방금 투척으로 궤도를 완전히 파악했기에, 두 번째 던진 플라이비는 빨려 들어가듯 과녁의 중심에 꽂혔다.

전장에서는 애용하는 무기만 쓰는 게 아니니, 재빨리 무기의 특성을 파악하지 않으면 살아남을 수 없다.

그리고 마지막 하나를 중심에 맞추자, 점주는 감탄하며 중얼거렸다.

"흐음…… 대단한걸. 하지만 형씨. 이제 그만해줬으면 좋겠는데……."

"예. 저는 이제 그만하죠. 그것보다 경품은 두 개 받을 수 있나요?"

"어쩔 수 없지. 두 개나 중심에 맞췄으니 말이야……. 특별히 줄게. 어느 게 가지고 싶어?"

점주가 인상을 쓰면서도 그렇게 말하자, 나는 조그마한 리본과 애들이 가지고 놀 것 같은 봉제인형을 골랐다.

"그럼 이 리본은 에밀리아에게, 그리고 봉제인형은 리스에게 선물할게."

"저, 정말요?! 아아, 시리우스 님에게 선물을 받다니……."

"어…… 나한테도 주는 거야?"

"나는 딱히 가지고 싶은 게 없거든. 그런데 리스는 이 봉제인형이면 괜찮겠어? 다른 게 마음에 들면……."

"아, 나는 이게 좋아! 에헤헤…… 귀여워."

리스가 좋아할 만한 것을 대충 골라보았는데, 아무래도 마음에 든 것 같았다. 그녀가 봉제인형을 꼭 껴안은 모습을 보니, 선물을 한 보람이 있었다.

한편, 에밀리아는 기쁨의 여운에 잠긴 채 돌아오지를 않았다.

그래서 현실에 돌아오라는 듯이 머리를 쓰다듬어주자, 레우스가 고개를 갸웃거렸다.

"형님. 리스 누나의 리본은 안 딸 거야?"

"리본은 리스의 아버지가 손에 넣을 거야. 그렇죠?"

"당연하지. 하지만 그대에게 아버지라고 불리는 건 싫군."

정말 골치 아픈 어른이다. 뭐, 분위기에 휩쓸려 그렇게 부른 나도 잘못한 것 같지만 말이다.

내가 성공하는 모습을 보고 의욕이 불타오른 트란이 또 플라이비를 던졌지만, 역시 중심에는 꽂히지 않았다.

"트란 씨, 방금은 정말 아쉬웠어!"

"으음, 방금 건 아쉽구나⋯⋯."

"힘을 너무 준 것 같아요. 트란 씨의 힘이면 손목의 움직임만으로도 충분할 테니, 손가락 끝의 힘을 빼서 던지면 좋을지도 몰라요."

"흠, 그렇군⋯⋯."

트란이 내 조언을 듣고 반발할 거라고 생각했지만, 그는 순순히 따르면서 플라이비를 던졌다.

적의 가르침일지라도 그게 옳다고 여겨진다면 받아들이는 타입 같았다. 모험가로서 10년가량 살아온 사람다웠다.

그리고 플라이비가 서서히 중심으로 다가가며 명중했다. 그리고 내 조언을 듣고 두 번째로 던진 플라이비가 결국 중심에 꽂히면서 트란은 리본을 손에 넣었다.

"리스여. 좀 한심한 꼴을 보였지만, 이걸 받아주겠느냐?"

"하나도 한심하지 않았어요. 고마워요, 아버님."

"음!"

리스가 눈부신 미소를 짓자, 트란은 만족스럽다는 듯이 고개를 끄덕였다.

"하지만 봉제인형을 받았을 때처럼 기뻐하지는 않는구나. 그걸 선물하는 편이 좋았으려나?"

"바보네. 리스는 시리우스에게 받은 선물이라서 기뻐한 거야."

"아, 언니!"

"드디어 찾았어!"

그 목소리를 듣고 고개를 돌려보니, 리펠 공주와 그녀의 시종인 세니아, 그리고 멜트가 눈에 들어왔다. 참고로 리펠 공주는 여전히 멜트와 팔짱을 끼고 있었다.

멜트도 팔짱에 익숙해졌는지 볼을 붉힌 채 기뻐하고 있었지만, 지금은 딱딱하게 굳은 미소를 지으며 굳어 있었다.

그것도 그럴 것이 눈앞에는 왕이…… 아니, 리펠 공주의 아버지가 있으니까 말이다.

"리펠?! 네가 왜 여기 있는 거지?!"

"후후후…… 나를 따돌리려고 하다니, 아버지는 무르다니깐. 아버지가 혼자서 리스를 독점하게 둘 수야 없지."

"아버님? 언니는 멜트 씨와 단둘이 보내고 싶어 했던 게……."

"으, 으윽…… ."

지금은 리펠 공주와 함께 살면서도 같이 오지 않아서 이상하다고 생각했는데…… 트란이 딸과 단둘이 있고 싶어서 손을 쓴 것 같았다.

그리고 거북해하는 트란을 밀쳐낸 리펠 공주는 리스를 등 뒤에서 꼭 끌어안았다.

"멜트와는 충분히 놀았으니까, 이제부터는 너희와 함께 축제를 즐기고 싶어. 그러니 같이 다녀도 되지?"

"물론이죠! 다들 괜찮지?"

반대할 이유가 없기에 트란 이외의 전원이 고개를 끄덕였다. 그 모습을 본 리스는 나와 트란이 선물해준 것들을 리펠 공주에게 보여줬다.

"언니, 이것 좀 보세요. 시리우스 씨와 아버님이 준 거예요."

"어머, 멋진 걸 받았네. 실은 나도 멜트한테서 이런 걸 받았어."

자매가 서로가 선물 받은 것을 자랑하는 따뜻한 광경이 펼쳐지고 있지만, 그 주위에 울고 있는 사람이 있다는 것을 잊어서는 안 된다.

"좋아. 이번에야말로…… 해냈어!"

"익숙해지니 아무것도 아니군요. 이걸로 저도 리스 님에게 선물을 할 수 있겠어요."

다시 과녁 맞추기를 시작한 레우스, 그리고 리스에게 선물을 주고 싶은 세니아가 플라이비를 과녁의 중심에 맞추자 점주가 울상을 지었다.

"멜트여. 리펠과 사이가 친한 것 같다만?"

"아, 예! 저처럼 별 볼 일 없는 놈을 리펠 님께서는 총애해주고 계십니다."

"신분 같은 것은 개의치 마라. 그저…… 팔짱을 끼기에는 아직 이르지 않을까? 저쪽에 가서 나와 좀 이야기를 나누지 않겠느냐?"

"제가 팔짱을 끼자고 한 게…… 아뇨…… 예."

그리고 열 받은 아버지의 화풀이 상대가 된 멜트 또한 울상을 지었다.

이대로 있다간 멜트가 축제를 즐기지 못할 것 같지만, 그냥 내버려두자. 언젠가는 지나야 할 길일 테니까 말이다.

"아아…… 제 보물이 늘어났어요. 이 리본은 소중히 간직할래요."

"제발 부탁이니까 착용하고 다녀."

이곳은 완전히 혼돈(카오스)에 빠졌고, 수습 자체가 불가능해 보였다.

아무튼, 리펠 공주와 합류한 우리는 가르간 상회의 가게에 갔다.

가게 옆에 있는 토지에 노점이 있었고, 거기서는 내가 가르쳐준 크레이프를 판매하고 있다고 들었다. 그래서 가봤더니 수많은 사람들이 몰려 있는 걸 보면 성황을 이루고 있는 것 같았다.

축제에서는 손에 들고 돌아다니면서 먹을 수 있는 게 좋지만, 이 세계는 포장에 쓸 종이도 귀하다. 그래서 카페 형식으로 접시에 담아서 대접하고 있었다.

오픈테라스처럼 식사를 할 수 있는 자리가 손님으로 가득 차서 포기하려 했지만, 잭이 우리의 자리를 맡아준 덕분에 바로 앉을 수 있었다.

우리는 인원이 많기 때문에 테이블을 붙여서 앉았다.

"이곳에서 파는 크레이프라는 음식은 시리우스가 고안한 거지? 기대되네."

"예. 케이크와는 다른 맛을 즐길 수 있어요, 언니."

"아무래도 여러 종류가 있나 보군요. 여러분은 뭐로 할 거죠?"

원래라면 시종인 세니아와 멜트는 주인의 뒤에 서 있어야 했지만, 지금은 신분을 숨기고 있기에 한 자리에 같이 앉았다.

그리고 세니아가 전원이 볼 수 있도록 내민 메뉴표를 본 트란은 어떤 메뉴를 가리키며 질문했다.

"이건 달콤한 음식이라고 들었는데, 왜 고기가 든 게 있는 거지?"

"크레이프는 간식이 아니라, 평범한 식사처럼 즐길 수도 있어. 고기와 채소가 든 게 내 추천 메뉴야."

크게 나누자면, 과일과 크레이프로 생크림을 감싼 달콤한 타입과 고기와 채소를 끼운 식사 느낌의 타입, 이렇게 두 종류가 있다.

하지만 크레이프를 처음 보는 사람들은 뭘 고르면 좋을지 모르기에, 메뉴표에 실려 있는 세트메뉴나 점원의 추천 메뉴가 표에 실려 있다. 토핑과 식재료의 양도 자유롭게 조절할 수 있기에, 그야말로 무한대에 가까운 조합이 가능하다.

내가 아까 꼬치를 먹었기 때문에 달콤한 크레이프를 먹을까 하고 생각하고 있을 때, 다른 손님이 먹고 있는 크레이프를 본 트란이 먼저 메뉴를 골랐다.

"흠, 꽤 맛있어 보이는구나. 우선 여기에 실린 세트를 전부 주문하지."

"예!"

"좋은 생각이네."

이 가족…… 하나같이 망설임 같은 건 눈곱만큼도 존재하지 않았다.

세트 메뉴의 크레이프는 볼륨이 상당하기에, 지금 주문한 것만 해도 30인분은 되지만…….

"정말 다 주문하시는 건가요?"

"뭐냐. 혹시 내가 나중에 돈이 없다는 소리를 할까 싶어서 걱정하는 것이냐? 안심해라. 오늘은 내가 살 테니 다들 마음껏 주문하도록."

"아, 그런 게 아니라……."

"그럼 나는 이것과, 이 세트로 할래."

"저는 이 세트로 하겠어요. 시리우스 님은 어느 걸로 하시겠어요?"

"……이걸로 할게."

걱정해봤자 아무 소용이 없을 것 같았다.

리스와 레우스처럼 잘 먹는 이들도 있는데다, 트란 본인이 실물보고 다 먹을 수 있다고 생각한 것 같으니 괜찮을 것이다.

그것보다 리스와 트란은 그렇다 치고 리펠 공주까지 아무렇지도 않게 고개를 끄덕일 줄은 몰랐다. 저 두 사람과 달리, 리펠 공주의 식사량은 평범한 편인데 말이다.

"언니는 뭘 먹을 거죠?"

"나는 여러 가지 맛을 즐기고 싶으니까, 리스가 주문한 걸 조금씩만 나눠먹고 싶어. 그래도 돼?"

"예! 같이 먹어요."

아하…… 그러면 다양한 맛을 즐길 수 있는데다, 리스와 정을 나눌 수 있으니 일석이조다. 역시 상당한 책사다.

그리고 세니아가 점원을 불러서 주문을 한 후, 옆 테이블에 앉아 있던 한 남자가 들으라는 듯이 한숨을 내쉬면서 우리를 쳐다보았다.

"하아…… 정말. 그런 주문은 짜증나는 인물을 생각나게 하니 관둬줬으면 좋겠군요."

"내가 뭘 주문하든…… 앗?!"

그 남자는 학교장이 변장한 빌 선생님이었다.

왕과 마찬가지로 학교장도 여러모로 바쁠 텐데…… 이제 아무 말도 하지 않겠다.

그리고 빌 선생님의 정체를 트란도 이해했는지, 쓰디쓴 표정을 지으며 그를 노려보았다.

"리펠 누나, 트란 씨는 빌 선생님과 사이가 나쁜 거야?"

"응. 우리와 아저씨는 어릴 적부터 알고 지내면서 이런저런 일이 있었거든. 알려지고 싶지 않은 비밀 같은 것도 있어."

"당신들 가문과는 몇 대에 걸쳐 친분을 쌓아왔으니까요. 당신들이 갓난아기일 때부터 알고 지냈고, 상담 상대로서 많은 이야기를 들었죠. 얼마 전에는 딸과 빨리 화해하고 싶다는 푸념을……."

"그만해! 그리고 이제 나를 어린애 취급하지 말았으면 한다."

"그럴 수는 없죠. 아무리 성장한들, 제가 보기에 당신은 여전히 어린애나 다름없으니까요."

장수하는 종족인 엘프에게 있어 트란이 살아온 세월은 한순간에 지나지 않을 테니, 그의 말도 일리가 있지만…….

"오래 기다리셨습니다. 생크림이 듬뿍 든 프루트 크레이프입니다."

"……생크림의 양이 좀 적군요. 더 많이 넣어주지 않겠습니까?"

두 사람 다 거기서 거기라는 생각이 드는 건 왜일까?

추가요금을 내면서까지 생크림을 더 주문하는 빌 선생님을 본 레우스는 보디 블로급의 한마디를 날렸다.

"형님, 왠지 빌 선생님이 더 어린애 같지 않아?"

"그렇지 않아요, 레우스 군. 저는 먹을 것에 있어서는 타협을 하지 않을 뿐이랍니다."

하지만 빌 선생님에게는 통하지 않았다.

그게 진리라는 듯한 표정을 짓고 있지만, 그런 말에 다른 사람들이 속을 리가 없다.

"방금 그건 어린애의 순수한 의견이다! 그런 당신이 우리를 어린애 취급한다면 그야말로 불공평한 짓이지!"

"무슨 소리를 하는 거죠?! 시리우스 군과 친분을 맺은 당신 또한 먹을 것의 매력에 눈떴을 텐데요!"

"그것과 이건 별개다!"

"저기, 이제 그만……."

"너는 입 다물고 있어!"

"생크림이 얼마나 좋은 것인지 알고 나서 끼어드세요!"

멜트가 다 큰 어린애 둘을 말려보려 했지만, 역시 무리였다. 어린애 레벨의 말다툼을 하고 있지만, 그래도 일단은 이 나라의 왕과 최강의 마법사다.

두 사람 때문에 주위의 주목을 모으고 있지만, 리펠 공주가 태연한 걸 보면 이런 일은 자주 일어나는 것 같았다.

나도 얌전히 크레이프가 나올 때까지 기다리고 있었지만, 건물 뒤편에 있던 잭이 나를 향해 손짓을 했다.

나만 부르는 것 같아서 다른 이들에게 양해를 구하고 가보니 잭은 난처한 표정을 짓고 있었다.

"아…… 떠들어대서 미안해. 폐가 되면 내가 말릴게."

"아, 축제날이니까 시끄러운 건 괜찮습다. 하지만……."

술을 마시고 난리를 피우는 사람이 마을 곳곳에 있고, 이곳은 품위를 따지는 가게가 아니니 딱히 문제는 없는 것 같았다.

그럼 왜 부른 거지, 하고 생각하고 있을 때, 잭이 우리가 앉아 있는 테이블을 쳐다보며 물었다.

"저쪽에 있는 사람들은 대체 누구죠? 좀 다가가기가 힘드네요. 일단은 나리의 지인…… 맞죠?"

뭐, 이 나라의 우두머리급들이 전부 모여 있으니 그럴 만도 했다.

저런 인물들이 한자리에 모여 있으니 설령 변장을 하더라도 위압감과 기품을 완전히 숨기는 것을 무리일 테며, 남들이 무의식적으로 피해 다닐 것이다.

"으음…… 높은 사람들이긴 해. 그래도 캐보지는 않는 편이 좋을 거야."

"나리가 그렇게 말하는 걸 보면 괜히 얽히지 않는 편이 좋다는 거군요."

"현명한 판단이야. 일단 주문한 크레이프를 빨리 내오는 걸 권할게."

"옙!"

가능한 한 빨리 크레이프를 내놓는 편이 좋을 거라고 객에게 말하는 사이, 테이블 쪽에서 어떤 일이 벌어졌다.

"아까부터 되게 시끄럽네."

"모처럼 축제가 벌어졌는데 싸움 같은 걸 하면 어떻게 해……."

"정말…… 술맛 떨어지게 하네!"

사람들이 무의식적으로 피한다고 해도, 그건 어디까지나 이성적인 이들이 그런다는 말이다.

아무래도 노점 밖을 돌아다니던 주정뱅이들이 몰려든 것 같았다. 이 상황에서 싸움을 할 수도 없기에, 두 사람은 자리에 앉았다.

"오오! 예쁜 언니들이 있네!"

"저기, 이런 아저씨나 애들과 놀지 말고 우리와 한 잔 하자."

"나는 이 여자애가 마음에 드네. 용돈 줄 테니까 술 좀 따라달라고."

난처하게도 우리 테이블에 있는 여성들은 하나같이 미인이었기에, 술주정뱅이 셋이 그녀들에게 관심을 가진 것 같았다.

"골치 아프게 됐네요. 제가 말리고 오겠슴다."

"아니, 괜찮아. 그것보다 크레이프를 서둘러 준비해줘."

내가 그렇게 말하며 테이블에 돌아갔지만, 이미 여성들이 나서고 말았다.

"저는 제 주인 이외의 분에게 술을 따를 생각이 없으니 사양하겠습니다."

"그 돈은 맛있는 걸 사먹는 데나 쓰지 그래?"

"나는 예쁘기는 해도 그런 여자가 아냐. 그러니까 딴 데 가."

"다치기 전에 사라지시죠."

"……아앙? 헛소리 하지 말라고!"

그녀들에게 거절당한 주정뱅이 중 한 명이 술병 같은 것을 치켜들었다. 술에 취한 탓에 머리가 제대로 돌아가지 않는 것 같았다.

위협을 하면 어떻게 될 거라고 생각한 것 같지만…… 그 손을 휘두르지는 못했다.

"꼬맹이들아. 그쯤 해라."

"허튼 짓을 한다면 너희의 목숨을 보장해줄 수 없다."

왜냐면 무시무시한 아버지와 공주를 지키는 기사가 그 팔을 움켜잡은 것이다.

주정뱅이가 대꾸를 하려고 했지만, 두 사람이 뿜는 살기에 압도당했는지 입만 뻐끔거렸다.

"왜 그러지? 기세 좋게 덤벼들어놓고 아무 말도 못하는 구나."

"지금 꺼진다면 쫓지는 않겠다. 빨리 꺼져라."

"누나들을 건드리면 확 죽여버릴 거야!"

게다가 짐승 같은 위압감이 더해지자, 주정뱅이들은 얼굴이 새파랗게 질린 채 뒤돌아섰다.

"젠장…… 이딴 거나 처먹지 말라고!"

한 주정뱅이가 화풀이를 하듯 옆 테이블에 놓인 것들을 내동댕이쳤지만…… 그들은 자신들이 호랑이의 꼬리를 밟았다는 걸 눈치채지 못한 것 같았다.

"……거기 서세요."

"뭐야…… 히익?!"

온화한 목소리를 듣고 그 남자가 돌아본 순간, 미소 안에 명확한 살의를 담은 빌 선생님이 자리에서 일어났다.

그의 발치에는 식기가 떨어져 있었고, 그가 고대했던 크레이프가 지면에 떨어져 무참한 형태로 변해 있었다.

"……좀 교육을 시켜주는 편이 좋을 것 같군요."

"그래. 술에 빠져 헤어 나오지 못하는 정신을 다시 단련시켜주지."

"저도 돕겠습니다."

그리고 빌 선생님뿐만 아니라 트란과 멜트도 분노의 불꽃을 불태우고 있었다.

"자, 잠깐만! 겨우 요리 하나 때문에 이렇게 화낼 건 없잖아!"

"그래! 우리는 당신들한테 아무 짓도 하지 않았다고! 왜 시비를 거는 건데?!"

"겨우…… 같은 소리를 들은 요리가 아니기 때문입니다. 불평은 나중에 들어드리죠."

"네놈이 아까 내동댕이친 나이프와 포크가 우리 딸들에게 맞을 뻔했단 말이다!"

"고의가 아니더라도 저분에게 상처를 입히려고 한 자들을 용서할 수야 없습니다."

그리고 미소를 머금은 세 사람은 주정뱅이들의 머리를 움켜쥐더니, 노점 뒤편에 있는 건물 뒤쪽으로 강제 연행했다.

절망에 찬 절규가 서서히 멀어지더니, 곧 축제의 소음에 완전히 가려지고 말았다.

죽지는 않겠지만, 저 남자들은 여러 가지 의미에서 쓴맛을 톡톡히 보게 될 것이다.

앞으로는 술도 적당히 먹으리라.

"좋아. 나도 괴롭혀줘야지!"

"레우스는 가면 안 돼."

"리펠 누나, 이유가 뭐야?"

"너까지 저렇게 될 필요는 없어. 그리고 시리우스도 얌전히 있잖아?"

"갈 필요가 없거든."

남자들이 사라진 곳으로 경비 병사들이 가고 있는 걸 보면, 곧 사태가 수습될 것이다.

그리고 크레이프가 완성됐는지, 점원이 테이블에 음식을 놓았다. 빨리 먹지 않으면 테이블 위에 요리를 놓을 자리가 없을 것 같았다.

"식으면 맛이 없는 것도 있으니까, 남자들이 돌아오기 전에 우리끼리 먼저 먹자."

"예! 그럼 언니, 한입 드세요."

"고마워. 으음…… 케이크와는 또 다른 단맛과 부드러운 식감 덕분에 기분이 좋네. 리스도 먹어봐."

사이좋게 크레이프를 먹는 자매를 따뜻한 눈길로 쳐다보고 있을 때, 누군가가 크레이프가 꽂힌 포크를 나를 향해 내밀었다.

범인은 뻔했다. 쓴웃음을 지으며 그것을 먹자, 에밀리아는 미소를 지으며 꼬리를 흔들었다.

"우후후……. 한입 더 드시겠어요?"

"아니, 노점을 돌며 꽤 많이 먹었는지 배가 고프지 않아. 에밀리아야말로 더 먹어."

"예……."

"……자아."

에밀리아가 꼬리를 흔들지 않을 정도로 아쉬워하자, 이번에는 내가 크레이프가 꽂힌 포크를 내밀자, 그녀는 눈을 반짝이며 그것을 먹었다.

"끝내주게 맛있어요. 이번에는 제가…… 아, 한 번 더 먹여주실 수는 없을까요?"

"후후, 에밀리아는 정말 행복해보여."

"하아…… 리스. 이럴 때는 너도 먹여주겠다고 나서야 한단 말이야."

"그, 그건 부끄러워요. 그리고 지금은 언니와 같이 먹고 있잖아요……."

"큭, 그런 소리를 하면 나도 아무 말 못하잖아! 이렇게 되면 우리도 질 수야 없지! 리스, 입을 벌리렴."

"바라는 바예요!"

왠지 승부가 벌어진 가운데, 레우스와 세니아가 크레이프를 자신들만의 페이스로 먹고 있었다.

"형님이 만들어준 것과는 내용물이 다르지만, 이것도 맛있어!"

"좀 더 차분히 드세요. 정말…… 손이 가는 동생이 생긴 것 같네요."

저 두 사람도 사이가 좋은 것 같았기에, 나는 에밀리아에게 계속 크레이프를 먹여줬다.

그 후, 리스가 나에게 크레이프를 먹여주려고 할 즈음 트란 일행이 돌아온 바람에 또 소동이 일어나고 말았다.

가르간 상회에서 식사를 끝낸 우리는 계속해서 마을 안을 돌아다니며 즐거운 시간을 보냈다.

하지만 즐거운 시간일수록 빠르게 흐르며, 정신을 차려보니 어느새 해가 지고 있었다. 해산해야 하는 시간대가 찾아온 것이다.

축제는 밤늦게까지 계속되지만, 우리는 아직 어린애이기 때문에 저녁때까지만 즐기기로 했었다.

그리고 학교가 보이는 장소에서 우리는 헤어졌지만…… 리펠 공주는 자신을 따라오는 리스를 멈춰 세웠다.

"너는 저쪽으로 가."

"예? 하지만 저는…….."

"원래 네 정보는 거의 흘러나가지 않았으니, 이제 학교로 돌아가도 될 거야. 그리고 나도 오늘부터 성으로 돌아갈 거니까, 리스는 다른 애들과 함께 다이아장으로 돌아가렴."

현재 다이아장에는 우리 모두가 살 환경이 갖춰져 있다. 리스의 짐도 학교 기숙사에서 에밀리아가 다이아장으로 옮겨뒀으니 이대로 돌아가도 문제될 것은 없다.

하지만 그것은 리스가 리펠 공주와 함께 지내는 시간이 끝났다는 것을 의미했다.

설령 언니일지라도, 성에서 지낸다면 자유롭게 만날 수 없는 것이다.

"……언니와 같이 살면서 정말 즐거웠어요."

"응, 나도 즐거웠어. 그리고 무슨 일이 있으면 바로 연락해. 시리우스의 케이크가 또 먹고 싶으니까, 세니아를 자주 보낼게."

"에헤헤, 그렇군요."

"그리고 아버지에게도 편지 같은 걸 자주 보내줘. 안 그러면 아버지가 성을 빠져나가서 너를 만나러 갈지도 몰라."

참고로 카디어스는 왕만이 할 수 있는 일을 해야 하기에 도중에 성으로 돌아갔다. 그런 그의 등은 애수에 젖어 있었다. 진짜로 리펠 공주의 말처럼 또 성에서 몰래 빠져나와 리스를 만나러 올지도 모른다.

"그럼 다음에 쿠키라도 구워서 보낼게요. 물론 언니 몫도요."

"어머, 기대할게. 그럼 또 보자."

"리스 님, 여러분. 푹 쉬십시오."

"……병과 부상을 조심하십시오. 그럼 실례하겠습니다."

리펠 공주 일행을 배웅하는 리스의 등에는 쓸쓸함이 어려 있는 것 같았다.

나는 리스의 옆에 서서 그녀의 머리를 가볍게 두드려주면서 미소 지었다.

"쿠키가 아니라 리스가 만든 케이크를 보내주면 기뻐하지 않을까?"

"그……래. 같이 만들어줄래?"

"당연하지. 그럼 다 같이 다이아장으로 돌아갈까?"

"예. 도착하면 홍차를 준비할게요."

"리스 누나, 돌아가자."

"응!"

그날…… 우리는 진정한 의미에서, 처음으로 다이아장을 향해 돌아갔다.

후기

오래간만입니다. 네코입니다.

《월드 티처》도 드디어 3권에 접어들어, 책장에 꽂아뒀을 때의 옆 표지가 꽤 볼만해졌습니다.

이건 전부 매번 멋진 일러스트를 그려주시는 Nardack님 덕분입니다.

그리고 출판에 관여해주시는 많은 분들과 이 작품을 읽어주시는 독자 여러분의 응원 덕분입니다.

다시 한 번 진심으로 감사드립니다.

여러분, 정말 감사합니다!

앞으로도 전력을 다해 집필하겠습니다.

※여기서부터는 스포일러가 섞여 있으니 주의 부탁드립니다.

이번 3권은 크게 두 개의 이야기로 구성되어 있으며, 콘셉트는 시리우스의 에이전트로서의 일면과 자신의 실패를 양식으로 성장…… 하는 내용으로 구성되어 있습니다.

우선 전반부인 미궁편에 대해 이야기하자면, 이 이야기를 통해 드디어 1권 서두 부분의 내용을 수습할 수 있었습니다.

자식처럼 기르고, 지켜본 제자들이 당한 탓에 분노한 시리우스의 모습은 어떠셨는지요?

절체절명의 위기상황에서 시리우스가 바람처럼 나타나, 제자들에게 등을 보이며 서 있는 장면은 제 취향에 입각해서 썼습니다. 왕도적 전개입니다만, 저도 꼭 써보고 싶었습니다.

남자는 등으로 말한다……라는 느낌으로 열심히 묘사해봤는데, 독자 여러분에게 잘 전해졌으면 좋겠습니다.

이미 알고 계시다시피, 시리우스는 화나면 고함을 지르는 게 아니라 마그마 같은 분노를 가슴에 담아두며 냉정하게 상대를 해치웁니다.

적으로 확정되면 주저 없이 죽이며, 이번에 처음으로 에이전트다운 모습을 보였다고 생각합니다.

후반에서는 리스의 정체와 왕궁에 관한 이야기를 다뤘습니다만, 소녀가 사랑하는 이는 백마 탄 왕자님……이라는 이야기를 써보고 싶었습니다.

리스는 정령이 보이고 먹성이 좋지만, 그래도 성격은 평범한 소녀라서 순정만화 같은 느낌의 스토리를 써봤습니다.

그리고 에밀리아는 연인에게 헌신하는 타입의 히로인이죠.

점점 폭주하는 장면이 늘고 있지만, 그건 시리우스를 생각하기 때문이니 따뜻하게 지켜봐주십시오.

참고로 리스의 사랑을 응원해주는 부분에 대해 보충설명을 하자면…… 에밀리아에게 있어 리스는 진심으로 신뢰할 수 있는 친구입니다. 그리고 그녀가 시리우스를 진심으로 좋아한다는 걸 이해했기에 리스를 받아들이며, 그녀의 사랑을 응원해준 거죠.

에밀리아는 자신이 물러난 것이 아닙니다. 자신은 시리우스의 시종이니, 그를 곁에서 모실 수 있다면 충분하다고 생각하는 겁니다.

즉, 에밀리아는 제2부인이든, 설령 첩일지라도 상관없다고 생각하는 거죠. 그것도 일부다처제가 존재하는 이세계이기에 가능한 생각……입니다.

에밀리아는 시종이지만, 장래에는 시리우스의 아이를 가지고 싶다는 여성적인 생각도 하고 있답니다.

어른이 된 에밀리아가 자신의 아이와 함께 사이좋게 세탁물을 널고 있다.

그런 행복한 광경을 언젠가 그려보고 싶다……고 작가는 생각하고 있습니다.

학교에서의 이야기는 아직 계속되지만, 아마 다음 권에서 졸업할 거라고 생각합니다.

그럼 여러분. 다음 권에서 또 뵙겠습니다.

World Teacher 3
©2016 by Koichi Neko
First published in Japan in 2016 by OVERLAP, Inc.
Korean translation rights reserved by Somy Media, Inc.
Under the license from OVERLAP, Inc., Tokyo JAPAN

월드 티처 이세계식 교육 에이전트 **3**

2017년 2월 15일 1판 1쇄 발행
2018년 8월 1일 1판 4쇄 발행

저 자	네코 코이치	
일 러 스 트	Nardack	
옮 긴 이	이승원	
발 행 인	유재옥	
본 부 장	조병권	
담당편집자	김민지	
편 집	강혜린 김다솜 김민지 김혜주 박상엽 박은정 정영길 조찬희 이문영	
라이츠담당	박선희 오유진	
디 지 털	최민성 박지혜	
발 행 처	㈜소미미디어	
등 록	제2015-000008호	
주 소	서울시 마포구 토정로 222, 403호 (신수동, 한국출판콘텐츠센터)	
판 매	㈜소미미디어	
마 케 팅	한민지 이모토 요코	
전 화	편집부 (070)4164-3962, 3963 기획실 (02)567-3388	
	판매 및 마케팅 (070)4165-6888, Fax (02)322-7665	

ISBN 979-11-5710-676-9 04830
ISBN 979-11-5710-455-0 (세트)